"A veces, podemos notar que una persona no merece ser amada y amarla de igual manera; podemos formar un apego inexplicable que no puede romperse ni siquiera cuando el objeto de nuestro afecto rompe la confianza que le otorgamos.
A veces, quien nos ama es ciego ante nuestros sentimientos y por más que hablemos no podemos encontrar las palabras para explicarlo".

John Boyne, *El ladrón del tiempo*.

"Sí, hay amor si quieres, no suena como un soneto, señor".

The Verve, *Sonnet*.

Parte uno

Bienvenido Como todas las historias, la que estás por leer es una historia de amor. Si no lo fuera, ¿qué caso tendría?

Todo se desmorona

—Puedes volver a casa tú sola —le dice Arden a Lindsey con la voz temblando de rabia.

—A casa… ¿en Maryland? —pregunta Lindsey.

Los tres extraños sentados junto a Lindsey en los sillones enmohecidos observan sin inmutarse. La cabeza de maniquí que cuelga de una horca en el centro del lugar se mece suavemente de atrás hacia adelante, como si estuviera haciendo contacto visual con Arden, luego con Lindsey, luego de vuelta.

Arden lo piensa.

—Aunque si necesitas que te ayude… —comienza a decir, pero es demasiado tarde. Lindsey niega con la cabeza—. Pues bueno. Te quedas sola, tal como querías.

—¿Qué le *sucede*? —le pregunta la chica con el aro en medio de la nariz a Lindsey, mirándola con desprecio.

Arden casi nunca ha escuchado a nadie referirse a ella con ese tono de voz. Su estómago se retuerce y traga saliva con dificultad, buscando el apoyo del chico junto a ella con una mirada. Él asiente, y eso le da el valor que necesita.

—Estoy harta de esto —le dice a Lindsey—. Que tengas suerte para encontrar la forma de salir de aquí.

Se da la vuelta y se aleja; sus piernas tiemblan a cada paso. Lleva la mirada fija hacia el frente, abriéndose paso entre la multitud de cuerpos y las diversas esculturas de hadas y árboles.

—¡Espera, Arden!

Escucha que Lindsey la llama y gira. Pero debió haber sido un grito de su imaginación, porque Lindsey sigue sentada en el sofá, hablando con la chica del arete en la nariz como si todo estuviera normal. Como si ni siquiera le importara que Arden la esté abandonando.

Así que endereza los hombros y sigue alejándose.

Volvamos en el tiempo

Dos meses antes de esa noche, cuando Arden y Lindsey aún eran inseparables, cuando los únicos aretes en el *septum* que Arden había visto eran de rockeros punk en la televisión y los únicos maniquís con los que se había encontrado estaban modelando ropa en aparadores, poco antes del final del día escolar en un viernes de febrero, Arden fue llamada a la oficina del director.

Un mensajero se apareció en su clase de Español y habló brevemente con el señor Stephanolpoulos, pero Arden no puso atención porque cuando el director mandaba llamar a alguien, nunca tenía que ver con ella. Incluso aprovechó esa interrupción en la clase para hacer un intento por comprender sus notas, las cuales debían explicarle el futuro verbal, pero que en la práctica solo decían cosas como "verbos irregulares… algo" y "agregue 'i' o 'e' al final de las palabras SOLO EN PRIMERA PERSONA (??)".

La clase de Español no era su fuerte.

–Arden –la llamó el señor Stephanolpoulos–. Te necesitan en la oficina del director Vanderpool.

Se escucharon unos cuantos "Uuuh" de sus compañeros, pero sin mucho interés; nadie creía realmente que Arden Huntley, de entre todos, se metería en problemas lo suficientemente serios como para merecer una visita al director.

–Tomaré notas por ti –susurró Naomi, la amiga de Arden, quien le agradeció con una sonrisa.

Las notas de Naomi tendían a ser transcripciones palabra-por-palabra de las clases de los maestros con una letra impresionantemente legible, escrita con pluma morada.

Arden levantó su mochila y, siguiendo al mensajero, dejó el salón, recorrió una serie de corredores y bajó las escaleras. Cumberland, a pesar de que su nombre indica lo contrario, era uno de esos pueblos donde la tierra estaba lo contrario de llena. Se ubicaba en el noroeste de Maryland, tan al oeste que casi era Virginia del Oeste, tan al norte que casi era Pennsylvania, a dos largas horas en coche de la ciudad grande más cercana (que era Pittsburgh), en una esquina del mundo que debió llamarse algo como MaryVirginPenn, pero no fue así. Cumberland, la tierra llena, en realidad solo era tierra. Como resultado, la preparatoria era un espacio enorme, del tamaño de un centro comercial grande, y la oficina del director se encontraba en el otro extremo.

Quizás Arden debería haber estado nerviosa en ese largo trayecto hacia la oficina del director, pero no lo estaba. Sospechaba que tenía algo que ver con su madre y, por lo tanto, se negaba terminantemente a darle importancia.

Finalmente, llegaron a la oficina de Vanderpool y el mensajero la dejó bajo el ojo vigilante del señor Winchell, el anciano secretario del director. Esperó en una silla de plástico tan pequeña que iría mejor en una primaria que en la preparatoria Allegany.

Cuando Arden creyó que el señor Winchell estaba distraído, tomó discretamente su celular de la mochila y le envió un mensaje a Lindsey. "Me llamaron a la oficina de Van. WTF".

Un minuto después, Lindsey respondió. Arden sabía que su amiga debería estar en Ecología en ese momento, así que, o se había escapado de la clase, o estaba escribiendo desde allí; ambas opciones parecían cosas que podría hacer Lindsey.

"Mierda" fue la respuesta, y eso le dio el primer indicio de que quizás su mejor amiga sabía más que ella por qué el director quería hablarle. Pero antes de que pudiera preguntar qué quería decir "Mierda" exactamente, el señor Winchell gritó con el tono triunfante de un hombre que dejó pasar su verdadera vocación como carcelero:

—¡Prohibidos los teléfonos!

Tras otros diez minutos de espera, Arden pasó a ver al director. El señor Vanderpool era un humano absurdamente alto, tan alto que era fácil no notar su calvicie a menos que estuviera sentado, y parecía incomodarse siempre que tenía que enfrentar a adolescentes en vez de a miembros de la junta escolar o maestros. Casi nunca recorría los pasillos, y jamás se dejaba ver en la cafetería; su única interacción con los estudiantes era durante la reunión escolar, momento en que estaba de pie en el escenario y le hablaba a la masa de chicos desde lejos. Al parecer, tenía una colección infinita de corbatas con estampados curiosos, lo que, o bien representaba la única área de su vida donde se permitía la extravagancia, o bien era su triste intento por parecer cercano a los jóvenes.

No estaba muy segura de que el señor Vanderpool la conociera, pues esta era su primera conversación real en los casi tres años que ella llevaba en su escuela.

—Arden Huntley —dijo él cuando la tuvo sentada en su oficina al otro lado de su escritorio—. ¿Me quieres decir por qué estás aquí?

Arden lo miró, confundida.

—Usted me mandó llamar, director Vanderpool.

Él hizo un gesto ofendido.

—Eso ya lo sé. ¿Me puedes decir *por qué* te mandé llamar?

Deseó con todas sus fuerzas que Lindsey le hubiera dicho algo un poco más útil que "Mierda".

—Pues… no lo sé —le respondió al director.

Él se aclaró la garganta y metió la mano en una gaveta de su escritorio. Extrajo una pequeña bolsa de plástico llena de hojuelas pardas.

—¿Esto te parece conocido? —le preguntó a Arden.

—No.

Él suspiró.

—Arden, encontramos esta bolsa de droga hoy en tu casillero.

–¿Qué estaban haciendo en mi casillero? –dijo de golpe Arden, aunque esa, quizás, no era la pregunta que más le intrigaba.

–Chequeo de rutina de casilleros –respondió el señor Vanderpool–. Pero lo que quisiera saber es ¿qué estaba haciendo *esto* –aquí sacudió la bolsita– en tu casillero?

Entonces supo exactamente qué había significado el mensaje de Lindsey, y además supo la respuesta a la pregunta del director.

Ella y Lindsey compartían casilleros, como casi todo lo demás. Gracias a la estúpida burocracia y a la geografía de la escuela, les habían asignado casilleros en extremos opuestos, tanto de una con la otra como de donde estaban la mayoría de sus clases y actividades. Por eso, Lindsey normalmente utilizaba el que era oficialmente de Arden, pues estaba más cerca del gimnasio, mientras que Arden generalmente guardaba sus cosas en el de Lindsey, que estaba junto al auditorio y la biblioteca. Conocían las combinaciones de la otra desde siempre, tanto de sus casilleros escolares como de todo lo demás, y Arden no había encontrado nada más que beneficios en este arreglo.

Pero eso era antes de que Lindsey, aparentemente, metiera una bolsa de yerba en su casillero.

Arden sabía que Lindsey fumaba a veces: fines de semana, fiestas, lo que sea. La gente lo hacía, no *Arden*, pero la gente; no era algo grave. Pero ¿cómo pudo Lindsey haber sido tan tonta, tan desconsiderada e imprudente como para llevarla a la preparatoria? Su escuela tenía una política de tolerancia cero: mínimo tres días de suspensión para cualquier estudiante que fuera descubierto en posesión de cualquier tipo de drogas, sin importar el tipo ni la cantidad, aunque si eran de las peores y en cantidades mayores, te arriesgabas a una suspensión más larga o incluso a ser expulsado. Todos sabían eso.

Pero lo peor para Lindsey era que si te encontraban drogas significaba que te expulsarían inmediatamente de todos los equipos deportivos por el resto del año. Sin discusión. Y el equipo de atletismo era la *razón de vivir* de Lindsey. Amaba correr casi tanto como Arden lo odiaba. No solo eso, sino que el atletismo era básicamente la única esperanza de Lindsey para ser aceptada en una buena universidad. No tenía mucho más que ofrecer. Esa no era la opinión de Arden, por cierto. Era la opinión de incontables consejeros escolares, maestros y hasta de los padres de Lindsey.

Ella sabía lo que sucedería si explicaba exactamente cómo terminó esa bolsa de marihuana en su casillero. Lindsey lo perdería todo por una decisión estúpida y trivial, y la gran ayuda de la mala suerte. Parecía una jugada de Lindsey.

Por fortuna, ella no practicaba ningún deporte.

Vamos más lejos. Vamos muy, muy atrás

Cuando tenía nueve años, a Arden Huntley la hicieron muñeca.

Ser una muñeca es un proceso muy competitivo.

Solo una chica recibe ese honor cada año, y hay muchas reglas. Debe tener entre ocho y doce años. Debe ser ciudadana de los Estados Unidos. Debe escribir un ensayo explicando por qué cree que tiene lo que se necesita para ser la Muñeca del Año, y debe remitir este ensayo a la Compañía Muñecas Como Yo antes del primero de julio, y si su solicitud es elegida entre los cientos y cientos de chicas que compiten por ese honor, entonces ella y solo ella tendrá una Muñeca Como Yo modelada a su imagen y semejanza, la cual se venderá seis meses después.

Cuando cumplió ocho años, los abuelos de Arden le regalaron la Muñeca Como Yo de ese año, cuyo nombre era Tabitha. Tabitha tenía la piel oscura, ojos cafés y cabello castaño. Era bailarina, esa era "su especialidad". Si Arden hubiera tenido abuelos más generosos, podrían haberle dado la barra, el tutú y los zapatos de ballet de Tabitha. En lugar de eso, solo le dieron la muñeca con su malla normal y los cuatro libros ilustrados que contaban la historia de la vida de Tabitha. Ella hubiera preferido los zapatos de ballet en lugar de los libros, pero de cualquier manera cumplió con su deber de escribir una nota de agradecimiento.

La primera historia de esa niña se llamaba *Tabitha en el escenario*, y se trataba de Tabitha presentándose en *El cascanueces* y cómo tomó el rol de líder para hacer que todos los bailarines que representaban a los ratones trabajaran juntos. El siguiente se llamaba *¡Buena suerte, Tabitha!* y se trataba de cómo la niña ayudó dando clases de ballet en una primaria de bajos recursos. Quizás ya comienzan a darse una idea de cómo eran los libros de las Muñecas Como Yo.

Arden no sabía nada sobre la Tabitha real, ni siquiera en qué parte del país vivía, pero estaba fascinada con ella. Siempre que veía a una chica de color, como de su edad (lo cual no ocurría muy a menudo, pues Cumberland era exageradamente blanco), se quedaba mirándola, intentando descubrir si acaso esa era la Tabitha real. Luego, su madre le dijo que su comportamiento era grosero y casi racista, y le pidió que por favor dejara de hacerlo.

Ella soñaba con volverse una Muñeca Como Yo, pero no veía cómo podría lograrlo, pues, a diferencia de Tabitha, ella no tenía algo que fuera "su especialidad". No bailaba ballet, ni practicaba gimnasia, ni patinaje artístico (todo eso daría lugar a excelentes accesorios de muñeca). Ella había jugado fútbol, pero mal; tomó clases de natación, pero solo para no ahogarse; y aún no lograba andar en bicicleta sin las ruedas de apoyo. Hacía dibujos a los que su madre llamaba "abstractos", escribía historias que nunca ganaban estrellas doradas, y la eligieron como pez número dos cuando su clase montó la obra de teatro de *La sirenita*. Una vez intentó cocinar algo y provocó que un tazón de cristal explotara en el horno. Luego de eso, su mamá le prohibió la entrada a la cocina.

Lo que Arden hacía mejor que nadie era esto:

Ser amable.

Era la *mejor* para enseñarle a leer a los niños de kínder; todos los pequeños se peleaban por que les tocara con ella. Era la primera en ofrecerse para colaborar en proyectos grupales con los chicos que tenían malas calificaciones. Nunca salía sin ligas para el cabello o sin papel higiénico, por si alguien los necesitaba. Una vez, pagó veinte dólares en la biblioteca porque su amiga Maya había pedido prestado un libro y lo perdió en el parque, y eso bastó para que se sintiera responsable.

La amabilidad de Arden le venía de familia. Su abuela era amable. Su madre era amable. Su casa estaba llena de cojines y decoraciones en las paredes con frases como "Si no tienes nada amable que decir, no digas nada" y "Haz el bien sin mirar a quién y cosas bellas sin pensar por qué" y "Eres responsable para siempre de lo que has domesticado. Eres responsable de tu rosa", esta última es una cita de *El Principito* de Antoine de Saint-Exupéry que a su madre le encantaba.

El despegue de la carrera de amabilidad de Arden llegó cerca del final del tercer año escolar, aunque ella no lo sabía en ese momento. Su padre había representado a alguien que trabajaba en la corporación Disney y, cuando el caso terminó, como agradecimiento, su cliente le dio boletos a su familia para un viaje con todo pago a Disney World. Eso fácilmente era lo mejor que le había sucedido a Arden, y posiblemente a cualquiera.

Y luego conoció a Lindsey.

Fue un domingo de mayo. Roman, el hermano de Arden, que en ese entonces tenía tres años, estaba haciendo un berrinche como todos los días, a veces más de una vez. Ese berrinche en particular era porque su gato, Mouser, se estaba escondiendo maliciosamente debajo del sofá en vez de jugar con él.

Arden fue al bosque detrás de su casa para no tener que escuchar los gritos. Se llevó a su Muñeca Como Yo, aunque sus padres le pidieron una y otra vez que no hiciera eso, pues Tabitha había costado más de cien dólares y, tras cinco meses, ya se veía bastante estropeada.

Y fue ahí, en el bosque, que encontró por primera vez a Lindsey.

Entre los árboles vio a una niña alta, delgada y de cabello oscuro, observando un largo artefacto de metal que tenía entre las manos.

—Hola —saludó a la desconocida.

La chica despegó la vista de la cosa de metal.

—Soy Arden. Estás en mi bosque —tan pronto como escuchó sus palabras, se dio cuenta de que sonaban egoístas, y se apresuró a agregar—: Está bien que estés en mi bosque. Hay bosque para dar y regalar. Solo pensé que debías saberlo.

La chica miró con extrañeza a Arden, quien reflexionó sobre la frase "Hay bosque para dar y regalar". Eso era lo que su madre siempre decía, como cuando ella y Roman se peleaban por un pote de helado. "Hay helado para dar y regalar". Quizás no tenía tanto sentido cuando se hablaba de un bosque.

—Este también es mi bosque —comentó la niña con voz baja e insegura.

—No lo creo. Pero como dije, está bien. Puedes jugar en mi bosque.

—Acabamos de mudarnos aquí —la chica señaló hacia la casa detrás de la de Arden. Su patio trasero albergaba una pequeña sección del bosque, como un espejo de la casa de los Huntley—. Creo que es el bosque de las dos.

—Oye —exclamó—, ¡somos vecinas!

Arden descubrió que el nombre de la niña era Lindsey Matson, que también estaba por terminar el tercer año y que ella y sus padres se acababan de mudar de una granja al pueblo.

—¿Tenías tu propia granja? —quiso saber Arden—. ¿Tenías ovejas?

—Sip.

—¿Y caballos?

—¡Dos!

—¿Y cebras? —Arden se sentía muy atraída hacia las cebras.

—Eh, no.

—Está bien —en realidad no esperaba que la granja de Lindsey tuviera cebras. Solo pensó que no tendría nada de malo preguntar.

Lindsey le contó que su padre se había enfermado mucho. Ya no podía trabajar en la granja y no podían pagarle a nadie para que lo hiciera, así que los Matson vendieron la granja, las ovejas, los caballos y todo lo demás, y se mudaron ahí.

—Es muy caro tratar el cáncer. Especialmente del tipo que tiene mi papá —dijo Lindsey con un tono serio pero también con un poquito de orgullo, como si su padre fuera especial por tener un tipo especial de cáncer—. Para eso es esta cosa —señaló el largo objeto de metal que llevaba en las manos.

—¿Qué hace? —se preguntó si la respuesta era algo como "Cura el cáncer".

—Es un detector de metales —explicó Lindsey—. Estoy buscando monedas. De preferencia de oro. Eso ayudaría a pagar las cuentas del hospital de mi papá.

—¿Cuánto has encontrado hasta ahora?

—Nada. Pero acabo de empezar a buscar.

Arden pensó que si hubiera oro enterrado en su patio trasero, ella probablemente lo sabría, así que cambió de tema.

—¿Vas a ir a clases en Northeast mañana?

La primaria de Northeast era donde ella iba a la escuela.

—Creo que sí —Lindsey rozó la tierra—. En realidad, no quiero hacer nuevos amigos.

Ella no sabía qué pensar de eso. Nunca había considerado si quería hacer nuevos amigos. Simplemente era algo que ocurría. De hecho, estaba bastante segura de que en ese mismo momento estaba sucediendo.

—Todos son muy agradables en Northeast —le aseguró a Lindsey—. Te presentaré con todos mañana.

La niña pareció animarse.

—Como sea —dijo—, es solo por unas cuantas semanas, luego vienen las vacaciones de verano.

—¡Sí! —se entusiasmó Arden—. ¿Irás al campamento este verano? Yo voy a Disney World por primera vez, y luego al campamento, y luego vamos a visitar a mis abuelos en Atlantic Beach en agosto. Viven junto al mar —estaba emocionada por todo eso, incluso por visitar a los papás de su mamá, lo cual solía ser aburrido, pero ahora tenía la esperanza de que podrían darle la barra y los zapatos de ballet de Tabitha.

Lindsey negó con la cabeza.

—Quisiera hacer algo así, pero ya no podemos. Tenemos que ahorrar todo nuestro dinero para papá. Eso es lo que dicen mis padres —se encogió de hombros como diciendo "¿Qué le vamos a hacer?".

Arden le demostró su comprensión con un movimiento de cabeza. Se sintió mal por la costosa Muñeca Como Yo que aún llevaba en los brazos y por desear en secreto el tutú de ballet de Tabitha. Probablemente, Lindsey no tenía ni siquiera una Muñeca Como Yo.

—Espero que encuentres oro —dijo Arden.

Pensó en Lindsey toda la tarde, durante la cena, en su hora de televisión y mientras se daba su baño nocturno. Le caía bien su nueva vecina, pero podía sentir la impotencia de Lindsey, el destino en su contra como una pared de ladrillos, y eso la entristecía. Si había algo que Arden nunca sentía, era impotencia. Su madre le había inculcado, desde que era bebé, que el poder era algo que venía de su interior. Su fuerza estaba en su amabilidad, su generosidad, su espíritu positivo. "Y no importa qué tan mal se pongan las cosas", solía decir, "siempre puedes confiar en ti misma. Si solo tienes diez centavos, dónalos a la caridad. Ser caritativa te ayudará mucho más que esos diez centavos".

Su madre tenía la idea de que algunas personas son como flores y otras como jardineros: se necesitan mutuamente. Le enorgullecía ser una jardinera, y aunque antes de conocer a Lindsey nunca había pensado mucho en eso, supuso que ella también lo era.

Para cuando sus padres fueron a arroparla esa noche, ya sabía lo que quería hacer.

—¿Podemos darle a Lindsey el viaje a Disney? —preguntó.

Sus padres, sentados en la orilla de su cama, se miraron el uno al otro.

—¿Quién es Lindsey? —preguntó su madre.

—Su familia se acaba de mudar a la casa detrás de la nuestra, al otro lado del bosque —explicó Arden—. Su papá está enfermo, así que no pueden pagarse unas vacaciones. Ni siquiera puede ir al campamento. Y no tiene hermanos ni hermanas para jugar en su casa. Y es nueva en el pueblo así que no tiene amigos. Y… —negó con la cabeza y se reacomodó en su cama. No necesitaba explicarles a sus padres. Sabía lo que quería—. Quiero darle el viaje a Disney a Lindsey.

Le preocupaba que quizás sus padres dijeran que no, porque tal vez realmente querían ir a Disney World. Después de todo, el viaje era de su papá. Él había dicho que Space Mountain le parecía genial. Pero al verlos en ese momento, ambos sonreían y los ojos de su madre estaban húmedos de felicidad.

—De acuerdo —dijo su mamá.

—De acuerdo —coincidió su papá.

Ese fue el primero de un millón de días de amistad con Lindsey, pero estableció cómo sería: Lindsey necesitaría y Arden proveería.

Luego de que Arden regaló el viaje a Disney, escribió un ensayo sobre eso y lo envió a la compañía de las Muñecas Como Yo. Realmente creía que no la escogerían para ser la Muñeca del Año entre tantas gimnastas, patinadoras artísticas, escultoras y chefs en ciernes para elegir. Pero quería que alguien supiera lo que había hecho. Además, de verdad anhelaba ser una muñeca.

Meses después, su madre recibió la llamada. De todas las miles de niñas de entre ocho y doce años que habían enviado sus ensayos, Muñecas Como Yo había escogido a Arden como su ganadora.

Como era la Niña del Año, recibió copias gratis de sus libros, con títulos como *Arden a cargo* y *La nueva amiga de Arden*. Le regalaron una muñeca con la piel color durazno, cabello castaño claro y ojos miel, exactamente igual a ella. También recibió gratis todos los accesorios de la Muñeca Arden: un columpio hecho de neumático, un detector de metal, un gato y un perro que imitaban a sus propias mascotas, todo tamaño muñeca. Hicieron parecer como si Arden pasara mucho más tiempo en el bosque de lo que realmente hacía, como si fuera una especie de naturalista en ciernes cuando en realidad solo iba de vez en cuando, y ahora que los berrinches de Roman eran menos frecuentes, aún menos. Pero esas ligeras imprecisiones no le molestaban para nada.

También recibió un viaje gratis a Nueva York con su madre para visitar la tienda principal de Muñecas Como Yo cuando la Muñeca Arden salió a la venta. Fue el primer viaje "solo de chicas", como dijo su mamá, y terminó siendo el último. Ir a NYC sin su padre ni Roman la hacía sentirse maravillosamente adulta.

Nunca antes había estado en Nueva York, y no le gustó para nada. Las luces de neón afuera de su ventana en el piso veintiuno del hotel no la dejaban dormir por la noche, y parecía que todos los taxistas tenían la misión de atropellar, y no a cualquiera, sino a ella específicamente.

Pero la tienda de Muñecas Como Yo le encantó.

Estaba en la Quinta Avenida, entre las elegantes tiendas departamentales y las joyerías como Tiffany, la cual Arden reconoció por la película favorita de su mamá. Casi como en las calles, el interior de Muñecas Como Yo era una locura. La diferencia era que esa locura estaba provocada por cientos de niñas recorriendo decididamente la tienda, cada una seguida por al menos un adulto, a veces por toda una familia, cargando abrigos, bolsas, conjuntos de ropa, muñecas y juegos de té. Su madre lo describió como la bolsa de valores de las niñas de primaria, pues todas andaban por ahí gritándoles "¡Compra! ¡Compra!" a sus subordinados.

La Muñeca Arden estaba en un aparador de plexiglás, en una fila con las otras muñecas basadas en chicas reales de los años anteriores. Arden aplastó su nariz contra el cristal, como si intentara acercarse más a su muñeca. Pero, aunque estaba ahí, en persona, en la tienda de Muñecas Como Yo, nadie veía a la muñeca y a la persona real y ataba los cabos. Ni una sola niña ni sus padres dijeron "Oye, ¡las dos tienen la piel color durazno, cabello castaño claro y ojos miel! ¡Debes ser la Arden real!".

Pero eso también estaba bien. No necesitaba que ninguno de esos desconocidos supiera que la muñeca era ella. Arden lo sabía.

Observó a todas las muñecas de los años anteriores. Cada una tenía un pequeño letrero que resumía su identidad en una breve frase. Tabitha estaba, claro, aunque sin las manchas de suciedad de la versión de Arden. El letrero de Tabitha decía que era "Elegante e inspiradora". La Muñeca Jenny era "Valiente y comprometida". Katelyn era "Lista y adorable". Pero el letrero de la Muñeca Arden la describía así:

"Arden es increíblemente leal".

Miró su muñeca a los ojos y supo sin lugar a dudas que su identidad era la mejor de todas.

Por un tiempo se habló de hacer una muñeca de Lindsey, ya que su personaje fue un gran éxito en las historias de Arden. Pero meses después la idea se descartó y la compañía de Muñecas Como Yo se enfocó en escoger a la niña del año siguiente. A Lindsey no pareció importarle. Su amiga le había dado unas vacaciones gratis en Disney World. Y ella le había dado a Arden la oportunidad de ser una muñeca.

Para las dos, ese intercambio parecía más que justo.

Arden recibe más de lo que esperaba

Habían pasado cuatro horas desde que Arden fue llamada a la oficina del director Vanderpool. Cuatro horas desde que él le pidió una explicación sobre la bolsa de marihuana en su casillero. Cuatro horas desde que ella lo miró directo a los ojos y lo admitió: sí, esas drogas eran suyas. Sí, era la culpable.

Ahora ambos estaban esperando que el padre de Arden llegara y la llevara a casa. Un director no puede simplemente soltar al mundo a una consumidora de drogas, claro está. Era imposible. Hay protocolos.

Cuando el día escolar terminó, Lindsey llegó corriendo a la recepción que se encontraba fuera de la oficina de Vanderpool, donde Arden estaba sentada, leyendo un libro bajo el ojo vigilante del señor Winchell.

—Dios mío —dijo Lindsey lanzándose a una silla de plástico junto a la de Arden—. Lo siento tanto, tanto, tan…

—Estaré bien —la interrumpió, echando una mirada hacia el secretario entrometido—. Es mi culpa. Yo soy la *gran idiota* que decidió traer drogas a la escuela. Aceptaré las consecuencias.

Lindsey hizo una pausa.

—¿Es una broma? —preguntó.

Ella negó con la cabeza. Eso era lo que le había dicho al director. Si le creía o no, dado que su archivo rechinaba de limpio, no era el tema de discusión. Toda la evidencia la señalaba a ella. Él tenía un delito y una confesión, la justicia se impartiría.

Además, ¿por qué *no* le creería a Arden? ¿Quién mentiría sobre algo así?

—Guau —dijo Lindsey, y de pronto se rio, con esa risa despreocupada

35

de alguien que acaba de ser salvada por un inesperado paracaídas cuando pensó que se dirigía directo hacia su muerte.

Pero era el paracaídas de Arden el que estaba usando Lindsey, así que ella no rio.

—¿Por qué *diablos* trajiste yerba a la escuela? —susurró Arden muy bajo para que el aparato de audición del señor Winchell no pudiera captar sus palabras.

—¿Para fumarla? —respondió Lindsey en voz muy baja.

Arden puso los ojos en blanco.

—Linds —dijo—, vete a casa. En serio, yo me encargo.

Así que Lindsey la abrazó y se fue a casa.

Pero entre más tiempo pasaba esperando a su padre y la escuela se iba vaciando a su alrededor, menos seguridad sentía. Lo que ocurría era esto: ella no quería perderse tres días o más de escuela; se retrasaría en todo (especialmente en Español). No practicaba ningún deporte, eso era cierto, pero era asistente en las clases de Teatro… ¿La obligarían a renunciar? ¿Y qué pensarían sus compañeros de ella después de esto? Naomi, Kirsten, todos sus otros amigos, por no mencionar a Chris.

Pero era egoísta pensar en eso. Sabía que podría vivir sin el musical de primavera. Podría vivir si nunca descubría cómo conjugar un solo verbo en una lengua extranjera. Lo único con lo que no podría vivir era con la miseria de Lindsey.

Lo que se había vuelto muy claro para Arden en el mes anterior era que hay personas en este mundo que no saben cómo cuidar de otras. Hay personas que se van aunque hayan prometido apoyarte. Hay personas que andan por ahí soltando la palabra "amor" pero solo la ponen en práctica cuando es conveniente para ellas.

Y Arden no era una de esas personas.

Eran casi las seis de la tarde para cuando su padre finalmente llegó a recogerla. El conserje ya había entrado a la oficina para desechar la basura y los reciclables, y el señor Winchell se la pasaba lanzándole miradas de odio, como si fuera su culpa que él aún estuviera en el trabajo cuando, de otro modo, ya estaría atragantándose con el especial de aves en La Cabaña de la Pasta de Mamma Luciana.

Su padre llevaba su traje formal, cargaba su maletín y parecía molesto.

—¿Qué está sucediendo aquí? Arden, recibí dos mensajes en el trabajo que decían que estabas en problemas y que iban a tomar "acciones disciplinarias". Tuve que llamar a la maestra extraescolar de Roman y rogarle que lo dejara quedarse hasta tarde. ¿De qué rayos se trata esto?

Probablemente, recibió esos mensajes cuatro horas antes, pero como sea; de hecho, le impresionaba que hubiera llegado antes de la medianoche. Esto podría ser lo más temprano que había salido de la oficina en todo el mes. Se sintió al mismo tiempo realizada y apenada por ser la causa del breve día de trabajo de su padre.

El papá de Arden era abogado. No un abogado como los de la televisión, con los trajes a medida, vehículos de lujo y casos multimillonarios que se debaten frente a la Suprema Corte. Él era del otro tipo de abogado, del tipo que tiene una oficina pequeña en el centro y su nombre en una placa en la puerta, el tipo que a veces se debatía frente al juez en una corte de distrito, pero que mayormente hacía sus arreglos fuera de la corte. Ser ese tipo de abogado no era elegante. Aun así, era un buen trabajo en un pueblo sin muchos buenos trabajos en oferta, y era importante. A él no le gustaba que lo interrumpieran. Así que casi nunca sucedía.

El señor Vanderpool lo apresuró a entrar en su oficina y cerró la puerta. Arden podía ver al señor Winchell estirando el cuello desde su escritorio en la recepción, intentando no perderse el drama.

—Señor Huntley —comenzó a decir el director—. Agradezco que se tome el tiempo de atender esta situación. Como indiqué en el mensaje que le envié, su hija ha admitido traer sustancias de contrabando a la escuela y guardarlas en su casillero.

—¿Puede definir "sustancias de contrabando"? –preguntó el padre de Arden.

—Drogas.

Su papá no mostró ninguna reacción obvia. No suspiró ni puso su cabeza en las manos ni le gritó. Solo una hija podría notar la ligera caída de hombros, el mínimo ensanchamiento en sus ojos.

—¿De qué clasificación y cantidad de droga estamos hablando? –preguntó con tono discreto, de abogado.

—Tres gramos y medio de marihuana –respondió el señor Vanderpool.

El padre de Arden suspiró con impaciencia. Era impaciente a propósito; Arden lo notó de inmediato.

—Eso realmente no es una cantidad criminal. Claramente no es suficiente para que acuse a mi hija por intento de tráfico.

El señor Vanderpool ajustó su corbata con estampado de flamencos y reacomodó las imponentes plumas metálicas en su imponente escritorio de roble. Arden no podía entender por qué tenía tantas plumas. Sin duda él, al igual que cualquiera en la actualidad, hacía la mayor parte de su trabajo en la computadora.

—Nunca acusé a su hija de planear vender drogas, señor Huntley. Pero como estoy seguro de que sabe, tenemos una política de tolerancia cero en la preparatoria Allegany. Eso significa que en la escuela no se acepta ningún tipo de sustancias controladas, de ninguna clase, en cualquier cantidad.

Arden dudó de que su padre conociera ese detalle particular sobre las reglas de su escuela, no era el tipo de padre que se sienta por las noches a leer el manual escolar; pero asintió como si lo fuera.

—Arden –se volvió hacia ella–, ¿esto es verdad? ¿En serio trajiste *drogas* a la escuela?

Mentirle a él era más difícil que mentirle al director, pero ambos eran importantes. Comprendió en ese momento que necesitaría mentirle a todos sobre esto, y lo haría sin quebrarse. Este sería un secreto entre ella y Lindsey, y nadie más.

–No lo pensé –admitió, bajando los ojos–. Lo siento.

–Tú no eres así –dijo su padre. Pero su seguridad en esa declaración solo sirvió para molestarla, pues por lo que la conocía, quizás sí era así. Tal vez había estado haciendo esto por años y simplemente nunca antes la habían atrapado. Arden imaginó que probablemente eso fue lo que dijeron los padres de Marie Baker cuando ella les dijo que estaba embarazada al principio del segundo año de preparatoria, o lo que dijeron los padres de Dean Goddard cuando le rompió la nariz a un compañero de equipo en el vestidor después de la práctica de futbol. "Tú no eres así". Como si los padres supieran cómo son sus hijos, día tras día.

El padre de Arden se volvió al director y dijo:

–Mire, estoy de acuerdo con usted en que Arden debe recibir un castigo. Y así será. Pero yo puedo encargarme a partir de aquí. Este tema es para sus padres, no para la escuela. Y estoy seguro de que usted sabe que Arden es una estudiante responsable, con un promedio de 9.4, y es valiosa para la comunidad de la escuela Allegany por sus contribuciones al programa de Teatro.

Arden se movió en su asiento para mirar a su padre. Su promedio en realidad era de 9.5, pero estuvo cerca, y simplemente era sorprendente. No sabía que él alguna vez hubiera visto sus calificaciones, y no había ido a una obra en la que ella hubiera trabajado en años.

–Además –continuó él–, Arden está pasando por circunstancias difíciles y atenuantes, y estoy seguro de que eso la está haciendo comportarse así en este momento.

El director Vanderpool estaba inexpresivo y jugueteaba con sus plumas. Arden se sintió mal por él, ese hombre con sus corbatas tristes y desesperadas por caer bien. Por alguna razón, no le habían explicado esas atenuantes. Por alguna razón, esas noticias no habían llegado a su archivo o a cualquier referencia que tuviera Vanderpool antes de llamarla, y ahora parecía que no estaba enterado de lo que pasaba con sus propios estudiantes.

Solo para ahorrarle la vergüenza, Arden habló.

—Mi mamá se fue —explicó—. Hace cuatro semanas.

Los ojos del director se abrieron de par en par.

—Lamento escuchar eso.

Arden sabía que el director moría de ganas de preguntar adónde se fue, por qué, y si iba a volver. Las mismas preguntas que ella misma se hacía, a decir verdad. Pero él no preguntó, quizás porque no quería ser grosero, o quizás porque realmente no le importaban las respuestas tanto como le importaba irse de su oficina y lanzarse de lleno a su fin de semana. Arden se preguntó si el director tendría un lugar especial en su clóset para las corbatas de fin de semana y, si era así, se preguntó qué tan alocadas eran.

—Como puede ver —dijo el padre de Arden—, esta no es la conducta común de mi hija. Pero no ha sido un mes normal para nuestra familia.

Eso era poco decir.

—Lo entiendo, y tiene razón en que este es el primer delito de Arden —concedió el señor Vanderpool, hablando de ella como si no estuviera presente en la habitación—. Sin embargo, una política de tolerancia cero significa que la escuela está obligada a responder a sus acciones con un castigo, sin importar cuál sea el trasfondo y sus circunstancias. Ya he decidido que no será expulsada...

—¡*Expulsada!* —gritó Arden.

Ambos hombres voltearon a verla.

—¿En verdad expulsaría a alguien solo por tener un poquito de marihuana en su casillero? —preguntó Arden. Empezaba a tener una fuerte sensación de que no se esperaba lo que vendría cuando se decidió a salvar a Lindsey.

—¿De verdad consideraría un castigo tan severo contra una niñita que cometió un pequeño error? —agregó su papá.

Arden no era realmente una niñita, pero se encogió en el enorme sillón de madera para que pareciera que sí lo era.

–Como dije, hemos decidido que no la expulsaremos. Pero claro, debemos imponer algún castigo –y este fue: Arden quedaría suspendida por tres días.

Ya no tendría permitido dar clases a los más pequeños, para evitar exponerlos a sus acciones de drogadicta confundida.

Sí tendría permitido seguir en el teatro, con la condición de que permaneciera como tramoyista y en otras actividades tras bambalinas, nada en donde mostrara su rostro de poseedora de marihuana sobre el escenario.

Todo esto quedaría en su archivo permanente, y cuando enviara solicitudes a las universidades el próximo año, la preparatoria Allegany le informaría a todas las escuelas que tenía un historial de posesión de drogas.

–Señor Vanderpool –suplicó Arden, sintiendo que su respiración se volvía más superficial–, por favor, no. Podría no entrar a la universidad.

–Ya sabe lo competitivo que es el juego para entrar a la universidad en estos días –agregó su padre–. Los encargados de las admisiones están buscando cualquier razón para no aceptar a un estudiante.

El señor Vanderpool abrió sus manos en un gesto de impotencia, como si dijera "Está fuera de mi control" (lo cual era una estupidez, pues *por supuesto* que estaba en su control, era su decisión) y dijo:

–Arden conoce desde siempre las reglas de la escuela. Debió considerar las consecuencias antes de tomar la decisión de romperlas.

–¡No lo puedo *creer*, Arden! –gritó su padre, azotando su palma sobre el escritorio–. De verdad no lo pensaste, niña.

Tenía razón. No lo había pensado. *Es por Lindsey, es por Lindsey*, se recordó, entrelazando las manos sobre su regazo. Probablemente, su archivo permanente podía con eso. Lindsey la tendría difícil para entrar a la universidad incluso sin esta mancha en su contra. Probablemente también su padre podía con eso. Los padres de Lindsey seguro la habrían enviado a la escuela militar. *Es por Lindsey, es por Lindsey*.

Arden nunca se hubiera imaginado que cuando le lanzó un salvavidas a Lindsey, se estaría hundiendo a sí misma.

Arden y Lindsey ven cómo vive la otra parte

—Hoy llamó otra vez —le dijo Arden a Lindsey. Se refería a su madre. Claro que Lindsey lo sabía sin que se lo explicara.

Eran las diez de la noche del viernes, dos semanas después de que la bolsita de yerba fue encontrada en el casillero de Arden, y ahora ella y Lindsey estaban sentadas en un futón en la sala de Matt Washington, viendo a varios chicos jugando *Grand Theft Auto*.

La suspensión de Arden había llegado y se había ido. Después de ver cada video en Internet que prometía ser interesante, leer dos libros y pintarse las uñas de los pies con un diseño de arcoíris, había pasado lo que quedaba de su sentencia limpiando la casa, la cual parecía que no se había barrido, trapeado, aspirado, sacudido ni había recibido ningún trato positivo desde que se fue su mamá. Cuando Roman y su papá llegaron a casa, ella esperaba que alabaran sus habilidades para la limpieza. Literalmente se había puesto de rodillas en el suelo y había *restregado un excusado*. Prácticamente era una sirvienta del siglo XIX. Pero ellos no parecieron notarlo o, si lo hicieron, disimularon muy bien. Y para la hora de dormir, alguien ya había orinado sobre el asiento del baño.

Arden había esperado que su padre reaccionara con más fuerza a su suspensión. Pensó que quizás se quedaría en casa durante esos tres días en lugar de ir al trabajo, vigilándola personalmente para asegurarse de que no se escapara con sus amigos drogadictos, o algo así. Pensó que intentaría hablar con ella sobre los problemas que la estaban atormentando y que pudieron conducirla a las drogas, que la obligaría a ir a terapia o a Narcóticos Anónimos. Se había preparado para todo tipo de reacciones exageradas, pero en vez de eso lo único que hizo su padre fue gritarle un rato, revisar su dormitorio en busca de drogas escondidas y pagarle al vecino para que pasara por su casa durante el día sin previo aviso para asegurarse de que Arden siguiera ahí.

Ahora se sentía ridícula por creer que podría recibir un poco más de su padre, por pensar que él saldría de su rutina tan fácilmente. Incluso había pensado que su madre podría venir a casa para encargarse de ella. Eso fue una tontería.

Arden había vuelto a la escuela, donde básicamente no se había perdido nada de sus clases, salvo por Español, que parecía haberse transformado en un idioma completamente distinto en esos tres días. Pero su breve suspensión no había pasado desapercibida, y ahora el chisme que corría por la escuela era que Arden Huntley, bajo su discreto exterior, era en realidad una ruda traficante de drogas. Ese rumor fue lo que dio pie a esa inusual invitación a la fiesta para ella y Lindsey.

De hecho, la invitación solo había sido para Arden. A Lindsey casi nunca la invitaban sola a ningún lado, pero adonde iba Arden, iba también Lindsey; era un arreglo que todos parecían aceptar sin preguntas.

En un mundo distinto, un mundo donde su madre seguía con ella, no había modo de que le hubieran dado permiso para salir esa noche. No cuando hacía menos de dos semanas la habían suspendido de la escuela. Estaría encerrada en su casa, jugando a las cartas o en alguna otra actividad familiar, donde su mamá pudiera vigilarla. Pero ahora todo estaba a cargo de su padre, y ese no era su estilo. Estando solo y a su suerte, el papá de Arden podría ni siquiera haber notado que ella salió esa noche.

—¡Estoy *embriagadísima*! —chilló alegremente Beth Page mientras se estrellaba contra una mesa que no había visto.

Arden y Lindsey intercambiaron miradas. Normalmente, no iban a fiestas donde la gente estaba "embriagadísima". Normalmente, no iban a fiestas con Beth Page.

—¿Y ahora sí hablaste con tu mamá? —preguntó Lindsey.

—Un poco.

—¿Qué dijo?

—"Estoy segura de que quieres una explicación de por qué me fui".

—¿Y cuál fue su explicación?

—No lo sé. Le dije que la verdad no me interesaba escucharla, y le pasé el teléfono a Roman.

—Y eso fue todo.

—Sí —Arden le dio un trago al jugo de arándano en su vaso de plástico—. Está bien. Mi papá y Roman hablaron con ella. Le dijeron que soy una drogadicta. Ella les dijo que está rentando un apartamento en Nueva York. No necesitamos hablar directamente para saber nada de eso.

—¿Nueva York? —Arden observó a Lindsey mientras procesaba los quinientos kilómetros entre Cumberland, en Maryland, y Nueva York. Arden sabía que eran quinientos kilómetros porque lo buscó cuando su padre le dio la dirección de su mamá (número 133 de la calle Eldridge en Nueva York) escrita en un trozo de papel, como si fuera a pegarlo en su tablón de notas, o algo así.

De acuerdo con Arden, cuando tu madre se va de tu vida y se muda a quinientos kilómetros de distancia, ya no le debes nada. Ni una conversación telefónica, ni un e-mail, ni siquiera un pensamiento casual. El hecho de que Roman se portara de otro modo era insensato. Era autodestructivo. Era negar a la mamá que tenían por la mamá que les gustaría que fuera.

—Lo juro —continuó—, mi hermano es como un perro nervioso. Su desconsiderado dueño aparece en la puerta y él salta por todos lados y babea.

La familia Huntley también tuvo un perro hasta tres semanas después de que se fuera su madre, punto en el cual Spot murió. Roman no pareció darse cuenta de que su padre se había llevado al viejo y necesitado dálmata al veterinario y lo había sacrificado, porque era muy difícil hacerse cargo de él sin su madre.

—Dos niños y un gato son suficientes —dijo tranquilamente cuando Arden lo confrontó. Se quedaron con el anciano y demacrado Mouser, quien temblaba de terror siempre que alguien se le acercaba, especialmente el señor Huntley.

Arden no le contaría a Roman que su papá fue quien dictó la sentencia de muerte de Spot, para no preocuparlo de que él pudiera ser el siguiente en la lista. Se podría decir que cero perros y cero niños eran suficientes para alguien como su padre.

—Es tan raro —reflexionó Lindsey—, porque a mí siempre me cayó *muy bien* tu mamá. ¿Recuerdas cuando nos llevaba a la escuela?

Sí lo recordaba. Durante sus últimos años en la primaria, los niños que viajaban en el autobús escolar (algunos de los cuales estaban en la fiesta de esa noche, de hecho) molestaban a Lindsey. Se burlaban de ella por razones tontas y estúpidas de niños: porque era demasiado alta y larguirucha, porque no sabía qué ponerse y no parecía darse cuenta de que se suponía que debería importarle. Lindsey se ponía triste, pero Arden se sentía miserable: la reputación de su mejor amiga estaba siendo atacada, y ella se sentía incapaz de protegerla.

Arden se sinceró con su madre, quien decidió que de ahí en adelante ella misma llevaría a las niñas a la escuela. Simple. Esto no significó que todos los compañeros de pronto trataran a Lindsey con respeto, pero ya no tenía que comenzar cada día con latas de refresco derramadas sobre ella "accidentalmente".

Así *era* su madre. Salía al rescate. Si Arden tenía un problema con un maestro, ella lo resolvía. Si Roman tenía una pesadilla, se acurrucaba en la cama junto a él y se quedaba allí hasta el día siguiente. Si Arden olvidaba su tarea, ella se la llevaba a la escuela a mitad del día. Si Roman salía a pedir dulces, ella le confeccionaba a mano tres opciones de disfraces de Halloween y lo dejaba elegir entre ellas. Si Arden tenía una fiesta de cumpleaños, ella decoraba toda la casa. Si Roman estaba haciendo un trabajo sobre un libro, ella lo leía también y lo ayudaba a reunir materiales de manera que, cuando sus compañeros entregaban sus ensayos de una página, él entregaba un diorama con partes móviles.

Arden entendía lo que Lindsey decía, porque a ella también solía caerle bien su madre.

No podía imaginársela ahora, rentando un apartamento en una gran ciudad, aparentemente tomando algunas clases en una universidad con programa de postgrado, como le había informado su padre. Aunque racionalmente sabía que su mamá se veía igual ahora a como se había visto seis semanas atrás, no le sorprendería descubrir que se había hecho un trasplante de cara. Ya no sonaba para nada como la misma persona, sonaba como una desconocida.

—Ya no quiero hablar de esto —le dijo a Lindsey—. Estamos en una fiesta cool por primera vez. Simplemente seamos adolescentes cool, ¿sí?

Lindsey rio disimuladamente y asintió. Ambas observaron a Dillon Rammstein encendiendo un churro y a Matt Washington gritándole "¡Saca eso de aquí, hombre!". Dillon pasó muy cerca del sillón donde estaban las chicas, para ir al patio. Era reconfortante saber que Matt era un anfitrión tan consciente.

—Arden, te adoro por no acusarme con Vanderpool —dijo Lindsey mientras veían salir a Dillon—. Eres la amiga más genial, lo sabes, ¿verdad?

No le había contado lo severo que había resultado el castigo por esa decisión, y nunca iba a hacerlo. Claro que Lindsey sabía que Arden había sido suspendida por tres días, parecía que todas las personas de Cumberland lo habían oído. Pero Lindsey no necesitaba saber que todo esto le sería reportado a las universidades en otoño. Lo hecho estaba hecho, y enterarse solo la haría sentir culpable.

—No hay problema —le aseguró Arden—. Fue hace semanas. Solo prométeme que nunca jamás volverás a tocar una droga. Al *menos* no hasta que estemos en la universidad, ¿de acuerdo?

—Lo prometo —dijo de inmediato Lindsey—. Oficialmente estoy curada de espantos. Ya no tienes que preocuparte por mí.

Arden sonrió a medias. Siempre se preocuparía por Lindsey.

A unos metros de ellas, Beth Page y Bo Yang estaban hundidos en un baboso beso.

Arden observó la saliva de Bo en la barbilla de Beth, como si estuviera viendo un documental de la naturaleza. Suspiró.

—Me gustaría tener eso.

—¿Qué? —preguntó Lindsey—. ¿La mano de un suplente de fútbol en tu trasero, un tinte terrible, o la enfermedad de transmisión sexual que se están pasando en este momento?

Soltó unas risitas.

—Un novio que quisiera venir a esta fiesta y besarse conmigo. Esa parte.

—Al menos tienes novio —señaló Lindsey.

—Sí. ¿Y dónde está?

—Asumo que es una pregunta retórica. Porque es viernes por la noche; apuesto a que en este mismo momento Chris está en casa de Kirsten, en medio de algún elaborado juego de dígalo con mímica.

Lindsey tenía razón. Eso era lo que Chris y el resto del grupo de Teatro hacía casi todas las noches de viernes tras el ensayo. También era lo que ellas dos hacían casi todas las noches de viernes, salvo por las ocasiones en que salían con los compañeros del equipo de atletismo de Lindsey, quienes se iban a dormir más o menos cuando el sol se ponía para poder levantarse a correr quince kilómetros a la mañana siguiente.

Pero en la casa de Matt Washington había un grupo diferente. Nadie parecía particularmente interesado en jugar dígalo con mímica, ni nada que no involucrara matar a prostitutas generadas por computadoras. Y todavía nadie se había ido a la cama.

En el ensayo del día anterior, Arden había intentado que Chris fuera con ella a la fiesta.

–¿Por qué querría hacer eso? –preguntó él–. Ni siquiera me cae bien Matt Washington.

–Porque podrías estudiarlo en su hábitat natural –sugirió Arden–. Y si algún día interpretas a un personaje como Matt, ya lo conocerías de pies a cabeza.

–¿Le acabas de decir Matt? ¿Ya llamas por su primer nombre a Matt Washington, solo porque te invitó a una fiesta?

–¿Celoso? –preguntó Arden.

Chris ni siquiera se molestó en dar una respuesta. Su novio tenía cualidades buenas y malas, y el hecho de que nunca sintiera celos por nada que ella o cualquier chico que conociera hicieran, estaba en algún lugar entre las dos.

–Deberías ir porque voy yo –dijo Arden, lo cual parecía que debería ser suficiente razón. ¿No era ese el punto de estar en una relación? ¿Tener a alguien con quien pasar el viernes por la noche?–. Apuesto a que ahí podríamos pasar tiempo a solas –agregó. Lo besó, intentando señalar que ese "tiempo a solas" podía involucrar otras cosas similares a besarse. Supuestamente, los chicos se ponen más *hot* y es más probable que hagan cosas cuando involucran besarse.

Pero el novio de Arden parecía ser la excepción a esa regla.

–¿Y por qué quieres ir *tú*? ¿Desde cuándo eres amiga de ese grupo?

Arden no tenía una respuesta particularmente buena a esa pregunta. Solo le daba curiosidad, supuso. Curiosidad de cómo era la vida fuera de la burbuja de los amigos de Teatro de ella y Chris, que eran el tipo de chicos que participaban en clase y llegaban a casa a tiempo para sus toques de queda a las once. Había todo un mundo de la preparatoria que estaba coexistiendo con el suyo, y parecía que ese mundo era festivo y emocionante, justo lo opuesto de su mundo de la preparatoria en todos los sentidos.

Además, ¿no querían ir todos a las fiestas de los chicos cool? ¿No era una regla general sobreentendida de la adolescencia?

—Lo pensaré —dijo Chris. Y así fue como lo dejaron.

Ahora, Arden tomó un Dorito Cool Ranch de un enorme tazón de madera, sacó su teléfono y le escribió. "Tienen tu *snack* favorito. ¿Vienes?".

Él no le respondió el mensaje de inmediato. Quizás estaba en medio de una ronda particularmente emocionante de comedia de improvisación.

Lindsey se levantó del sillón.

—Acabo de ver a Denise ir a la cocina. Iré por una bebida y aprovecharé para saludarla o algo.

Arden también se levantó.

—¿Quieres que te acompañe?

Arden y Lindsey habían pasado mucho tiempo debatiendo si Denise era cien por ciento hetero o posiblemente bisexual y, en ese caso, si Lindsey debería invitarla a salir o no. Tan solo la decisión de Denise de ir a esa fiesta apuntaba a "le gustan los chicos" con un alto grado de certeza; pero Arden se recordó a sí misma que todos podían tener una razón distinta para estar ahí esa noche.

—Estaré bien —dijo Lindsey.

Arden solo la miró.

—Voy a estar como a seis metros de ti. ¿En qué problema podría meterme? Relájate.

Lindsey alzó los hombros y se fue a rozar casualmente los hombros de su *crush*. Arden se dirigió al patio vacío para no quedarse sentada en el sofá viéndose obviamente sola, lo cual era patético.

Se detuvo de espaldas a la casa de Matt y observó el paisaje, las casas de dos pisos y dos cocheras que eventualmente abrían paso a las montañas en la distancia. Los árboles estaban desnudos y las estrellas brillaban contra el cielo. Arden revisó su teléfono buscando una respuesta de Chris. Nada.

Eso no debería hacerla sentir tan triste. No tenía que pasar cada noche de fin de semana con Chris. Él estaba ocupado, ¿y qué? Ella también estaba ocupada. Y de cualquier modo, no estaba sola. Estaba con Lindsey.

En la primaria, a Lindsey y Arden les gustaba imaginar que cuando crecieran vivirían juntas. Planeaban comprar una casa algún día. Quizás tendrían una panadería en su cocina compartida. Quizás vivirían en una granja, como la familia de Lindsey antes, y ella alimentaría a las gallinas mientras Arden cuidaba las cebras. (Su granja imaginaria obviamente tenía cebras). Quizás adoptarían algunos niños. Quizás se casarían con gemelos idénticos y los cuatro vivirían juntos en una enorme mansión. Una vez Lindsey sugirió que ella y su esposo gemelo podrían tener una casa aparte, junto a la de Arden y su esposo gemelo, y Arden dijo: "No veo por qué sería necesario eso".

Arden no sabía si el hecho de que todo eso aún le pareciera buena idea la convertía en una idiota o en una romántica. Claro, no lo de los gemelos, porque Lindsey era lesbiana, pero le parecería bien casarse en una boda doble con unos mellizos.

El infortunio seguía a Lindsey, y Arden también. En sus casi ocho años de amistad, había enfrentado la batalla de su padre contra el cáncer, la muerte de su abuelo, un arresto por robar una tienda, ser descubierta copiando un ensayo, reprobar su examen de conducir, perder el anillo de compromiso de su madre, y eso tan solo buscando en la superficie. Lindsey era disléxica, y los maestros asumían que simplemente era tonta; era gay en un pueblo cuyo principal entendimiento de las lesbianas venía por ver eventualmente a Ellen DeGeneres, y tenía padres que básicamente creían que tanto la dislexia como la homosexualidad no eran más que malas decisiones tomadas por Lindsey, probablemente para molestarlos.

Hasta hace un mes, cuando su propia familia había colapsado escandalosamente, Arden había tenido una vida estable comparada con la de Lindsey. A veces se preguntaba cómo soportaría, si es que *pudiera* soportarlo, si tuviese la mala suerte de su amiga. Quizás si enfrentara los mismos problemas de Lindsey, cometería los mismos errores.

–Hola, Arden.

Giró al escuchar su nombre. Ahí estaba un chico. Ellzey. Bueno, Ellzey era su *apellido*, pero así le decían todos, incluso los maestros. El corazón de Arden se aceleró mientras se preguntaba por qué él había salido justo en ese momento, cuando toda la fiesta estaba adentro; si era porque la había visto ahí afuera, o si la había estado buscando. Por un breve instante, se permitió imaginarse besando a Ellzey allí, bajo las estrellas. Lo imaginó como un príncipe en un cuento de hadas llegando a salvarla.

Luego se deshizo de ese pensamiento. Ya tenía novio. Las chicas que tienen novio no deben fantasear con besar chicos que casi no conocen en el patio de Matt Washington.

—Ey, Ellzey. ¿Qué hay? —se preguntó si él iba a mencionar la última vez que habían hablado, una de las *únicas* veces que habían hablado, de hecho, y deseó con todo su corazón que no lo hiciera. Había sido una experiencia innoble. Le alegró que Lindsey no estuviera en la conversación en ese momento. No había forma de que hubiera podido mantener la seriedad si viera a Ellzey hablando con Arden.

—Bonita noche, ¿verdad? —dijo él, avanzando para quedar de pie junto a ella. Aunque no la tocó, ella sintió la calidez de la piel de su brazo que la rozaba—. Cuántas estrellas.

Arden estaba impresionada. No podía evitar comparar a Ellzey con su novio, quien nunca había hablado sobre el número de estrellas. A menos que fuera el número de estrellas de Hollywood en una película, o algo así.

—Mi papá tenía un telescopio en nuestro techo cuando era niña. Quería que aprendiéramos cosas sobre astronomía, creo, como a identificar las constelaciones. Nunca pude encontrar nada más que la Osa Mayor. Pero me encantaba ver las estrellas —esto era, sin duda, la mayor cantidad de oraciones seguidas que Arden le había dicho a Ellzey.

—¿Sabes qué haría que las estrellas fueran aún más hermosas? —preguntó él, mirándola a los ojos.

Arden se preguntó si Ellzey sabía que tenía novio. Ella y Chris Jump habían estado juntos más de diez meses, así que se supondría que todos lo sabían, pero quizás no. ¿Por qué alguien del grupo de los populares monitorearía la relación de cada chica cualquiera de la escuela?

–¿Qué? –dijo Arden.

–Si estuviéramos drogados en este momento –respondió Ellzey.

Ambos se quedaron callados por un momento mientras Arden esperaba que él sacara un porro de su bolsillo o algo. No lo hizo.

Luego recordó que la acababan de suspender por drogas, así que presuntamente debía ser ella quien tuviera los porros en *sus* bolsillos.

–En realidad, no suelo hacer eso –dijo.

–¿Ah sí? –le ofreció una sonrisa pícara–. No tienes que mentirme, Arden Huntley.

No miento, pensó ella.

–Eso fue una sola vez –explicó.

–Uh.

–Lo siento.

Ellzey se encogió de hombros.

–No te preocupes. Solo se me ocurrió preguntar.

–Sobre las estrellas… –comenzó a decir Arden, pero Ellzey ya había regresado a la fiesta.

Sintió que su corazón se hundía. Eso no era lo que había esperado de una interacción con Ellzey, para nada. Así no era como había pensado que pasaría, o como había pensado que se portaría cuando estuviera con él. Parecía que todo había salido mal.

Pero, ¿exactamente *qué* quería de Ellzey?

Arden revisó su teléfono de nuevo. Había llegado un mensaje de Chris mientras ella arruinaba su parte en el tráfico de drogas. "No voy a poder llgr sta noche. ¡Diviértete! TQ".

No debió sentirse tan decepcionada. Sabía que era probable que él no fuera. Pero así se sentía.

Chris había comprendido, más o menos, que Arden tuviera yerba en su casillero porque estaba "reaccionando". Dijo que comprendía que le resultara muy difícil que su mamá la dejara, y que eso podía provocar decisiones imprudentes. Aun así, Arden sentía que la estaba juzgando. Quizás solo porque sabía que Chris Jump nunca sería tan tonto como para arruinar sus planes a futuro de ese modo, no importa cuántos padres u otros seres amados lo abandonaran.

Su teléfono vibró de nuevo y su corazón dio un vuelco, pensando que quizás Chris había cambiado de parecer, pero era Lindsey. "Vámonos de aquí. Te estoy esperando junto a tu coche".

No discutió. Después de la conversación con Ellzey y el mensaje de Chris, ya había tenido suficiente por una noche.

Recorrió la casa de Matt y le sonrió a algunas personas, pero no se molestó en decirle adiós a nadie, pensando que estaban demasiado ebrios como para notar que se iba, o tal vez ni siquiera se habían dado cuenta de que estaba. Ahora sabía cómo vivía la otra parte de la preparatoria.

Como prometió, Lindsey estaba al final de la calle, una figura solitaria recargada contra el coche de Arden, un Sedán viejo y decrépito al que las chicas habían apodado el Corazón de Oro. No dijo nada mientras Arden quitaba los seguros de las puertas, ni cuando entraron y comenzó a conducir; y con ese silencio Arden supo que, pese a lo que Lindsey le había asegurado antes, algo había salido mal.

Cuando la casa de Matt Washington desapareció en el espejo retrovisor, Lindsey comenzó a hablar.

—Pues le pregunté a Denise si quería salir algún día.

—Guau —Arden estaba impresionada. A lo largo de su vida había intentado distintas tácticas para que la gente saliera con ella. Pero simplemente caminar hacia alguien y preguntarle era algo que nunca había probado.

—Denise respondió que no. Dijo que gracias, pero que no le gusto de esa forma.

–Bueno –dio unas palmadas en la pierna de Lindsey–. Es decepcionante, claro, pero al menos le dijiste cómo te sientes. Bien por ti.

–Y luego Beth y Jennie se me acercaron y me dijeron que debía irme de la fiesta porque las estaba incomodando.

–¿Qué? –Arden pisó el acelerador con demasiada fuerza y ambas chicas chocaron contra el respaldo de sus asientos.

–Dijeron que les incomodaba que estuviera coqueteándole a Denise, porque consideraban que yo podía lanzarme sobre ellas después. Que una cosa es ser gay y salir con otras personas gay, pero que ni bien una lesbiana pone la mira en una mujer hetero, todo es posible.

–¿Es *broma*? Voy a regresar a partirles la cara.

–Por Dios, Arden, no te *atrevas*. Intenté explicarles que había creído que a Denise *le interesaban* las chicas, y que por eso la invité a salir. También les dije que no me siento ni remotamente atraída hacia ninguna de ellas, ni francamente hacia nadie más en la casa de Matt esta noche, pero en realidad creo que lo empeoré, porque Jennie dijo "¿Estás diciendo que no soy bonita?". Y luego Beth: "Tú tampoco eres el premio mayor, Lindsey la plana".

–¿Esa chica tiene nueve años? ¿La *plana*? ¿De dónde saca sus insultos, de *Plaza Sésamo*?

–Ya sé que no tengo… *pechos gigantes*, o sea cual sea el estándar cultural para el atractivo femenino. Pero ella no tenía por qué decirlo así, no en mi propia cara.

–Linds, esa chica es una idiota.

El cuerpo de Lindsey se veía como si estuviera construido de arriba abajo en una línea recta, una línea muy recta. Era la chica más alta en la escuela por mucho, y había chicos en el equipo de fútbol con pechos más grandes. Pero eso era lo que la hacía una corredora tan buena. ¿Y ser muy bueno en algo no es positivo?

–Sé que a mis espaldas todos dicen que me veo como un chico. Obviamente, tienen razón. Pero no es mi culpa. No es como que yo haya elegido verme así. Si tuviera opción, claro que sería hermosa. ¿Crees que es por eso que no le gusto a Denise? ¿Porque soy fea?

–No –dijo Arden–. Creo que no le gustas a Denise porque no le gustan las chicas, o al menos no le gustan las chicas en este momento particular de su vida. *Eres* bonita.

–No lo sé –dudó Lindsey–. Quizás a Denise solo le gustan las chicas sensuales. ¿Crees que voy a estar sola por siempre? Dime la verdad.

–Definitivamente, no.

Lindsey suspiró y apoyó su cabeza en el respaldo del asiento, y cerró los ojos.

–De cualquier modo, no lo entenderías. Tú tienes a Chris.

Ah, sí. Chris. La manta de seguridad más segura del mundo.

–A veces, odio vivir aquí –continuó, sin abrir los ojos–. Me pregunto: si pudiera correr lo suficientemente rápido y lejos, ¿crees que podría salir corriendo de aquí?

–Apuesto a que podrías.

Lindsey negó con la cabeza.

–Solo quiero que alguien me bese –dijo entre dientes.

Esta había sido una frase muy repetida en la vida de Lindsey. Había alcanzado su cima un par de años atrás, pero ahora ya casi nunca la expresaba, como si le diera pena tener casi diecisiete años sin un solo beso y no quisiera llamar la atención hacia ese tema. Pero Arden sabía que aún era algo que le preocupaba. Simplemente no había tantas lesbianas en su escuela, y aquellas que lo eran no provocaban mucho interés en Lindsey, o ella no provocaba mucho interés en ellas. De cualquier modo, su amiga quería algo que parecía simple, pero había demostrado ser imposible de lograr en Cumberland.

Arden recordó cuando tenían trece años y le preguntó a Lindsey:

–¿Cómo sabes que eres gay si nunca has besado a una chica?

–¿Cómo sabes que eres heterosexual si nunca has besado a un chico?

Arden no pudo discutir con eso.

De hecho, un dato poco conocido y jamás discutido era que Lindsey, técnicamente hablando, ya *había* vivido su primer beso. Ocurrió en primer año, con su compañero David Rappaport, en el baile escolar. Ella acababa de salir del clóset ante Arden y sus padres, pero aún no ante todo el mundo, y cuando David Rappaport la invitó a bailar, ella dijo que sí porque no supo cómo negarse. Luego se quedó a dormir en la casa de Arden, y lloró y lloró.

—Solo tienes un primer beso en toda tu vida —repetía—, y yo gasté el mío con un chico tonto.

Finalmente, Arden dio con la solución.

—No tienes que contarlo —le dijo a Lindsey.

—¿Qué quieres decir?

—Puedes simplemente decidir que tu primer beso aún no ha sucedido. Será con una chica increíble a quien probablemente ni siquiera has conocido aún.

—¿Puedo hacer eso?

—Es tu vida —le dijo Arden—. Claro que puedes.

Esa noche fue la última vez que mencionaron el incidente del único beso de Lindsey.

Ahora, acababa de suspirar y reclinar su asiento lo más posible.

—Está bien —dijo, más para sí misma que para Arden—. Esta noche ya se acabó. Mañana será mejor.

Arden pensó en Beth, Jennie, Chris, Ellzey, Denise, Matt Washington y en su madre, y no lo creía para nada, ni siquiera un poco. Pero no se lo dijo a Lindsey. Solo mantuvo sus ojos en el camino y siguió conduciendo.

¿Por qué nadie quiere a Arden tanto como ella los quiere?

Ya era tarde para cuando Arden dejó a Lindsey y volvió a su casa, pero aún no estaba cansada. Parecía que todo estaba putrefacto. Inconscientemente, había estado esperando algo de esa noche, algo que la transformara, pero regresó exactamente igual y por ello, de algún modo, incluso peor. Ahora vagaba por la casa buscando con qué distraerse. Su padre estaba encerrado en su estudio; ella no entró, pero sabía que ahí estaba por la luz que se colaba por debajo de la puerta.

El padre de Arden siempre había trabajado arduamente, pero desde que su esposa se fue de la casa, era como si algo en su interior le repitiera constantemente que la razón por la que se había ido consistía en que él no era *suficientemente* exitoso. Y si tan solo pudiera ser *más exitoso*, le demostraría a su esposa, o a sí mismo, que merecía su amor de nuevo. Llevaba mes y medio trabajando en ser más exitoso. Quizás estaba logrando algo, pero no estaba ni un poco más cerca de hacer que su esposa volviera a casa.

Arden pensó en las palabras de su madre en el teléfono ese mismo día: "Estoy segura de que quieres una explicación de por qué me fui". Se preguntó si también le había ofrecido esa explicación a su padre. Se preguntó si él la había escuchado. No podía ni imaginar que su madre se hubiera ido porque su padre no fuera lo suficientemente ambicioso o trabajador. A ella le parecía que lo que su padre estaba haciendo para recuperar a su esposa ni siquiera era porque creyera que funcionaría, sino simplemente porque era lo único que sabía hacer.

Roman se había quedado dormido en el sofá. Mouser estaba dormitando a sus pies, las luces del techo seguían encendidas y el videojuego estaba pausado en la televisión esperando la siguiente instrucción. Arden lo observó por un instante, su pequeño pecho bajando y subiendo. En momentos como este (cuando él estaba inconsciente, básicamente), el amor por su hermano la abrumaba, era casi como un dolor físico. Sus pies estaban descansando sobre el cojín con la cita de *El Principito* y, sin pensarlo, Arden lo tomó de debajo de su hermano y lo tiró en la basura.

Ese cojín era una estupidez. Su madre no sabía nada sobre ser responsable de su rosa.

Cargó a Roman hasta su dormitorio y lo acostó en la cama, algo que él nunca le hubiera permitido hacer si estuviese despierto, pero dadas las circunstancias, solo babeó un poco en su hombro.

Sintió una punzada de culpa por haber ido a la casa de Matt Washington; debió saber que Roman no tendría la madurez para irse *él mismo* a la cama. No había posibilidades de que se hubiera cepillado los dientes antes de quedarse dormido. No iba a despertarlo para que lo hiciera, y si su familia seguía así, probablemente Roman tendría gingivitis antes de terminar la secundaria.

Dejó la puerta de su hermano abierta porque, aunque tenía once años, aún se asustaba si despertaba y la puerta estaba cerrada y el dormitorio demasiado oscuro. Luego se dirigió hacia su propia habitación y se acurrucó en la cama. Había dejado una pila de atuendos rechazados para la fiesta de Matt Washington sobre su cobertor, así que los lanzó al suelo. Al final se había decidido por su top más apretado y revelador y unos jeans, pero lo único que había conseguido con eso era sentir un frío innecesario cuando estuvo en el patio con Ellzey.

Entrecerró los ojos y miró hacia el otro lado de la habitación, a su muñeca Arden, que vivía en un estuche de cristal en la pared. Como su madre había visto la forma en la que había tratado a Tabitha, había construido ese estuche para la Muñeca Arden a fin de protegerla.

—Querrás mostrarles tu muñeca a tus hijos y nietos —había dicho—. No querrás que esté sucia y destrozada.

Ella tenía razón, pero esa noche en particular, Arden no tenía ganas de ser observada por una muñeca inmaculada.

"Arden es increíblemente leal".

Era la descripción en la que había pensado un millón de veces desde que la compañía de Muñecas Como Yo se la había entregado. A principios del año, había aprendido en la escuela sobre un evento histórico crucial llamado "El cheque en blanco". Esto sucedió en 1914, cuando el heredero del trono del imperio austrohúngaro acababa de ser asesinado en Serbia. Obviamente, el gobierno austrohúngaro estaba furioso con los serbios porque, pues, habían matado a su futuro emperador.

Luego, Alemania hizo su aparición. El emperador alemán escribió una carta prometiéndole a Austria-Hungría el apoyo fiel de su nación para cualquier cosa que Austria-Hungría decidiera hacer para castigar a Serbia. Esa promesa de apoyo ciego, sin importar qué, fue lo que los historiadores llamaron "El cheque en blanco".

Cuando Arden leyó esto en su libro de Historia, se quedó sin aliento. Pensó que esa carta política de hacía más de cien años del canciller alemán al embajador austrohúngaro era lo más romántico que había escuchado. En ese momento, se dio cuenta de que eso era exactamente lo que ella había hecho con Lindsey, Chris y Roman, pues les había escrito a cada uno un cheque en blanco, una promesa silenciosa de quedarse a su lado en las buenas y en las malas, estuviera de acuerdo o no con sus acciones, de darles la ayuda que necesitaran, aunque ninguno de ellos pudiera saber aún cuál podría ser esa ayuda.

Por cierto, ese primer cheque en blanco, la carta que Alemania le escribió a Austria-Hungría, lo cumplieron por completo. Esa decisión finalmente condujo a la Primera Guerra Mundial, lo cual diezmó totalmente la economía y la población alemana. Quizás no fue el movimiento más inteligente del gobierno alemán. Quizás, si hubieran sabido en lo que se convertiría algún día, no habrían firmado un cheque en blanco. Pero de eso se trata: cuando juras estar al lado de alguien pase lo que pase, a veces tienes que ir a la guerra por esa persona.

Arden se envolvió con su cobija, se levantó y fue hacia su escritorio, donde no estaría bajo un escrutinio tan directo de su Muñeca Arden. Abrió una ventana de Internet y, aún pensando en su increíble lealtad, escribió su pregunta al universo. Era una pregunta muy simple, y Arden se consideraba una chica bastante inteligente, así que le parecía absurdo que no pudiera encontrar la respuesta.

"¿Por qué nadie me quiere tanto como yo los quiero?".

No esperaba que Internet tuviera una respuesta particularmente brillante para su pregunta. Como mucho, habría un video gracioso sobre el tema. Como cualquier persona, Arden a veces recurría a Internet en busca de respuestas: cómo quitar una mancha de chocolate de unos pantalones blancos, o cuántos países hay en Latinoamérica; pero normalmente recurría a Internet para reafirmarse que hay todo un mundo de personas allá afuera viviendo sus vidas justo como ella vivía la suya. A veces, esas personas tenían experiencias como la suya, y a veces tenían experiencias que le parecían totalmente ajenas, pero, de cualquier modo, su simple existencia hacía que Arden se sintiera menos sola. No importaba en qué momento del día o la noche te conectaras, siempre había incontables personas anunciando las recetas que estaban cocinando, las cosas que estaban viendo y las canciones que estaban grabando. Ella había hablado de esto con Lindsey, a quien le enloquecía que todas estas cosas estuvieran sucediendo y ella no pudiera seguirles el ritmo. Pero Arden lo encontraba reconfortante.

El primer resultado que surgió al escribir su pregunta fue de una página llamada *Esta noche las calles son nuestras*. Usaba la frase exacta: "¿Por qué nadie me quiere tanto como yo los quiero?", y era raro, un poco loco de hecho, que una página cualquiera hubiera expresado esa misma idea de la misma forma que Arden, como si alguien más estuviera dentro de su cabeza. Así que hizo click en el link.

La página estaba escrita como el diario de una persona. Estaba fechada en octubre, hacía cinco meses. Arden comprendió que ese post la ponía a la mitad de una historia, pero no sabía dónde iniciaba, así que solo comenzó a leer.

10 de octubre

Llamé a Bianca tres veces antes de que finalmente me enviara un mensaje para preguntarme qué quería.

—Quiero que me regreses mis cosas —respondí.

Vamos, Bianca, dame una chance.

Ella insistió en que nos viéramos en la librería porque no quería que yo fuera a su casa y se negó a venir a la mía. La librería, donde todo comenzó. Qué crueldad de los libros que enmarcan nuestra historia. Llegó cinco minutos antes de que yo terminara mi turno.

—No puedo creer que ya hayas regresado a trabajar —dijo ella.

—La vida sigue —comenté—. Así debe ser.

—La *tuya*, quizás.

—¿Qué pensaste que iba a suceder si nos veíamos en tu casa? —le pregunté—. ¿Creíste que iba a tirarte en tu cama y poseerte?

—No —respondió—. Pero que podrías querer eso.

—Lo quiero. Y ni siquiera estamos cerca de una cama. Estamos en una librería.

—Ja —dijo ella, entregándome una bolsa de tela con mis cosas.

No había mucho ahí dentro. Nunca dejé mucho en la casa de Bianca, por obvias razones. Yo ya lo sabía, pero de cualquier modo quería que me lo regresara, porque quería una razón para verla. Soy culpable. La bolsa contenía solo dos libros, una playera y una bolsa abierta de Cheetos.

–¿En serio? –pregunté levantando la vista–. ¿Un snack a medio comer, Bianca? ¿No pudiste tirar eso?

Ella se encogió de hombros.

–Dijiste que querías tus cosas.

En ese momento quise preguntarle: "¿Por qué no puedes quererme tanto como yo te quiero?". Pensé en los acontecimientos de las últimas semanas y me sentí tan derrotado e indignado. El mundo se abrió sobre mi cabeza como un huevo apestoso. *¿Por qué nadie me quiere tanto como yo los quiero?*

–Encontrarás a otra chica –dijo Bianca mientras estábamos de pie uno frente al otro. En una librería. Como extraños–. Eres Peter. Las chicas te adoran.

Como si todo lo que siento por ella se redujera al hecho de que ella es una chica y yo soy un chico. Sustituye con cualquier otro chico y cualquier otra chica, ellos llenarán esos espacios vacíos de la misma manera.

–No quiero a otra chica. Te quiero a ti.

Pero no la recuperé a ella. Recuperé mis Cheetos. Luego los deseché.

¿Quiénes eran esas personas, Peter y Bianca?, se preguntó Arden.

Podrían tener cualquier edad, vivir en cualquier lugar del mundo donde se hable inglés y se vendan libros.

Peter podría ser un fisioterapeuta de cincuenta años en Akron, Ohio, al que le gustan los Cheetos.

Pero tenía el presentimiento de que probablemente ese no era el caso.

Continuó leyendo el siguiente post.

12 de octubre

¿Por qué pierdo a todos los que me importan? Primero mi hermano. Ahora Bianca. Realmente no sé cuál de esas dos pérdidas duele más: mi hermano, porque siempre ha sido parte de mi vida, o Bianca, porque yo escogí que estuviera en mi vida y creí que ella también me había escogido, pero me equivoqué. Recorreré cada calle y avenida sabiendo que ella podría pasar justo frente a mí, pero que nunca volverá a ser mía.

Odio que la vida sea así. La pérdida progresiva de cualquiera que te importe. Eso es todo lo que hay, ¿saben?: si vives lo suficiente, tu recompensa es que podrás ver a todos los que amas morir o abandonarte.

Oh, pero lo que digo es ridículo. Lo sé. Lo sé. La muerte y un corazón roto no son lo mismo.

Ahora Arden no solo quería saber qué sucedió con Bianca y por qué rompieron. También quería saber qué ocurrió con el hermano de Peter. Quería saberlo todo. Nunca había sido capaz de sentir un interés tranquilo y reservado hacia otras personas.

Quizás necesitaba comenzar por el principio. Eso haría que toda esa historia se aclarara, si se le presentaba en orden cronológico.

El primer post de Peter era de casi un año atrás, pero no decía nada sobre Bianca ni sobre un hermano, ni hablaba del amor o de la pérdida para nada.

21 de Marzo

Hola, me llamo Peter, y esto es *Esta noche las calles son nuestras*. (¿Qué les parece? Necesitaba una URL y resultó que básicamente todo lo demás estaba tomado. Además, me gusta mucho el tema *Tonight the Streets Are Ours*, de

69

Rochard Hawley, y pensé "Ey, si funciona para Richard Hawley, funcionará para mí también". Verán: esta noche las calles son mías).

Si están aquí, ¡felicidades! Han encontrado mi… eh… página, supongo. ("Diario" no suena bien, porque se supone que esos son privados y este es tan privado como Internet lo permite, lo cual significa: para nada privado. Y odio la palabra "blog". Por alguna razón, suena como si la tía de alguien estuviera intentando sonar "moderna" y "en onda" usando el término de moda en Internet tan preferido entre los "jóvenes de hoy". Así que será "página").

Quiero ser escritor cuando crezca. De hecho, quiero ser escritor *ahora mismo*, y también cuando crezca. Como hoy es mi cumpleaños diecisiete, hice mi propósito de año nuevo. (Sí, no es año nuevo para todos, pero es un nuevo año para mí, así que basta con eso). Voy a publicar aquí cada día, y será buena práctica para escribir; además, cuando sea hora de que escriba mi autobiografía, tendré estas notas sobre mis años de adolescencia. De nada, Peter del futuro.

Mi papá dice que no quiero hacer carrera como escritor porque los escritores son… ¿cómo dijo? Algo como "alcohólicos miserables congénitos". Si tiene razón, ¡entonces creo que encajaré perfecto! Jaja, es broma.

Además, mi papá también es un alcohólico miserable congénito, y ni siquiera produce ninguna obra escrita ni nada que lo justifique. Aparentemente, puedes ser un alcohólico miserable congénito aun si lo único que haces es manejar fondos de protección financiera. Me parece un desperdicio. Si vas a tener el alma torturada de un artista, lo mejor que puedes hacer es crear algo artístico, ya que estás en eso.

Arden sonrió un poco ante la descripción de Peter sobre su padre. Era lindo saber que su mamá no era el único padre desastroso en el mundo. Y ahora que sabía que Peter solo tenía un año más que ella, se sentía aún más intrigada por él y por su miserable padre, la chica que le rompió el corazón y el misterioso hermano desaparecido.

Quería leer lo que seguía, pero más que eso, quería saber adónde se fue el hermano de Peter. Así que se saltó algunos meses. Al fin encontró una explicación en un post fechado apenas unas semanas antes de la ruptura de Bianca y Peter.

24 de septiembre

Sé que no he escrito aquí por un rato, y lo lamento.

Lamento muchas cosas, de hecho.

Realmente no sé por dónde comenzar. Ese es el problema al actualizar una página diariamente: cuando te pierdes una semana, quedas atrasado para siempre.

Pues, básicamente, mi hermano huyó. Ha estado desaparecido por una semana y no dejó rastro. Apenas llevaba un mes en la universidad, y por lo que sabíamos, parecía estar adaptándose bien, haciendo amigos, yendo a clases, aprendiendo cosas, no sé, lo que sea que la gente haga en la universidad.

Y luego se largó.

Ninguno de sus nuevos amigos de la universidad sabe adónde fue. Ninguno de sus antiguos amigos ha escuchado de él. Los policías dicen que no pueden hacer mucho porque él tiene dieciocho años, legalmente es un adulto y puede ir a donde quiera. No hay señales de él; es como si nunca hubiera existido.

Mi papá va a contratar a un investigador privado. Está furioso. Dice: "Gastaré cada centavo si es lo que se necesita para encontrar a ese chico". Mi mamá se la pasa llorando. Es como si supieran que es su culpa. Si no fueran como son, quizás él no se habría ido.

Todos me han preguntado si me dijo algo, si tengo alguna idea. Como solo nos llevamos un año, se supone que somos unidos. Se supone que compartimos cosas. Cuando éramos niños compartíamos juguetes, compartíamos ropa, compartíamos amigos. Pero ahora estoy tan despistado como los demás, ¿cómo creen que me hace sentir eso?

No fui a la escuela y me quedé en casa casi toda la semana. Mis papás no fueron al trabajo. Es como si él hubiera muerto. Por lo que sé, quizás sí está muerto.

No puedo decirles *eso* a mis padres.

Recuerdo cuando tenía ocho años y finalmente entendí de dónde veían los bebés, o al menos de dónde vino realmente mi hermano. Le pregunté "Pero ¿qué tal si mamá y papá *no te hubieran* adoptado? ¿Qué tal si tus padres biológicos se hubiesen quedado contigo? ¿O qué tal si *alguien más* te hubiera adoptado? ¿Qué tal si mamá y papá hubieran recibido la llamada de otro niño dos semanas antes de recibir la llamada sobre ti, y entonces para cuando estuvieras disponible, ellos ya no te estarían buscando?".

"Eso no iba a pasar", respondió con la confianza de un chico de diecinueve que lo tiene todo resuelto. "Siempre pertenecí a nuestra familia, incluso antes de que mamá y papá lo supieran, incluso antes de que tú nacieras. No teníamos que reunirnos exactamente como lo hicimos, pero de un modo u otro, iba a suceder".

Siempre me gustó esa explicación, porque significaba que, si alguna vez nos perdíamos en el camino, siempre nos volveríamos a encontrar. Eso era lo que yo creía como el niñito estúpido que era.

No sé qué más decir. ¿Por qué puedo encontrar un millón de palabras para escribir sobre una fiesta, y no puedo pensar en una sola para explicar cómo me siento en este momento?

Arden se alejó de la computadora y acomodó su cobija; el frío le calaba hasta los huesos. Por eso, por la historia de Peter, era por lo que debías amar a la gente mientras pudieras, mientras aún estuvieran frente a ti. Porque si esperabas, podía ser demasiado tarde.

Y eso, claro, la hizo pensar en su madre.

Cuando
la mamá
de Arden
se fue

Su madre no se fue *por culpa* del vestido. Pero si el vestido no hubiese existido, ella aún estaría aquí.

Arden había visto el vestido en una foto de la estrella de cine Paige Townsen unos meses atrás en un número de *Us Weekly*, el cual había tomado prestado de su amiga Naomi. Naomi estaba en el equipo de tramoyistas y era adicta a los chismes del espectáculo. Muy en el fondo, su amiga realmente creía que las estrellas… ¡son iguales a nosotros!

Aunque Arden no se sentía para nada como una celebridad, deseó serlo al ver ese vestido. Era color chocolate, con pequeñas mangas y un cinturón que creaba la ilusión de una cintura bien definida, aunque ella no tuviera una exactamente. El vestido era elegante y majestuoso; parecía salido de una película de 1940 junto con su sombrero con velo y guantes hasta el codo. Arrancó la imagen de la revista de Naomi y la pegó con cinta en su espejo.

—¿No sería genial tener un vestido como este? —le preguntó a su madre una noche mientras ella le hacía preguntas sobre la tabla periódica.

Su mamá se levantó para inspeccionar la fotografía más de cerca.

—No sé dónde puedas comprar algo así.

—No, lo hizo algún diseñador y cuesta un trillón de dólares —le aseguró Arden—. No puedes comprar algo así.

—Podría hacértelo —le ofreció su mamá.

—¿En serio? —hizo un gesto sorprendido. Su mamá tenía decoraciones de pared bordadas y había hecho cobijas de retazos. Le había cosido vestidos a Tabitha cuando Arden era pequeña. Pero no sabía que también pudiera hacer vestidos tamaño humano.

—Apuesto a que podría arreglármelas. ¡Y podrías usarlo para el baile invernal! —su mamá sonrió en esa forma en que lo hacía cuando resolvía un problema, aunque esta vez, Arden ni supo que existía un problema.

—*Si* Chris y yo seguimos juntos para entonces —advirtió. Era difícil imaginar a Chris rompiendo con ella, habían sido pareja desde abril, así que unas cuantas semanas más juntos parecían seguras. Pero ella no lo sentía así realmente.

Su madre le lanzó una mirada astuta.

—Ese chico está loco por ti. Créeme, cariño, no tienes nada de qué preocuparte. No seas tonta —los padres de Arden fueron novios desde la preparatoria, así que, para su madre, ser tonto era imaginar que un romance adolescente podría terminar.

Su madre comenzó a confeccionar el vestido. Trabajó en él casi siempre cuando Arden estaba en la escuela, así que ella no tuvo mucho conocimiento de cómo se iba formando. Solo supo que un día había tela roja y al otro día un maniquí para hacer vestidos y un día le estaban tomando medidas y luego, unos días antes del baile, el vestido existió de pronto y ella se lo estaba probando.

—¿Y bien? —preguntó, mientras Arden modelaba en la sala—. ¿Qué te parece?

—Me parece que, ¿puedo ir ya a ver televisión? —dijo Roman desde su puesto en el brazo del sillón.

—Ya casi. Primero di algo amable sobre cómo se ve tu hermana.

—Te ves roja —declaró Roman.

—Roman —dijo su madre con un tono de advertencia.

—No, tu vestido. Tu vestido se ve rojo.

—¡Dennis! —gritó la madre hacia la puerta cerrada del estudio de su esposo—. ¿Quieres salir para ver a tu hermosa hija?

Hubo una pausa, y luego él respondió a gritos:

—Estoy ocupado en este momento, amor. Saldré en un minuto.

Arden puso los ojos en blanco. "Saldré en un minuto" era la clave con la cual su papá decía "Ya se me olvidó que me pediste que hiciera algo". Solo quedaban dos semanas para el Super Bowl, lo que significaba que estaba hundido hasta arriba en su fútbol de fantasía. Supuestamente, estaba trabajando en un importante caso legal, pero era igualmente probable que no saliera de su estudio hasta que hubiera leído todos los post sobre todos los juegos en todos los sitios de noticias de la NFL que frecuentaba.

—¿Qué piensas *tú* del vestido, Arden? —preguntó su madre.

¿Honestamente? Pensaba que se veía ligeramente extraño por alguna razón. Simplemente no se le veía como a la actriz pegada en su espejo. Las mangas parecían demasiado largas, el cuello demasiado alto y arrugado, la cintura muy baja, la tela demasiado mate. O quizás, simplemente no era el vestido para ella; quizás cuando lo vio en esa revista y se lo imaginó en su propio cuerpo, se estaba imaginando a sí misma como si fuera otra persona.

—A mí me encanta —declaró su mamá—. No puedo creerlo, es el primer vestido que he hecho en años, y de algún modo salió bien. Te ves despampanante, cariño. Tan adulta.

—A mí también me encanta —dijo Arden.

Dos días después, estaba en el centro comercial con sus amigas más cercanas de Teatro, Kirsten y Naomi. Claro que Arden había invitado a Lindsey, pero no había aceptado; Lindsey no era una persona de centro comercial. Kirsten estaba rebuscando entre estantes de ropa a una velocidad alarmante cuando se detuvo y declaró:

—¡Es este, chicas! ¡Este será mi vestido para el baile de invierno!

Arden y Naomi la rodearon para inspeccionarlo. Era vaporoso, rosa, strapless, transparente por arriba y apenas cubría el trasero. El tipo de vestido que usaría una extra en la escena del club nocturno en un video musical.

—Ohh, es increíble, yo también quiero uno —dijo Naomi inmediatamente.

—¡Hazlo! —gritó Kirsten—. Yo me llevo el rosa, tú puedes llevarte el plateado y Arden el dorado, e iremos combinadas.

Naomi soltó un chillido de emoción.

Arden consideró decir que ya tenía un vestido que había hecho su madre. Pero la cosa era que de hecho no quería usar ese vestido. Y ahora que había visto lo que sus amigas iban a llevar, *de verdad* no quería usarlo y ser la chica desaliñada y anticuada con una falda por debajo de las rodillas.

Así que gastó una parte de su dinero duramente ganado en tutorías para comprar el vestido dorado. Pensó que usaría el que su mamá había hecho en algún otro evento. Como en el baile anual de disfraces del club de Teatro. O en la iglesia. Hasta entonces, lo colgaría en el clóset.

El día siguiente era sábado, y el día del baile. Todos los chicos de Teatro se estaban arreglando en la casa de Kirsten, que era donde siempre tenían sus reuniones grandes porque esa casa era enorme, y a su papá y a su madrastra realmente no les importaba qué hicieran los amigos de su hija siempre y cuando no incendiaran nada. Arden empacó las cosas para irse: maquillaje, tenaza de cabello, vestido dorado, tacones. Tomó las llaves de su coche y bajó las escaleras.

—Ya me voy —dijo al pasar por la cocina.

Su mamá y su hermano la ignoraron. Estaban enfrascados en una batalla a cada lado de la mesa de la cocina, uno frente al otro.

—Te *encantan* los macarrones —decía su madre, mirándolo hacia abajo.

Los ojos de Arden fueron hacia la bandeja de macarrones con queso caseros que estaba en el lugar de Roman. Olía increíble. Si no hubiera sabido que Kirsten ordenaría pizza, se habría comido la cena de Roman ella misma.

—Ya no —dijo él.

—¿Desde cuándo? —preguntó su mamá.

Él encogió sus delgados hombros con impaciencia.

—No lo *sé*. Desde algún día.

—Te gustaban los macarrones la semana pasada.

—Pues ya no. ¿Puedo ir a ver mi película?

—No —dijo su madre—. Tienes que cenar antes de ir a verla.

—¿Por qué?

—Porque —se metió Arden, tomándolo por el hombro— mamá lo dice.

En los años posteriores a los berrinches de bebé de Roman, él había dejado de llorar tan seguido, pero no se había vuelto menos caprichoso.

—De acuerdo. Comeré —el pequeño se puso de pie, fue hacia la vitrina y tomó una bolsa de galletas de queso. Se metió un puñado en la boca—. ¿Está bien? —balbuceó con los dientes manchados de masa naranja.

—No está bien —dijo Arden—. Eso es asqueroso.

—No está bien —repitió su mamá—. Eso no es *cena*. Siéntate, Roman Huntley, y *cómete tus macarrones con queso*.

—¡Pero no quiero! —gritó—. ¡Dijiste que no tenía que comer nada que no quisiera! ¿Vas a obligarme a comer macarrones? ¿Qué es esto, la *cárcel*?

—¡No te estoy obligando a comer nada! —su mamá lanzó las manos al aire en un gesto de desesperación—. Trabajé mucho en esos macarrones, Roman. Hice un viaje especial a la tienda solo para traer el tipo de pasta que te gusta. Hice el empanizado yo misma. Todo eso solo para ti, Roman. Arden ni siquiera va a cenar con nosotros hoy, e hice salmón escalfado para los adultos. Los macarrones existen solo para ti. Así que, por favor, al menos *pruébalos*.

Arden le robó un poco de su plato.

—Está delicioso, mamá. Te superaste a ti misma.

Roman cruzó los brazos.

—No puedes convencerme de comer con psicología.

—¡Dennis! —gritó su madre.

—¡Un segundo! —respondió a gritos su papá.

—Nada de "un segundo", *ahora mismo*.

Arden estaba impresionada. Su mamá sonaba firme. Hasta su padre debió haber notado algo inusual en el tono, porque salió de su estudio para preguntar:

—¿Qué ocurre?

—Tu hijo no quiere comer su cena —explicó la madre de Arden, señalando la comida culpable.

—Roman, cómete tu cena —dijo su papá de inmediato—. Es hora de cenar.

—*Tú* no estás cenando —replicó Roman.

—Estoy terminando un gran proyecto. Pero en cuanto acabe, voy a comer de esta deliciosa comida que tu mamá nos preparó.

—Claro que no —dijo Roman—. Vas a comer salmón escalfado. Yo soy el único que tiene que comer estos macarrones. Y no *me gustan* los macarrones.

—Oh —su padre se rascó la cabeza—. No sabía que no te gustaban los macarrones.

—Nadie sabía —señaló Arden.

—¿Quieres comer el salmón también? —le ofreció su padre.

Y aunque Roman tenía una estricta política anti-comida del mar, dijo:

—¡Sí!

—Pues bien —su papá sonrió y sacudió el cabello de su hijo—. Problema resuelto.

—El problema *no* está resuelto —soltó su madre con enojo —. Dennis, por favor. Apóyame.

—Me voy —dijo Arden intentando nuevamente despedirse.

—Si te vas, ¿dónde está tu vestido? —preguntó Roman.

Toda la atención en la habitación pasó a Arden, quien sintió la sangre corriendo hacia sus mejillas y maldijo mentalmente a su hermanito. Roman era el único niño de primaria que ella conocía que fuera capaz de notar si su hermana mayor lleva o no el atuendo correcto a un baile de preparatoria.

—¿Dónde *está* tu vestido? —preguntó suavemente la mamá de Arden.

Se le ocurrió mentir demasiado tarde, decir que lo había olvidado, que esperaran un momento, que iba a subir por él.

—Yo… —comenzó a decir. Pero la culpa estaba escrita por toda su cara. Comenzó de nuevo—: Kirsten y Naomi querían que todas usáramos vestidos iguales, así que…

—¿Sabes qué? –dijo su madre y se puso de pie, temblorosa–. Olvídenlo.

—¿Olvidar qué? –preguntó su esposo.

—Todo. Absolutamente todo. Ya no puedo seguir con esto. Ya fue suficiente. Está claro que ninguno de ustedes me necesita, así que estoy segura de que estarán bien.

—¿Qué? –preguntó Arden.

Su madre no respondió. Solo tomó su bolsa y salió por la puerta principal.

Los tres Huntleys que quedaron se miraron uno al otro por un momento, en un silencio pasmado. Finalmente, Roman dijo:

—Bien hecho, Arden. La hiciste enojar.

—*Tú* la hiciste enojar –replicó Arden–. ¿No podías simplemente comerte los macarrones con queso?

—¡No puedo pensar con ustedes discutiendo!

Inmediatamente se callaron. Su padre asustaba mucho más que su madre cuando gritaba.

—Solo fue a dar un paseo –les dijo, presionando los dedos contra las sienes, como si intentara que su cabeza no se hiciera pedazos–. Solo fue a tomar un poco de aire fresco.

—De acuerdo –dijo Arden–. Igual me voy –revisó su teléfono. Chris ya le había enviado un mensaje para decirle que había llegado a la casa de Kirsten. Besó la cabeza de Roman y la mejilla de su papá–. Lamento que mamá esté enojada.

Su padre asintió.

—Va a estar bien, Arden.

Condujo hasta la casa de Kirsten, donde se encontró con el resto de sus amigos y todas las chicas se pusieron sus vestidos y un par de chicos se pusieron trajes, pero la mayoría de ellos simplemente convivieron y comieron tanta pizza como pudieron antes de que Kirsten les dijera que dejaran un poco para los demás. Luego se fueron en caravana al baile, cinco chicos en el coche de Arden, y cinco, en el de Chris.

Cuando estuvieron ahí, Chris y Arden bailaron en el centro del salón, y con la música demasiado fuerte para hablar y los brazos de su novio rodeándola, las cosas entre ellos se sintieron mejor de lo que se habían sentido en semanas, como un cubo de Rubik recién armado. Aunque estaban rodeados de personas por todas partes, era uno de esos extraños momentos en que de algún modo se sentía como si estuvieran completamente solos, solamente ellos dos.

Se acercó más a él, de modo que sus labios quedaron justo junto a su oído, y gritó:

—¡Te amo!

—¡Yo también te amo! —y la besó, con el mismo beso teatral que la había hecho volar nueve meses atrás.

Arden cerró los ojos y sintió como si estuviera regresando de golpe en el tiempo. Al final del verano, justo antes del viaje anual de la familia Huntley para visitar a los parientes de su madre en Atlantic Beach, Arden estaba empacando y pensando que en verdad no quería estar lejos de Chris durante diez días. La idea de su separación física hacía que le doliera el corazón, así que solo para ver cómo se sentiría, se imaginó estando separados para siempre. Y la idea hizo que su corazón se contrajera, que su garganta se cerrara y que sus manos fueran hasta su teléfono para llamarlo, para escuchar el sonido de su voz. Así fue como supo que lo amaba: ya no podía imaginarse la vida sin él.

Se lo dijo el día que regresó de Atlantic Beach. En cuanto se bajó del coche, fue corriendo a la ferretería del padre de Chris. Y Arden, a diferencia de Lindsey, no era una corredora. Era lo contrario: una *sentadora*, una *acostadora*, una *caminadora lenta*. Pero corrió para ver a Chris, porque quería decirle que lo amaba, quería decírselo en persona, y no quería esperar ni un minuto más.

Llegó a la ferretería sudorosa y sin aliento. Chris estaba ayudando con poco entusiasmo a una mujer a decidir entre una variedad de cinta para embalaje, una causa que abandonó en cuanto Arden cruzó la puerta.

–¡Volviste! –exclamó, y sus ojos se iluminaron.

–Te amo –soltó ella de golpe.

La mujer que elegía la cinta de embalaje comenzó a reírse.

–Yo *también* te amo –respondió Chris de inmediato.

Y a partir de ese momento, no dejaron de decírselo.

Ahora, en el baile escolar, sentía como si hubieran vuelto a ese agosto caluroso y soleado. Su madre tenía razón: fue una tonta al dudar de Chris.

Cuando el baile terminó, Arden llevó a todos en su coche, y recorrió Cumberland en un circuito hasta que cada uno de ellos fue entregado en su casa. Y luego se fue a la suya. Era tarde. Medianoche.

Pero su madre aún no había vuelto a casa.

Su padre llamó al celular de su esposa, pero ella no respondió. También intentó con su cuñado, pero el tío George no sabía nada de ella. Arden se sorprendió al advertir que no sabía con quién más podría ir su madre tras marcharse abruptamente de la casa. A diferencia de su padre, que tenía sus ligas de deporte de fantasía y sus amigos del trabajo, su mamá parecía ser amistosa con todos y cercana a nadie fuera de la familia. *¿Con quién iría* en un momento de crisis? *¿Dónde estaría* que no fuera en su casa?

Los tres Huntleys la esperaron sentados en la oscuridad del sofá de la sala, con la televisión encendida sin que nadie procesara qué programa estaba sintonizado. Roman se quedó dormido primero, seguido un rato después por su padre, hasta que al fin solo Arden quedó despierta, viendo las luces de la pantalla de la televisión lanzando sombras bailarinas sobre sus rostros. Esperó y esperó. Pero su madre no volvió a casa esa noche. Regresó dos días después, mientras sus hijos estaban en la escuela. Pero eso fue solo para empacar una maleta antes de salir de nuevo.

Y ahora habían pasado semanas. El Super Bowl se había jugado, el equipo de básquetbol de Roman había perdido cinco juegos, Arden había sido suspendida de la escuela y había ido a su primera fiesta supuestamente cool. La vida seguía avanzando. Y aun así, su madre se había ido.

Arden descubre que el césped siempre es más verde

El día después de que Arden le preguntó a Internet "¿Por qué los demás no me quiere tanto como yo los quiero?" y descubrió *Esta noche las calles son nuestras*, ella y Chris fueron a comprar utilería para el musical de primavera *Un cuento de hadas americano*, un debut descabellado, casi alucinatorio, escrito por el señor Lansdowne, el maestro de Teatro, en lo que Arden consideraba un serio abuso de poder. Chris la recogió temprano en su coche. A él no le gustaba viajar en el vehículo de Arden porque decía que era probable que se descompusiera o explotara en cualquier momento, lo cual, a decir verdad, era una crítica justa. Chris tenía un Honda Accord de tres años con seguros automáticos y bolsas de aire funcionales. Le gustaba ir a lo seguro.

—¿Cómo estuvo anoche? —preguntó ella cuando se acomodó en el asiento del pasajero.

—Muy divertido. Jugamos un poco y vimos una película. Te hubiera encantado.

Eso era lo que el novio de Arden y sus amigos de Teatro hacían literalmente cada viernes por la noche. Chris se encargaba de presentarlo como si fuera la actividad más emocionante del mundo.

Y, aunque Arden nunca se lo había dejado saber a su novio, ella en realidad no disfrutaba participar en esos juegos. Era por eso que hacía tramoya, para poder estar tras bambalinas, donde si hacía el ridículo, nadie la veía. Chris Jump tenía algo, como a nivel de ADN, por lo que no le importaba quedar en ridículo. O quizás ni siquiera sabía cómo verse tonto. En los diez meses que llevaban saliendo, nunca había visto a Chris hacer nada ni remotamente vergonzoso.

–¿Cómo estuvo el resto de la fiesta de Matt Washington? –preguntó Chris, virando hacia la avenida principal.

Arden se encogió de hombros. No quería admitir que había sido un fiasco total, porque Chris probablemente respondería "Te lo dije" y "Ni siquiera sé por qué fuiste cuando pudiste haber venido conmigo". Así que solo dijo:

–Lindsey invitó a salir a Denise Alpert.

–Guau, ¿cómo salió eso?

–Pues, no dijo que sí. Beth y Jennie también ofrecieron sus selectos puntos de vista sobre el tema.

Chris resopló.

–No me sorprende. ¿Qué *pensaba* Lindsey que iba a suceder?

Arden no pudo responder esa pregunta, porque así era Lindsey: ella *no* pensaba. No hizo un análisis estadístico de las posibilidades de que Denise dijera que sí o que no. Solo se estaba guiando por la esperanza.

–Una decisión tonta –dijo Chris, con un tono de sabiduría engreída que hizo que Arden quisiera estrangularlo. Él nunca lo había dicho en voz alta, pero era claro que Lindsey no le caía muy bien, probablemente porque constantemente estaba tomando "decisiones tontas" como invitar a salir a chicas hetero o quedarse dormida por las mañanas u olvidar los exámenes de Matemáticas, todo lo cual le parecía un comportamiento ilógico.

A cambio, a Lindsey no le caía muy bien Chris, porque pensaba que consumía demasiado tiempo y atención de Arden. El verano pasado, Lindsey había dicho con un tono acusador: "Te estás convirtiendo en una de esas chicas que siempre están diciendo 'bla bla bla *mi novio* dice bla bla bla; ay, no puedo ir porque *mi novio* quiere que bla bla bla; ay, es genial que eso te guste bla bla porque a *mi novio* también le gusta'".

"No me estoy convirtiendo en una de esas chicas", había contestado en su defensa. Pero, por si acaso, intentaba mencionar a Chris lo menos posible ante Lindsey. E intentaba no mencionar a Lindsey ante Chris, tampoco.

Y cuando uno decía algo negativo sobre el otro, ella simplemente intentaba no meterse. Ahora, por ejemplo, tomó su celular como si le hubiera llegado un mensaje importante.

Lo primero que vio en su teléfono fue la página de Peter. *Esta noche las calles son nuestras.* La noche anterior había estado leyéndola en la cama hasta casi las tres de la madrugada, luego de que finalmente escuchó a su padre salir de su estudio e ir a la cama.

Recorrió todos los posts de los primeros dos meses y medio, lo cual se sintió como un logro. Pero ahora, esa lectura de medianoche parecía una mala decisión, pues Chris era un devoto creyente de que al que madruga Dios lo ayuda, así que ella había tenido que levantarse una hora antes de que él la recogiera a fin de poder estar lista. No siempre había sido el tipo de chica que usara maquillaje todos los días. Era algo que había comenzado a hacer unos meses atrás, para que Chris pensara que se veía más bonita de lo que realmente era. Él no pareció reaccionar mucho ante eso, pero ella seguía haciéndolo de todos modos, por si acaso. Aun si la presencia de maquillaje en su rostro no lo hacía pensar que era hermosa, Arden no quería que la *ausencia* de él lo hiciera pensar que era horrenda.

Ahora, instintivamente, siguió leyendo donde se había quedado siete horas atrás.

21 de junio

Hoy llegó a la librería una clienta buscando un libro llamado *El zumbido y la fruta*. Pasé como media hora ayudándola a recorrer los anaqueles en la sección de cocina antes de preguntarle "Espere, ¿quiso decir '*El sonido y la furia*'? ¿Una de las novelas americanas más famosas de todos los tiempos?".

Ella se encogió de hombros. "Eso dije, ¿no?".

Por supuesto que teníamos como diez copias en el almacén. Ella leyó la contraportada. Y luego no lo compró.

Esta tarde le cobré a una clienta un libro llamado *Qué esperar cuando te estás divorciando.*

–Uh –dije–. ¿Se está divorciando?

–No –respondió ella rápidamente.

–Está bien si lo está –comenté, y luego agregué, solo para que no se sintiera como que era la única–: Es decir, *yo estoy* divorciado.

Ella puso los ojos en blanco, como si no me creyera.

–¿Ve? –le mostré mi mano izquierda–. No hay anillo.

–¿Cuántos años tienes? –preguntó–. ¿Diecisiete?

–Sí, de hecho. Me divorcié cuando tenía catorce. Así que ya lo superé. No se preocupe, usted también lo hará.

Es posible que yo crea que soy más gracioso de lo que los demás piensan.

Hoy estaba trabajando en las cajas (otra vez). Es tan interminable. No importa cuántos clientes atienda, no importa qué tan rápido, finalmente siempre llega otro. Es imposible sentir que estás haciendo algún avance real, porque no hay línea de meta. Si así es un trabajo de tiempo completo real, no quiero tener trabajo nunca.

Le dije esto a Julio y él señaló:

–Amigo, no necesitas un trabajo de *verano*. Tu familia es más rica que Dios. Tienes una sirvienta que va todos los días. Si estás tan aburrido, simplemente renuncia.

Pero yo quiero ser escritor. Y la mejor manera para volverse escritor es rodearte de palabras.

Hoy despaché a un hombre como de la edad de mi papá.

Estaba comprando una copia de *Corduroy*. Dije:

–¡Recuerdo ese libro! Me encantaba cuando tenía cinco años. Déjeme adivinar: ¿tiene un hijo de cinco años?

El hombre me miró con una mezcla de tristeza, resignación e ira.

–Mi hijo tiene quince –dijo–. Tiene retraso en su desarrollo. No necesito recibo.

Y se fue.

Tal vez en verdad debería dejar de expresar mis opiniones sobre las compras de los clientes.

24 de junio

Algo increíble sucedió hoy. O quizás no. Quizás no fue nada. Pero se *sintió* como algo.

Si quieres que algo sea increíble, si *realmente* lo quieres, ¿crees que de algún modo puedas hacer que pase? ¿Cómo si de algún modo le infundieras increiblidad, incluso si no tiene nada especial inherente a ello?

Permítanme retroceder.

Hoy estaba trabajando en las cajas. De nuevo. Es un día hermoso, el tipo de día que tenemos en NY solo un par de veces al año, cuando los cielos son claros y hace calor pero no hay humedad, y el aire ni siquiera apesta a basura. Si yo hubiera sido un turista hoy, habría dicho para mis adentros "Sí, podría vivir en esa ciudad". Como esa, como era el día más bello del año, la librería estaba vacía, lo cual significaba que no había necesidad de que tres de nosotros estuviéramos detrás de las cajas registradoras. Así que me ofrecí a archivar algunos libros para matar el tiempo.

Entonces la vi.

Estaba parada junto a la mesa de poesía, hojeando una copia de *Sonetos del portugués*. Era la cosa más bella que había visto en persona. Hacía que el día soleado sintiera vergüenza.

Es difícil para mí definir qué era en específico eso que la hacía tan asombrosa. Era algo en la forma en que se acomodaban todas las partes de su cuerpo, no solo una aislada. Su cabello era largo y sedoso, de un tono de rojo que no podía creer que fuera natural, pero tampoco podía preguntarle si estaba teñido, porque estoy seguro de que todos le preguntan eso. Llevaba un ligero vestido amarillo brillante que la hacía verse como un narciso, con delgados tirantes que acentuaban sus delicados omóplatos y un pequeño encaje en su, ya sabes, *décolletage*. (Es una pena que nuestro idioma no tenga una palabra para *décolletage*. Es por eso que los franceses son mejores que nosotros).

La vi y quise… ni siquiera sé qué. Ella me inspiraba hacer algo. Solo que no sabía exactamente qué era ese algo.

Caminé hacia ella porque no podía mantenerme lejos. Parecía absorta en el libro, no creo que me haya notado. Cuando estuve a su lado, dije:

–"¿Cómo la amo? Déjeme contar los modos. La amo por lo profundo, ancho y alto que mi alma puede alcanzar cuando busca a ciegas los límites del ser y la gracia ideal".

Ella levantó la vista del libro y batió sus largas pestañas. No tenía idea de que las pestañas pudieran ser tan sexys.

–Perdón, ¿qué? –preguntó.

Y en mi cabeza, pensé en *Romeo y Julieta*. "¡Habla! ¡Oh, habla de nuevo, ángel de luz!", pero no lo dije en voz alta, porque quizás ya había dicho demasiado.

En vez de eso, respondí:

–Estaba citando uno de los sonetos. De ahí –señalé el libro que ella sostenía.

Sonrió. Me sonrió a mí.

–¿Eres fan de Elizabeth Barret Browning? –preguntó.

–Soy fan de la poesía.

–No conozco mucho su trabajo –admitió.

–Bueno, si hay algo que quieras saber –dije–, estaré encantado de enseñarte.

Ella abrió la boca para responder, y entonces apareció Leo.

–¡Hola, amigo! –dijo. Parecía feliz de verme–. Supongo que ya conociste a Bianca –y la rodeó con su brazo. Rodeó con su brazo a *ella*, esa chica preciosa.

Así que esta era Bianca. Bianca, de quien hemos escuchado tanto las últimas seis semanas, pero a quien nunca habíamos visto, hasta el punto en que empezamos a preguntarnos si Leo simplemente la había inventado para parecer cool. Pero ahí estaba. De carne y hueso. De suave y bronceada carne y hueso.

Leo había mencionado algunas cosas sobre ella. Tiene mi edad. Vive en el oeste de NY. Cosas así, cosas prácticas. No mencionó que era más bella que el sol, y lo odié por eso, ¿no se había dado cuenta? ¿Cómo se atrevía a no notar lo que tenía frente a él?

–Bianca –dije–. Oye, he escuchado mucho sobre ti.

–Solo cosas buenas, espero.

Ella me miró entre sus pestañas bajas.

Mis ojos se encontraron con los de ella.

–Claro. ¿Qué más se podría decir?

–Pensé en venir con ella a sorprenderte –dijo Leo.

—Tuviste éxito —comenté, sin separar la vista de ella.

—¿A qué hora sales del trabajo? —me preguntó Leo—. Quizás podríamos ir por un café helado o algo después.

Lo que más quería hacer era ir por café helado con esa chica. Lo último que quería hacer era ir por café helado con esa chica y su novio.

—Estaré aquí unas horas más. Lo siento

—Qué mal. Daremos una vuelta. Quizás compraremos algunos libros. Nos ayudarás con tu descuento de empleado, ¿verdad? —preguntó Leo.

—Te ayudaré con lo que quieras —respondí mirando a Bianca.

Me alejé y volví a mi estúpida máquina registradora. Cuando ella ya no estaba directamente frente a mí, comencé a regañarme. "Oye, es la novia de Leo, no sabes nada de ella, aléjate".

Pero esos argumentos solo tienen sentido si no crees en el destino o en que las cosas están predestinadas. Y yo no puedo forzarme a no creer en eso.

Veinte minutos más tarde, ella se acercó a la caja registradora. Leo se detuvo un poco detrás de ella, haciendo algo en su teléfono.

—Hola de nuevo —puso un libro sobre el mostrador frente a mí.

—Así que al final te decidiste por comprar los sonetos, ¿eh? —pregunté mientras registraba su compra.

—Sí —respondió, inclinándose hacia delante sobre el mostrador, como si quisiera acercarse tan solo un poco más a mí—. ¿Sabías que aunque se llama *Sonetos del portugués*, no tiene nada que ver con Portugal? Elizabeth Barret Browning decía que sus poemas eran traducciones de sonetos tradicionales portugueses porque era demasiado tímida para tomarse el crédito ella –Bianca hizo una pausa, luego añadió–: Lo leí en la solapa de la contraportada.

–Siempre me pregunté por qué se llamaba así –comenté–. Gracias por contarme.

Mientras ella buscaba su cartera en su bolsa, escribí rápidamente en la parte trasera del recibo:

"Cuéntame qué te pareció el libro.

Llámame.

Peter"

Y agregué mi número telefónico. Guardé el recibo en su libro, el libro en una bolsa de papel y se lo entregué.

Si Leo encontraba la nota, podría librarme, creo. Sería algo como "Ah, es solo el viejo Peter, a quien le encantan los libros y está buscando a alguien con quien hablar sobre sonetos". De cualquier modo, ¿cuáles son las posibilidades de que Leo abra un libro de poesía?

–¡Gracias! –dijo ella–. Que tengas un buen día.

Luego acomodó el encaje sobre su pecho, tomó sus lentes y salió hacia el sol cegador.

Eso fue lo que ocurrió hoy. Como dije, podría no ser nada. O podría ser el inicio del resto de mi vida. La bola está de tu lado, Destino.

–Nena, ¿vienes? –preguntó Chris.

Arden volvió de golpe al presente y el caluroso día de verano de Peter se desvaneció en un instante. Chris había estacionado afuera de El césped siempre es más verde, una tienda de segunda mano a las afueras del pueblo. Ya había bajado del coche, con el abrigo puesto, mientras que Arden aún se encontraba en el asiento del pasajero, contemplando su teléfono.

–Ya voy –respondió, y abrió la puerta.

La misión de Arden y Chris ese día era comprar los sombreros para los dieciséis miembros del coro de *Un cuento de hadas americano*. Chris no estaba en el coro, obviamente. Era Chris Jump, el protagonista. Pero aun así quería involucrarse en la selección de sombreros solo porque era crucial para él que todo en el escenario se viera perfecto, incluso los sombreros en las cabezas de la gente que se movería en el fondo detrás de él.

Adentro de El césped siempre es más verde, Chris se probó hasta el último sombrero. El trabajo de Arden era clasificar cada uno en una escala del uno al diez, y él también los clasificaba en una escala del uno al diez; si el promedio de calificaciones de ambos estaba arriba de cinco, lo ponían en la categoría de "Quizás", y si el promedio quedaba por debajo de cinco, lo devolvía al exhibidor. Salvo en un caso en el que anuló la calificación de Arden porque él decía que era "alocado" y ella simplemente no entendía su "alocamiento".

Él estaba equivocado, por cierto. El sombrero estaba cubierto con puntos morados y verdes, pero eso no lo hacía alocado, solamente lo hacía estúpido.

Entre sus calificaciones de sombreros y mientras Chris se estudiaba a sí mismo en el espejo, Arden se volvió a meter en *Esta noche las calles son nuestras* y siguió leyendo.

25 de junio

Soy un idiota. Me la paso revisando mi teléfono... Quizás llamó, ¡quizás llamó! Hace unos minutos, esto es tan penoso de admitir, pero como sea, casi nadie lee este diario, así que lo diré; hace unos minutos me llamé *a mí mismo* del teléfono de mi mamá solo para asegurarme de que mi celular funcionaba. Como si la razón por la que no había sabido nada de ella fuera una descompostura masiva en la tecnología de las comunicaciones, y no solo porque *no me ha llamado*. Mi recepción nunca se pierde. Vivo en Nueva York, hay una torre de celular en cada esquina.

No tuve trabajo hoy, pero de cualquier modo volví a la librería y me quedé un rato, solo por si ella regresaba. Yo sería un pésimo criminal. Siempre vuelvo a la escena del crimen.

COMPÓRTATE, PETER. ERES PATÉTICO.

—Oye —dijo Chris. Arden levantó la vista de su teléfono y parpadeó, mirándolo—. ¿Cuál de estos sombreros? —modeló.

—Ya revisamos esos dos —dijo Arden—. Les puse siete a los dos, ¿recuerdas?

—Sí, pero no voy a llevarme *dos* bombines negros. Son para los lacayos, y Jaden y Eric son bastante parecidos sin que les pongamos el mismo sombrero. Intentamos ayudar a la audiencia a diferenciar sus personajes. ¿Entonces?

—Llévate el que tiene el listón —dijo Arden—. Ese. Sí. Y dale a Jaden el de los puntos verdes y morados. Eso le ayudará a la audiencia a diferenciarlos.

—Pensé que habías odiado ese.

—Cambié de opinión.

Chris asignó los sombreros a sus pilas correctas.

—Esta sería una actividad muy divertida para una cita —dijo.

Arden lo miró con molestia.

—Estamos en una cita —le recordó.

Él la miró por un segundo.

—Ah, sí, ya sé. Solo quise decir que sería divertido con alguien que no conocieras muy bien, ¿ya sabes? Como probarse sombreros tontos con alguien. Tomar fotos graciosas, interpretar diferentes personajes.

—*Podríamos* estar tomando fotos graciosas ahora mismo si quisieras —sugirió Arden—. *Podríamos* interpretar diferentes personajes que usan sombrero.

Chris se encogió de hombros.

—Nah, está bien. Aún tenemos mucho por hacer.

Arden no discutió. Realmente no quería cerrar *Esta noche las calles son nuestras*. Solo se ofreció porque parecía lo que Chris quería.

<u>26 de junio</u>

Lamento seguir insistiendo sobre esto cuando sé que hay grandes eventos de verdadera importancia en el mundo, pero ¿creen que Bianca podría ser mi alma gemela?

Sé que es una pregunta ridícula. Al contrario de lo que mis padres creen, sí me escucho hablar. Reconozco lo ridículo cuando lo veo. Sé que Bianca es solo una muchacha hermosa con un cabello increíble que compró uno de mis libros favoritos en un día soleado. Nada de eso convierte a alguien en tu alma gemela. Si eso fuera lo único que se necesitara, entonces Bianca sería el alma gemela de *todos*. Ese día que llevaba el vestido con el encaje que acentúa su pecho, quizás veinte personas se enamoraron de ella. No todos podrían ser su alma gemela.

Pero me hace sentir mejor imaginar que ella podría ser mía. Porque si fuéramos almas gemelas, si esto de alguna manera estuviera armado en un plano superior, entonces no tendría que preocuparme por lo que me depare el futuro, porque sabría que ya estaríamos encaminados.

Pero me preocupa. ¿Y si nunca me llama? ¿Y si solo la veo del brazo de Leo? ¿Y si nunca es mía? ¿Por qué no pude conocerla yo primero?

El problema es que hay un millón de Nueva Yorks diferentes, uno encima del otro, y sin embargo nunca se encuentran. La chica de tus sueños podría vivir al final de tu calle sin que la veas, hasta que sea demasiado tarde. Las circunstancias no tienen nada que ver, y el Destino prefiere cerrar los ojos.

—¡Nena!

Arden levantó la vista de nuevo. Chris sonaba frustrado.

—Me gusta ese —dijo ella, señalando hacia el sombrero de repartidor de periódicos que él llevaba en la cabeza.

—Lo sé. Ya dijiste eso. ¿Qué sucede hoy?

—¿De qué hablas? —dijo ella—. Nada.

—Estás súper distraída. No me estás poniendo atención.

—Claro que sí —soltó ella con enojo—. Te estás probando sombreros, Chris. No puedo contribuir con mucho en ese proceso. No es como que tú estés poniendo mucha atención en *mí* tampoco, por cierto.

¿Por qué nadie me quiere tanto como yo los quiero?

—Bueno, eso es porque no estás *haciendo* nada —señaló Chris—. Solo estás ahí sentada viendo tu teléfono en ese asqueroso sillón viejo, el cual probablemente está infestado de insectos, por cierto.

—Es vintage —dijo la vendedora que pasaba por ahí de casualidad.

Bianca tampoco hizo nada, pensó Arden. *Bianca solo cruzó la puerta y eso fue suficiente para que Peter le pusiera atención.*

—Lo siento —le respondió a Chris—. Estoy cansada, eso es todo. No me acosté hasta casi las tres de la madrugada anoche.

Chris negó con la cabeza y volvió a sus pilas de sombreros. Arden volvió a su teléfono.

Él dijo:

—A veces estás loca, nena.

---

28 de junio

Gran parte del tiempo no entiendo qué estoy haciendo aquí. Me refiero a la vida. No quiero decir que desearía estar muerto ni nada. Casi siempre estoy feliz por la oportunidad de estar vivo. Es solo que no estoy seguro de qué se supone que haga con eso. *Creo* que mi propósito es ser escritor:

crear frases hermosas que cambien la manera en la que la gente ve el mundo, crear algo significativo más allá de mí. Eso es lo que pienso la mayor parte del tiempo. Pero a veces me pregunto si tan solo lo inventé a fin de hacerme sentir como que tengo una razón para ocupar espacio.

Como sea, es solo una introducción depresiva y autocontemplativa de lo que quería decir ahí: hoy fue uno de esos extraños días en el que entendí sin lugar a dudas que estoy vivo.

Miranda me envió un mensaje en la mañana y preguntó qué estaba haciendo, le dije que tenía trabajo en la tienda hasta las dos y que luego iría a un café a escribir. Me respondió que me escapara del trabajo y que mandara a la mierda la escritura, y me encontrara con ella en Prospect Park para pasar un día de bronceado y chismes. Dije que soy un librero profesional, y los profesionales no "se escapan" del trabajo, y que además mi piel no se broncea, pero que la vería luego del trabajo siempre y cuando ella llevara vino en caja. Dijo que sí. El padre de Miranda es distribuidor de licor.

(Me pregunto si te puedes meter en problemas legales por hablar en Internet de que bebes siendo menor de edad. Supongamos que no).

Me encontré con Miranda en el parque un poco después de las tres. Estaba tendida sobre una manta de picnic con nada más que un biquini y lentes oscuros.

—Ya estás bastante bronceada —le dije.

—Es un arte —respondió.

Esa es una línea de un video publicitario que nuestra escuela lanzó el año pasado. El video mostraba a unos chicos pintando y tocando el chelo, e incluso había una toma de Miranda haciendo piruetas, y luego varias voces fuera de cuadro decían "¡Es un arte!". No sé si este video le trajo más solicitudes a la escuela o no.

—¿Aún estás enganchado con esa chica que no está disponible? —preguntó Miranda, girándose para hacerme un espacio en la manta de picnic.

—Es un arte —respondí.

—Eso, de hecho, es cierto —comentó ella.

Pasamos el rato, bebí vino y Miranda describió su programa de verano de danza, el cual sonaba extenuante y me hizo alegrarme de que mi arte no fuera el tipo de cosa por la que tienes que ir a un campamento de verano.

Luego sonó mi teléfono.

Era un número de Nueva York y no lo reconocí.

—¡Es ella! —gritó Miranda—. ¡Es ella, es ella!

—O quizás no —advertí yo.

Era ella.

—Hola —dije—, ¿qué haces?

—Hablándote —respondió Bianca—. ¿Por qué?

—Ven a verme en Prospect Park.

Escuché una risa discreta por el teléfono.

—¿Ahora?

—Sí.

—Tardaría como una hora en llegar.

—Esperaré.

Luego, tuve que deshacerme de Miranda, por lo cual me hizo gestos de molestia, pero yo no necesitaba conocer a Bianca frente a una amiga que estaba vestida como una modelo de la edición de trajes de baño de *Sports Illustrated*.

Como veinte minutos después de que Miranda se había ido, apareció Bianca, sola, por suerte. Me había preguntado un poco qué iba a hacer si llegaba con Leo. Pero muy en el fondo sabía que llegaría sola. Sabía que no le diría lo que estábamos haciendo. No es que estuviéramos haciendo nada, pero...

Nos sentamos en el parque y hablamos por horas. No sé cómo, pero simplemente seguíamos encontrando cosas de qué hablar. Ya sea que estuviéramos de acuerdo en cosas, lo cual se sentía increíble, como si de alguna manera ella *me entendiera*, o estuviéramos en desacuerdo, lo cual se sentía igualmente increíble, como si estuviera abriéndome los ojos a una forma de ver el mundo que nunca antes se me había ocurrido.

Aquí hay algunas cosas que aprendí hoy sobre Bianca:

1) Su mamá es de Inglaterra, así que ella pasa la mayor parte de sus vacaciones en Bath, y puede fingir un acento británico perfecto.

2) Ha vivido en Nueva York toda su vida, pero hasta donde sabe, nunca ha visto una estrella de cine.

3) Sueña despierta mucho, así que admite que es posible que haya visto a muchas estrellas de cine y simplemente no las notó porque no estaba poniendo atención.

4) Está intentando leer toda la lista de la Biblioteca Moderna de las 100 mejores novelas escritas. (Luego buscamos la lista en mi teléfono y ella me dijo cuáles había leído y yo le dije cuáles había leído, y ella de hecho lleva tres más, pero yo nunca antes había visto la lista, así que estoy seguro de que puedo alcanzarla).

5) Su lugar favorito en la ciudad es Times Square. (Es la primera neoyorkina que he conocido que de hecho le *gusta* Times Square. Por lo que a mí respecta, Times Square es una

tierra de turistas y que ellos se lo queden. Pero Bianca jura que a ella le encanta. "¿Incluso vas a ver la bola caer en año nuevo?", le dije por molestarla, y ella respondió totalmente en serio: "¡Solía ir cada año! Ahora solamente lo veo en televisión. Es mi pequeña y extraña obsesión").

6) Odia las comedias románticas. ("¿Porque odias el romance o porque odias la comedia?", le pregunté. "Ninguna de las dos", dijo).

7) Quiere conseguir un trabajo en política internacional cuando crezca, como trabajar para las naciones unidas o ser diplomática o algo así donde viaje mucho y tenga poder.

8) Su máxima fobia es el fuego, y dice que es un "miedo racional", ya que el fuego puede matarte. Se rio de mí cuando descubrió que mi fobia más grande es hablar en público, porque de acuerdo a Bianca, hablar en público no puede provocarte la muerte.

9) Es la chica más increíble que he conocido.

Cuando el terreno comenzó a llenarse con los que salen del trabajo, dejamos nuestro lugar y caminamos por ahí por un rato. Compré en un carrito paletas heladas de limón. Estábamos hablando tanto que apenas encontrábamos tiempo entre oraciones para comer, así que la paleta de Bianca se derritió sobre su mano. Ella se rio por el pegajoso desastre, y yo quería con todas mis fuerzas lamer hasta la última gota de limón de sus dedos, pero no lo hice; no toqué sus dedos con mi lengua ni ninguna otra parte de ella con ninguna otra parte mía.

Llegamos hasta el carrusel, así que compré boletos para los dos y cabalgamos uno junto al otro. Luego la acompañé al subterráneo, hasta el torniquete, tan lejos como pude llegar sin terminar metiéndome en el tren con ella.

–Me divertí mucho esta tarde –dijo.

–Yo también. Quizás lo repetiremos algún día.

Y ninguno de los dos dijo absolutamente nada sobre Leo.

Quería besarla. Habría dado cualquier cosa por hacerlo. Verla alejarse se sintió como si me sofocara, y de nuevo pensé en *Romeo y Julieta*. "Mis labios, dos peregrinos sonrojados, listos para suavizar con un tierno beso tan rudo contacto".

¿Ven? Por eso es difícil ser escritor. Siempre algún otro escritor ya lo ha dicho todo antes que tú, y seguramente lo ha dicho mejor.

Pero hoy no me importa, no me importa nada de eso. La vida es una especie de *Ricitos de oro y los tres osos*, ¿me entienden? Algunos días son demasiado grandes. Algunos días son demasiado pequeños. Pero hoy fue uno de esos extraños días que simplemente estuvieron perfectos.

Mientras Chris estaba comprando sus dieciséis sombreros, Arden echó un vistazo por El césped siempre es más verde. En uno de los estantes encontró un vestido que no parecía muy distinto a lo que Bianca había estado usando el primer día que Peter la vio en la librería. Era azul brillante, no amarillo, pero tenía ese adorno de encaje en la parte de arriba, justo como lo que Peter había descripto. Ese estilo había estado muy de moda el año pasado, así que no era sorprendente encontrarlo allí.

Arden se coló a los probadores y se lo puso. Los tirantes estaban un poco largos, así que constantemente se le deslizaban por sus hombros, ¿pero quizás eso era sexy? Por lo demás, le quedaba bien. Se paró de puntillas y sostuvo su cabello en un peinado alto improvisado. *Me veo bonita*, pensó. *Creo*.

–¿Arden? –escuchó la voz de Chris desde afuera del probador.

Ella abrió la cortina.

–Hola –lo miró con un gesto coqueto.

–Ahí estás –dijo él–. Estoy listo para irme. ¡Me dieron el último sombrero gratis porque les compré muchos! Como sea, me muero de hambre. ¿Quieres ir a comer?

Arden pasó saliva pesadamente.

–Mmm. ¿Qué te parece este vestido? –hizo una suave pirueta, aún de puntillas.

Cuando se giró para quedar de frente, Chris apenas parecía haber notado que no llevaba la chaqueta y los jeans que había llevado todo el día.

–Está lindo –respondió él–. ¿Pero no tienes algo así ya?

Ella se dejó caer sobre sus pies.

–No.

–Bueno, entonces llévalo si te gusta. Voy a comenzar a poner los sombreros en el coche mientras haces eso, ¿de acuerdo? Te veo allá. ¡Y luego a comer! Dios, me muero de hambre.

Salió trotando de la tienda, y Arden volvió al probador. Antes de quitarse el vestido, se miró en el espejo por un segundo, pero ya no vio belleza. Solo se vio a sí misma.

Ya con su ropa normal, le pasó el vestido a la vendedora, quien le preguntó:

–¿Vas a comprar esto?

–No, está bien.

–Se te veía bien –le dijo la chica, encogiéndose de hombros.

Arden negó con la cabeza.

–Realmente no vale la pena –y siguió a su novio hacía el frío exterior.

Las cosas con Chris no siempre fueron así

Arden había albergado una silenciosa atracción hacia Chris Jump durante la mayor parte de los primeros años de la escuela. No estaba obsesionada con él como había estado con otros chicos, como Ellzey, por ejemplo. Pero Chris era alto, guapo, y estaba en el centro del grupo de Teatro, incluso en el primer año. Así que ella estaba ligeramente interesada.

Y luego él consiguió el papel de Abelardo en la adaptación teatral de las cartas de amor de Eloísa y Abelardo, y ella cayó a sus pies.

Arden pudo ver a Chris interpretando a Abelardo casi todos los días después de clases, porque trabajaba detrás del escenario: vestimenta, luces, escenografía, utilería, lo que los demás necesitaran tras bambalinas. Ella había descubierto la tramoya al inicio del primer año, cuando Lindsey la obligó a acompañarla a una junta del club de Teatro. Su amiga nunca volvió después de esa primera vez; como con muchas otras cosas, su interés creció y luego desapareció en el curso de unos cuantos días, pero Arden quedó atraída. Veía como una victoria personal cuando una obra se llevaba a cabo con todos los actores utilizando exactamente lo que deberían estar utilizando cuando salían al escenario en el momento exacto en que debían hacer sus entradas.

Esto no era solo un sentido exagerado de importancia personal. Si ella no estuviera ahí con su walkie-talkie mascullando instrucciones, literalmente ningún actor tendría idea de qué está pasando en la obra afuera de sus propios sentidos. Si ella no corría al escenario cuando las luces se apagaban para reacomodar rápidamente la escenografía en los lugares que había marcado con cinta fosforescente, la escenografía no se movería, y las escenas en un salón de clases tendrían lugar en un monasterio, y las de cocina, en el bosque. La hacía sentir como alguien que importaba.

Además, hizo buenos amigos en el club de Teatro, incluso antes de que hubiera algo romántico entre ella y Chris. Arden conectó rápidamente con Kirsten, quien, siendo tan excelente cantante como mediocre actriz, conseguía papeles principales en todos los musicales y pequeñas partes en todas las obras normales. A Arden le tomó un poco más conectar con Naomi, quien era tramoyista con ella y, como muchas personas detrás del escenario, tenía una clásica personalidad de "No me mires" hasta que se sentía cómoda contigo. Pero luego de que Arden y Naomi un día se quedaron seis horas después de la escuela para terminar los preparativos, esa amistad también se volvió sólida.

Los padres de Arden fueron a su primera obra. Al final, su papá la elogió y le dijo: "¡Quizás el próximo año incluso podrás estar *arriba del* escenario!". Ella no lo volvió a invitar a ninguna presentación después de esa. Él no entendía. El gran sueño de Arden, para cuando estuviera en el último año, era ser directora de escena, la que mueve toda la obra. Como Dios, básicamente.

El año anterior, durante la primavera del segundo año, Arden se encontraba revisando los detalles técnicos de *Abelardo y Eloísa*. Estaba basada en un desafortunado romance de la vida real de una pareja en la Francia del siglo XII. Eloísa era una joven hermosa, y Abelardo era su maestro… hasta que se enamoraron. Nadie aprobaba su unión, así que Eloísa fue forzada a entrar a un convento y Abelardo se volvió monje. Durante los últimos veinte años de la vida de Abelardo, los dos se escribieron apasionadas cartas de amor, pues les habían prohibido volver a verse por el resto de sus vidas. Se amaron el uno al otro, y a nadie más salvo a Dios, hasta el día en que murieron. Arden pensaba que esta era una de las más grandes historias de amor que había escuchado. Mataría por una vida así, quitando la parte en la que tenía que hacerse monja.

La decisión del señor Lansdowne de poner a Chris como Abelardo enojó a todos los chicos mayores de Teatro. Entre bastidores corrieron muchos chismes indignados al respecto y, como Arden siempre estaba ahí, lo escuchaba todo.

—Se supone que los protagónicos son para los de último año —se quejó Brad—. Todos saben eso.

—El señor Lansdowne solo eligió a Chris porque es lindo —rezongó Eric—. Ni siquiera es tan buen actor.

De hecho, Chris era lindo y buen actor, pero como sea.

Poco después de que comenzaron los ensayos de la obra, Chris comenzó a salir con Natalia, quien interpretaba a una de las monjas, lo cual, de acuerdo a lo que Arden sabía de ella, era básicamente lo opuesto a la realidad.

Juntos, Natalia y Chris eran como fuego y gasolina. Cuando no estaban en el escenario o besándose, se estaban gritando el uno al otro. Luego Natalia salía escandalosamente para irse a llorar al camerino de las chicas, y el resto de las monjas iban corriendo detrás de ella y Chris se quejaba con Arden.

—Está loca —decía Chris.

—Ya lo sé —concedía Arden.

—Con ella todo es drama —comentó él una vez, con un martillo colgando de su mano mientras Arden acomodaba la escenografía—. Es como si *quisiera* pelear. Acabamos de pasar media hora discutiendo sobre qué lado del escenario es el derecho y cuál el izquierdo.

—El lado izquierdo desde la perspectiva de la audiencia es el lado derecho del escenario —dijo Arden.

—¡Eso fue lo que le dije! Pero se negó a escuchar. Así que revisé en mi teléfono, lo cual obviamente confirmó que tú y yo tenemos razón, y entonces ella comenzó a llorar porque yo estaba siendo "cruel".

—No estabas siendo cruel —le aseguró Arden, tomando el martillo de su mano porque no estaba haciendo nada con él salvo meciéndolo en el aire, lo cual tenía el obvio potencial de hacer más daño que bien–. No es como que le estuvieras diciendo que estaba equivocada para lastimarla. Solo querías que ella lo supiera para que no pareciera una tonta frente a alguien más.

–Exactamente. Gracias –Chris siguió a Arden hasta el otro lado del telón donde estaba trabajando–. Entonces ¿cómo hago para que deje de pelear conmigo? ¿Qué debo hacer para tener esta conversación sin que ella termine llorando? ¿Debería simplemente darle la razón, incluso cuando dice algo totalmente equivocado, como que la izquierda del escenario es la izquierda del público?

Hasta ese punto, la experiencia en citas de Arden incluía dos besos en bailes escolares, un beso en un bar mitzvah y una semana de "salir" con Benedict Swindenhausen cuando estaban en la secundaria. No tenía idea de por qué Chris pensaba que ella era una especie de experta en relaciones, pero le gustaba ese papel.

–Creo que tienes que respetar lo que ella siente –dijo, pensándolo–. No puedes simplemente decirle "No, estás mal". Di "Veo por qué podrías pensar que la izquierda del escenario está a tu izquierda. Eso tiene sentido. A mí también me sorprendió cuando aprendí que no era así". De ese modo parece que estás de su lado, ¿ves?

–Suena inteligente –comentó Chris–. Eres inteligente.

–Gracias –Arden se ruborizó un poco.

–Me das esperanza en que no todas las chicas son reinas del drama.

–Yo no –respondió–. No soy una reina del drama –levantó el martillo–. Supongo que soy solo una reina del martillo.

Eso sonó estúpido, pero de cualquier modo Chris se rio.

–Pero entonces ¿por qué estás con ella? –preguntó Arden–. Si se hacen tan infelices mutuamente, ¿qué caso tiene?

Chris solo negó con la cabeza.

–No lo sé. No puedo explicarlo.

Arden sintió la envidia latiendo en su pecho. Ella quería eso: el tipo de amor que no puedes explicar. Como Eloísa y Abelardo. No tenía sentido para nadie más que ellos, pero eso no lo hacía menos verdadero.

Pero aparentemente, lo que Chris y Natalia tenían no era realmente amor, ya que un par de semanas después, durante un intermedio entre el primer y segundo acto de su última presentación de *Eloísa y Abelardo*, ella rompió con él.

Faltaban cinco minutos para que Chris hiciera su entrada y no lo encontraban por ninguna parte.

—¡Encuéntralo! —ordenó la voz sin cuerpo del director de escena a través del audífono de Arden.

Finalmente, ella lo halló detrás de un exhibidor de abrigos en el clóset de trajes. Estaba sentado en el suelo con su vestimenta de monje y la cabeza enterrada en un abrigo de piel que llegaba hasta el suelo.

—¿Está todo bien? —preguntó, acuclillándose junto a él.

Él negó con la cabeza y se restregó los ojos. Arden esperó a que él hablara. Finalmente dijo:

—Terminó conmigo —suspiró, y se mordió los nudillos.

Arden se abrió paso entre los abrigos para quedar sentada en el suelo junto a Chris, y acarició su brazo.

—Lo siento.

—¿*Dónde está?* —exigió saber la voz del director en el oído de Arden.

—Pero esto será lo mejor —dijo ella—. Sé que no se siente así en este momento. Pero ella no te hacía feliz. Peleaban todo el tiempo. Todo era discusión, ¿recuerdas?

Chris asintió lentamente. Luego protestó:

—Pero a veces éramos felices —y su rostro se frunció de nuevo.

Arden lo rodeó con su brazo.

—No las veces suficientes, Chris. Y no eran lo suficientemente felices. Mereces algo mejor. Eres un chico genial, y deberías tener una chica que te valore.

–Supongo que no tan genial –soltó una risa triste–. Estoy sentado entre los abrigos de alguna anciana cuando debería estar preparándome para salir al escenario. Pero Arden, ¿cómo puedo salir?

–Porque eres un actor –dijo ella–. Porque tienes lo que se necesita. Eres talentoso y tienes determinación y eres considerado…

Antes de que se diera cuenta, él la estaba besando.

Cuando se separaron, Arden respiraba con dificultad. *Así que así se siente ser parte de un beso teatral.*

–Chris. ¿Por qué…? ¿Qué fue eso? O sea, gracias. Guau. Pero… ¿de dónde vino eso?

–De ocho semanas saliendo con la chica equivocada –respondió él. Se levantó y acomodó su cabello–. Arden, ¿saldrías conmigo?

Ella también se puso de pie. Después de toda una vida de enamoramientos no correspondidos y acoso secreto, ¿cómo fue que la respuesta resultó ser tan fácil?

–Sí –respondió. Se paró de puntillas para besarlo de nuevo–. Me encantaría salir contigo.

Él puso las manos sobre los hombros de ella y la alejó por un momento para poder verla a los ojos.

–Pero sin drama –advirtió él–. No soportaría más drama.

–No te preocupes. De hoy en adelante, todo tu drama estará estrictamente sobre el escenario. Hablando de eso… –miró enfáticamente su reloj.

–De acuerdo, tramoyista –le ofreció un pequeño saludo militar–. Estoy listo –su rostro se llenó con una sonrisa y ella pudo ver sus hoyuelos. Incluso si el señor Lansdowne lo *había* elegido para el papel solo porque era lindo, esa parecía una razón bastante buena–. Te veré luego de la obra –dijo Chris, y después de un beso más se fue corriendo, justo a tiempo para su entrada.

Arden lo siguió con un paso más lento, pasándose los dedos sobre los labios, intentando asegurarse de que fuera real. Ella, Arden, la chica detrás de los escenarios, la chica agradable, constantemente soltera, la chica solitaria, de algún modo había atrapado al protagonista. Y permanecerían juntos a partir de ese momento.

Stalkeando a alguien, toma uno

El último chico con el que Arden se había obsesionado en sus días pre-Chris el año anterior había sido Ellzey. Sí, Ellzey, conocido por su intento de fumar yerba en el patio de Matt Washington. La cosa era que Ellzey era un cantante increíble. Estaba en el coro y cantaba un solo de *And So It Goes* de Billy Joel tan hermosamente, que hacía que los ojos de Arden se llenaran de lágrimas cada vez que lo escuchaba; lo cual era muy seguido, pues a ella le gustaba ver videos en Internet del coro cuando debería estar haciendo su tarea. Había creído que Ellzey era el chico más romántico en el mundo, o al menos en Cumberland. No había manera en que pudiera cantar una canción con tal sentimiento si no lo fuera.

Ellzey parecía tener un remoto conocimiento de su existencia, más que nada sabía que era la chica que le decía "Excelente trabajo" después de cada presentación del coro. Además, una vez le había halagado su bolsa de Harry Potter, la cual ella se encargó de llevar a la escuela todos los días hasta que Lindsey le dijo "Esa bolsa es un asco. Dumbledore está retorciéndose en su tumba. Ya jubílala, Arden".

Un sábado por la noche del marzo pasado, Arden, Lindsey y Naomi se quedaron a dormir en casa de Kirsten para celebrar su cumpleaños dieciséis. En ese tiempo, Naomi estaba saliendo con uno de los chicos del coro, así que tenía información de primera mano sobre las actividades corales. Se le ocurrió mencionar que un grupo de chicos del coro también tenían una pijamada. ¡Esa misma noche! No sabía exactamente quién estaba. El chico con el que estaba saliendo, Douglas, seguro. Álex, Ellzey, ¿quizás Carter?

—Deberíamos ir —sugirió Arden.

121

–¿A la pijamada de los chicos? –preguntó Kirsten, envolviendo su largo cabello rubio alrededor de una tenaza caliente. El cabello de Kirsten era su dicha y su orgullo. Los demás lo llamaban "cabello de sirena", y aunque Kirsten desdeñaba cualquier otro halago que le hicieran ("No, te juro que estos pantalones hacen que *parezca* delgada", "En serio, mi papá me tuvo que explicar la lectura, yo tampoco la pude terminar", "De hecho soy mucho peor para el piano de lo que debería ser posible"), tomaba el "cabello de sirena" con la tranquila aceptación de alguien que sabe que ese halago es innegable.

–Sí, a la pijamada de los chicos –dijo Arden.

–¿Por qué? –preguntó Kirsten.

–A saludar –explicó Arden.

–¿Por qué? –volvió a preguntar Kirsten sosteniéndose el cabello–. ¿Qué caso tiene?

–¿Qué caso tiene cualquier cosa? Por ejemplo, ¿qué caso tiene rizar tu cabello? –argumentó Lindsey. Arden sabía que Lindsey había hecho la pregunta de forma inocente, ella en verdad no entendía el punto de rizarse el cabello, pero Kirsten la miró con odio, como si fuera un ataque personal.

–¿No te gustaría ver a tu novio? –le preguntó Arden a Naomi.

–No es exactamente mi novio –dijo Naomi–. O sea, no hemos tenido la conversación de "somos novio y novia" ni nada.

–Obviamente, deberíamos ir de sorpresa a la pijamada de los chicos –comentó Lindsey. Arden le lanzó una mirada agradecida, mientras que Kirsten y Naomi fruncieron el ceño. No eran exactamente fans de Lindsey Matson, pues la mayor parte del tiempo ellas querían hablar sobre chicos y probarse la joyería de las otras, pero ella casi nunca quería hablar sobre chicos y el año pasado vendió la pequeña cantidad de accesorios que tenía a fin de comprar calzado de alto desempeño para correr, absurdamente caros. Ella estaba ahí como parte de un paquete con Arden, y todas lo sabían, salvo por la misma Lindsey.

—¿Qué más podemos hacer? —insistió ella.

Arden sentía en lo más profundo de su ser que no había sido puesta en esta tierra para quedarse en pijama en el sótano de Kirsten y ver una película.

Para cuando convencieron a sus tres amigas de ir a la pijamada de los chicos, era la una de la madrugada.

—¿En casa de quién están? —le preguntó a Naomi.

Ella negó con la cabeza.

—No lo sé. En la de Douglas, no.

—¿Le mandarías un mensaje para preguntarle dónde están?

Naomi hizo un gesto de desagrado.

—Mmm… aún no tenemos ese tipo de relación exactamente.

Decidieron probar primero con Álex. Su casa era grande y no tenía hermanos menores que pudieran entrometerse, así que parecía una locación probable para una pijamada. Además, vivía solo a unas cuadras de la casa de Kirsten, quien garabateó una nota misteriosa que decía "Volveremos", y la dejó en la mesa de la cocina mientras se escapaban silenciosamente de la casa. En el último minuto, Arden tomó uno de los globos de helio que la madrastra de Kirsten había atado alegremente al refrigerador.

—Cuando lleguemos, será como un desfile —susurró.

Pero cuando llegaron a la casa de Álex, todas las ventanas estaban oscuras. O los chicos no estaban allí, o ya estaban profundamente dormidos.

—No puedo creer que ya se hayan ido a dormir —dijo Naomi mientras las chicas se paraban en la entrada, mirando la casa de Álex—. Douglas dijo que la última vez que tuvieron una pijamada, se quedaron despiertos hasta las cuatro cantando por completo *Los miserables*.

—¿Es una *broma*? —gritó Arden.

—Acabas de describir la más profunda fantasía sexual de Arden —explicó Lindsey.

—Quizás están en casa de Ellzey —sugirió Kirsten.

–¿Alguien sabe dónde vive Ellzey? –preguntó Naomi.

Arden levantó la mano.

–Yo.

–¿Qué? ¿Cómo? –preguntó Naomi.

–Porque es su acosadora –dijo Lindsey.

–¿Deberíamos atar el globo al buzón de la casa de Álex? –sugirió Arden antes de irse–. Para que sepan que estuvimos aquí.

–Mejor, no –dijo Naomi rápidamente. Parecía preocupada.

La casa de Ellzey estaba a casi media hora caminando, pero era una noche sorprendentemente cálida para marzo, y ninguna de ellas estaba cansada. Cuando llegaron a la entrada, notaron una luz aún encendida en el segundo piso de la casa y tres coches estacionados afuera.

–Ahí están –susurró Arden.

Observaron con reverencia la ventana iluminada. Arden se imaginó que podía escuchar la suave voz de tenor de Ellzey salir flotando y llegar hasta ella. Por un momento se sintió como si estuviera en *Romero y Julieta*, en la escena del balcón. Solo que en esta situación, ella sería Romeo.

–¿Y ahora qué? –preguntó Kirsten.

–Tenemos que llamar su atención –dijo Arden.

–¿Estás segura de que no puedes simplemente mandarle un mensaje a Douglas? –le preguntó Lindsey a Naomi.

Incluso bajo la luz de la luna, era claro que Naomi se estaba ruborizando.

–De ninguna manera.

Así que intentaron lanzar piedras a la ventana. No dio resultado. Ya fuera porque no tenían puntería y la mayoría de sus piedras no dieron en el blanco, o porque los chicos estaban cantando tan fuerte que no podían escuchar las rocas que golpeaban contra su casa. Quizás ambas.

–Tú eres atleta –le dijo Arden a Lindsey mientras lanzaba otra piedra del camino de grava en la entrada de Ellzey y esta salía volando en la distancia–. Se supone que tienes que ser buena en esto.

—Soy corredora —dijo Lindsey mientras su siguiente piedra caía a tres metros de su blanco—. No hay que hacer lanzamiento en eso.

—Piensa en esto como un entrenamiento completo —dijo Arden.

Cuando sus brazos se cansaron, Lindsey sugirió cantar.

—Como las sirenas en un mito griego —explicó.

—De verdad no puedo llevar el ritmo —dijo Naomi—, es por eso que hago tramoya.

—Sé valiente, Naomi —dijo Lindsey con enojo.

Kirsten, claro, ya estaba cantando a voz en cuello su canción de la producción de otoño de *Cabaret*.

Juntas, las chicas cantaron *And So It Goes*, con Arden probando suerte con el solo de Ellzey. Le pareció que si algo lo haría asomarse a la ventana, sería eso. Pero aun así no lo vio.

Las chicas estaban por admitir su derrota cuando la puerta principal se abrió. La luz del porche se encendió. *Era el momento.*

En la puerta apareció una mujer de cabello gris en una bata. Miró a las cuatro chicas, que se quedaron congeladas como venados sorprendidos frente a una súbita luz.

—¿Hola? —dijo ella.

—Hola —respondieron las chicas a coro. Luego, sintiendo que alguien más debiera decir algo, Arden añadió—: Venimos a ver a Ellzey.

—Pues —dijo la mujer con la bata—, yo soy la *señora* Ellzey.

Abrió más la puerta, y aunque parecía que la acción sabia sería irse del lugar, las chicas la siguieron al interior como una línea de diligentes patitos.

—¡Bart! —gritó la señora Ellzey por las escaleras.

—¿Sí, mamá?

—Baja. Trae a tus amigos, muchachito.

Así que ese era el nombre de Ellzey. *Bart*. Arden se preguntó si comenzó a presentarse como Ellzey porque no le gustaba ese nombre. No lo culparía. Sonaba terriblemente parecido a *pedo* en inglés, *fart*.

Ellzey y el resto de los chicos bajaron por las escaleras escandalosamente. Sus rostros registraron sorpresa al ver a las cuatro chicas y un globo amarillo aún atado a la muñeca de Arden. Ellzey claramente no tenía planes de ver a ninguna chica esa noche. Había reemplazado sus lentes de contacto con lentes redondos. Traía calcetines, pero no zapatos, shorts deportivos flojos y un suéter sin forma. Arden había soñado con ver a Ellzey en su hábitat natural. Pero quizás esas no eran las circunstancias exactas que se había imaginado.

–¿Realmente crees que puedes salirte con la tuya invitando a chicas a la casa para un encuentro nocturno? –quiso saber la señora Ellzey con las manos en la cadera–. ¿Pensaste que no me daría cuenta?

Los amigos de Ellzey se pusieron pálidos. Negaron furiosamente con la cabeza.

–No invitamos a nadie –dijo Ellzey.

–No tenemos idea de qué están haciendo aquí –agregó Douglas, mirando a Naomi con los ojos entrecerrados.

–Entonces, ¿qué *trajo* a cuatro chicas aquí a mitad de la noche? –replicó la señora Ellzey.

Arden pensó en la pregunta de Kirsten antes de salir de la casa. *¿Qué caso tiene?* De pronto parecía un cuestionamiento relevante.

–¡Mamá! –gritó Ellzey–. ¡No les dijimos que vinieran a enredarse con nosotros ni ninguna asquerosidad que estés pensando! –su voz se quebró y parecía mortificado.

–¿Puedo decir algo? –preguntó Lindsey–. Soy lesbiana. Así que definitivamente yo no vine para enredarme con su hijo.

La señora Ellzey parecía indignada.

–Tienen que irse a casa, chicas –dijo–. Y en cuanto a ti, Bart…

Arden y sus amigas salieron corriendo. No dijeron nada durante las primeras cuatro calles en su camino de regreso a casa de Kirsten. Luego, finalmente Lindsey habló:

—Bueno, al menos no dejamos el globo en casa de Álex.

Y todas estallaron en risitas.

El lunes, Douglas rompió con Naomi. Dijo que pensaba que estaban "buscando cosas distintas". Hasta que se acercó a ella en la fiesta de Matt Washington, un año después, Ellzey se portó como si en verdad no supiera quién era Arden. Pero dado que así era como siempre se había comportado, era algo decepcionante, pero no trágico. El resultado más positivo fue que el año siguiente, Lindsey y Arden pudieron decirse una a la otra, casi siempre que necesitaban reírse, "Yo soy la *señora* Ellzey", y nunca fallaba para animarlas. Y simplemente hacía que todo el asunto hubiera valido la pena.

Los periquitos vs. Los glotones

La semana después de que ella y Chris fueron a comprar dieciséis sombreros en El césped siempre es más verde, Arden despertó con un sonido de golpes en la puerta. Se dio la vuelta, parpadeando para despegar sus ojos.

–¿Qué? –chilló.

Roman abrió la puerta de golpe y se quedó ahí parado, completamente vestido con una camiseta de basquetbol, shorts cortos y calzado deportivo.

–¿Me puedes llevar a mi partido? –preguntó.

Arden se incorporó, haciéndose lentamente a la idea de que, una vez más, estaba despierta. ¿Por qué ninguno de los hombres en su vida sabían dormir hasta tarde?

–¿Tienes partido hoy? –preguntó. Mouser, quien había estado dormitando al pie de su cama, saltó hacia la puerta como si, al igual que ella, no quisiera tener nada que ver con esto.

–Pues sí –respondió Roman–. Como en veinte minutos.

Era la primera vez que Arden escuchaba al respecto.

–¿No te puede llevar papá?

–Se suponía que él iba a hacerlo –Roman bajó la vista al suelo y restregó su calzado–. Mmm, dejó una nota. Ya se había ido a la oficina. Así que…

–Es *domingo* –dijo Arden. Cuando ella era pequeña, las mañanas de domingo significaban comer en pijama los panqueques caseros de su mamá y ver caricaturas en la televisión. Su mamá hacía pequeños panqueques y los acomodaba en su plato como si fueran nenúfares, con la miel formando un río que corría entre ellos. Arden tomaba pequeños juguetes de plástico y los acomodaba entre los panqueques como si fueran criaturas del bosque

que vivían en esos nenúfares, y los enviaba navegando por el río de miel. Jugaba así hasta que sus panqueques estaban absolutamente asquerosos, y luego su mamá le hacía otra tanda, y esos sí se los comía.

Arden debió haber despertado aún más temprano y hacer panqueques para su familia. Nunca había intentado hacerlos ella misma, pero no podía ser tan difícil. Había descifrado cómo hacer algo de comer en los últimos dos meses. Algo de comer y mucho de pedir a domicilio. Su padre resultó no tener ni idea de absolutamente ningún aspecto de la cocina salvo por cómo hacer paté de garbanzo y espagueti. (No juntos, gracias a Dios). Arden había comenzado a preguntarse seriamente cómo había sobrevivido su padre solo antes de casarse con su mamá. ¿Cómo no se había muerto de hambre?

–Lo voy a llamar –Arden buscó su teléfono–. No puede simplemente olvidar que tienes partido de básquetbol hoy, el niño. Eso no está bien.

–Sí, como sea, pero ¿puedes marcarle desde el coche? Voy a llegar tarde, y luego el entrenador no me pondrá en el juego. Es la regla.

Había una gran posibilidad de que el entrenador de Roman no lo pusiera en el juego de cualquier modo, dado que el niño medía muchos centímetros menos que cualquiera de los otros chicos de secundaria en su equipo, y además era tremendamente miope y se rehusaba a usar lentes de contacto cuando practicaba deporte, porque le daba miedo tocar sus globos oculares.

Pero Arden no dijo eso. Solo se puso los jeans y la sudadera más cercanos a su cama y bajó las escaleras.

Roman ya se había ido a la cocina y estaba comiendo azúcar morena directo de la bolsa. Arden se la quitó.

–En primer lugar, eso es asqueroso. En segundo lugar, ¿eres un animal? En tercer lugar, son como las ocho de la mañana –guardó la bolsa en la repisa más alta del gabinete, la cual Roman no podría alcanzar a menos que se subiera a la encimera, lo cual definitivamente haría más tarde.

–Necesito combustible –explicó Roman–. Para mi partido. El entrenador dice que es importante comer un desayuno energizante antes de jugar.

Salieron de la casa y Roman corrió hacia el automóvil de Arden. Marzo seguía pasando por su etapa de vientos locos y él solo llevaba shorts. Ella debió hacer que se pusiera un abrigo. ¿Por qué a los niños nunca se les ocurre vestirse de acuerdo al clima?

—Está cerrado —gritó el pequeño.

Arden dio unas palmadas en su bolsillo buscando la llave de su auto, luego se dio cuenta de que debió dejarla en el casillero de la escuela. Esta no era la primera vez que olvidaba su llave, razón por la cual hacía que Lindsey le guardara una copia.

—Espera un segundo —le dijo a Roman.

—¡Voy a llegar tarde! —protestó él, saltando en su lugar para calentarse contra el frío.

Arden lo ignoró y trotó por el bosque entre su casa y la de Lindsey. El bosque se veía más pequeño ahora que cuando había encontrado a Lindsey ahí por primera vez. También era mucho más pequeño de como lo habían descrito en los libros de Arden. De hecho, nadie de la compañía Muñecas Como Yo había ido en persona para medir el tamaño del bosque donde había ocurrido el drama. Simplemente, escribieron la historia.

Arden tocó en la puerta trasera de la casa de su amiga. Tocar era una regla estúpida que imponían el señor y la señora Matson, aunque Arden y Lindsey habían estado entrando y saliendo constantemente de la casa de la otra durante la mitad de su vida. En toda justicia, los padres de Arden tenían más razones para sospechar de Lindsey que los padres de Lindsey para sospechar de Arden. Salvo por ese incidente de la supuesta posesión de yerba, Arden era la niña de oro que se apegaba a las reglas, levantaba la mano, cruzaba por las esquinas y Lindsey era… pues, Lindsey.

El papá de Arden pensaba que era una buscapleitos, lo cual era cierto desde una perspectiva adulta, pero irrelevante respecto a qué tan buena amiga o persona era. Él creía que ella no tenía ambiciones, lo cual definitivamente no era verdad; solo que sus ambiciones no eran del tipo que le importaba al padre de su hija. Y aunque él nunca se atrevería a decir esto y lo negaría hasta la muerte si su hija se lo preguntara directamente, no le gustaba que Lindsey fuera lesbiana. Siempre que él andaba por ahí y Lindsey estaba en su casa, la vigilaba como un halcón, como si le preocupara que de pronto fuera a intentar meter la lengua en la boca de su hija.

Pero al menos a los padres de Arden nunca les importó si Lindsey no tocaba la puerta antes de entrar.

—¡Hola! —gritó la señora Matson desde la cocina.

Arden lo tomó como su permiso para entrar. Los Matson estaban sentados a la mesa de la cocina comiendo avena. Lindsey se animó visiblemente cuando la vio.

—¿Qué haces aquí? —preguntó—. Es como medianoche para ti.

—Roman necesita que lo lleve a básquetbol —eligió no mencionar la parte en la que su padre se había olvidado del partido de su hijo, porque eso solo garantizaría que los padres de Lindsey hicieran chismes al respecto y juzgarían a su papá en cuanto ella saliera de la habitación. Ellos no entendían que desde que se fue la mamá de Arden, su padre estaba sufriendo, estaba solo, perdido, y estaba enfocando toda su atención en la parte de su vida donde sentía que tenía el control.

»¿Quieres venir al partido conmigo? —le preguntó a Lindsey. Si la acompañaba, quizás este partido de deporte juvenil no sería tan tremendamente aburrido como prometía.

—Lo siento, Arden, tenemos que ir a la iglesia —dijo el señor Matson.

—Es domingo —agregó la señora Matson, con un tono que implicaba que la equivalencia de "domingo" e "iglesia" debía ser obvia para cualquiera que no fuera un pagano.

La familia de Arden nunca había sido particularmente religiosa. De acuerdo con Lindsey, sus padres solían ser iguales, hasta que el señor Matson se enfermó una década atrás. Para Arden esto parecía retrógrado. ¿No sería más lógico creer en Dios *hasta* que te diera cáncer? Pero en lo que respectaba al papá de Lindsey, era su recién encontrada fe lo que lo ayudó a salir adelante, y ya llevaba libre de cáncer siete años.

—Puedo pasar cuando salga —ofreció Lindsey—. El partido es en la escuela de Roman, ¿verdad? ¿Cuánto durará?

—Como cien horas —supuso Arden.

—Cool. Ahí te veo. Vamos, equipo. Espera, ¿cómo se llama su equipo?

—Los periquitos —dijo encogiéndose de hombros.

—Vamos periquitos. Píen, píen, píen.

—¿Me prestas la llave de mi coche? —preguntó Arden.

—Claro —Lindsey corrió a la planta alta por ella, con sus pies azotando los escalones. Sus papás vieron esta transacción con expresiones de desconcierto. Había mucho sobre tener a Lindsey como hija que no parecían entender.

Arden tomó su llave y volvió al auto. Le abrió la puerta a su tembloroso hermano.

—Mis músculos van a congelarse —dijo él cuando estuvo adentro con el cinturón puesto y el coche encendido—. ¿Puedes prender la calefacción?

—La calefacción está trabajando a todo lo que da, pequeño. Si no estás satisfecho, siéntete libre de bajarte y caminar —comentó Arden, conduciendo por su tranquilla calle.

Roman consideró esto y no dijo nada más al respecto.

Arden observaba la madrugada de Cumberland frente a su parabrisas. Era un pueblo pequeño y pintoresco con mucha historia, viejas casas que se vendían barato y atractivos campanarios decorando las laderas. En el siglo XVIII había habido un fuerte un poco importante, y en el XIX, Cumberland fue un crucero comercial y hogar de la industria, hechos que llenaban de orgullo al pueblo y se conmemoraban en distintas placas. Pero si hicieras un tour para ver los lugares importantes de Cumberland, un tour que todos los chicos de secundaria en el pueblo habían hecho, y casi nadie más, pronto te darías cuenta de que los años más brillantes de Cumberland habían quedado atrás. Quizás eso era parte de lo que atrajo a los padres de Arden en primer lugar; que parecía un lugar tranquilo. Hace dieciocho años compraron una bonita casa de ladrillo y dos coches ligeramente usados, y la mamá de Arden sembró un jardín en el frente; parecía el lugar perfecto para criar una familia.

Ahora el jardín estaba seco y desordenado, y el coche de su madre no estaba, reemplazado por la chatarra de Arden. No debería ser así, su padre debería estar en casa y su madre debería estar en casa y el hermano de Peter debería estar en casa también, y todo parecía desequilibrado.

Mientras conducía por las calles vacías de la mañana, Arden tomó su teléfono y llamó a su padre.

—Mamá dice que no debes hablar por teléfono mientras conduces —señaló Roman.

—Mamá no está aquí —dijo Arden. Y eso lo calló.

—¿Arden? —contestó su padre—. ¿Qué haces despierta, cariño?

Se preguntó si todos los que la conocían secretamente habían recibido algún tipo de Manual de Arden, con Hechos de Arden clave, como "A Arden no le gusta levantarse temprano". O quizás solo era muy, muy predecible.

—Roman tiene un juego de básquetbol hoy, papá —dijo—. Se suponía que tú ibas a llevarlo.

—No, eso lo tengo en mi calendario. Su partido es el catorce.

—Hoy es catorce.

Su papá hizo una pausa, y Arden pudo visualizarlo en la silla ergonómica en la que ella solía girar cuando era niña, mirando el calendario en su computadora.

—Maldita sea. Lo arruiné. Lo siento, cariño. Se me confundieron los días por completo. Me siento terrible.

—Está bien.

—Voy ahora mismo. Lo recogeré ahora —Arden podía escuchar cómo se movía de un lado a otro.

–Ya estamos en el coche. Yo lo llevo.

Su padre se quedó en silencio otro rato, y cuando habló, su voz sonaba débil:

–Eres una gran chica, Arden, ¿sabías eso? Espero decírtelo lo suficiente.

–No te preocupes, papá –no era realmente *su* culpa que ella estuviera en un coche conduciendo hacia un partido de niños en lo que básicamente era la mitad de la noche. Él solo estaba haciendo lo mejor que podía con la situación que se le presentó.

–Te quiero, cariño. Lamento que sea un momento tan difícil. Las cosas mejorarán. Sé que lo harán.

Y ella deseó que él tuviera razón, al menos para que él no tuviera que estar tan triste.

–Está bien –comentó Roman una vez que su hermana colgó–, porque quizás mamá estará ahí.

Arden sintió que sus músculos se tensaban.

–¿Qué te hace pensar que mamá estará ahí?

–Que yo la invité.

–¿Qué? ¿Cuándo?

–Cuando hablé con ella el viernes.

Arden había esquivado ingeniosamente esa llamada, como lo había hecho con muchas otras en las pasadas siete semanas. Pero sí escuchaba los lados de la conversación de Roman y de su papá. No podía evitar oírlos, fingiendo que todo estaba perfecto en casa, prometiendo un fregadero de la cocina reparado y la máxima calificación en un proyecto de ciencias y grabaciones de los programas de televisión favoritos de mamá, como si alguna de esas cosas fuera algo por lo que valiera la pena regresar. Arden no podía perderse las voces desesperadas de su padre y su hermano hablando y hablando sobre lo bien que se la estaban pasando, qué maravilloso era vivir ahí, en esa casa, con esa familia, y preguntando una y otra vez "¿Ya vas a volver a casa? ¿Ya vas a volver a casa, por favor?".

Arden no quería tener nada que ver con esas negociaciones. La hacían sentir náuseas. Lo que ella sabía era que no puedes forzar a nadie a quererte, no puedes convencer a nadie de sentir algo que realmente no siente, y ninguna cantidad de súplicas sirve para eso. Lo único que puedes hacer es tratar, intentar convertirte en alguien que mereciera ser amado.

—¿Mamá dijo que vendría a tu juego? —le preguntó Arden a Roman.

—No *exactamente*…

—¿Qué dijo *exactamente*?

—Dijo que era demasiado pronto —respondió Roman entre dientes.

—¿Demasiado pronto para qué?

—No lo sé. Solo que era demasiado pronto —él contempló por la ventana durante un momento, luego se irguió en su asiento—. Pero creo que solo era un decir. Le dije que mi equipo está haciendo un muy buen trabajo este año. Le dije que soy armador y que si venía anotaría un punto solo para ella.

Arden no sabía nada de básquetbol, pero dudaba mucho que el puesto de su hermano en el equipo fuera algo que sonara tan importante como "armador", y estaba segura de que él no anotaría ningún punto hoy, independientemente de quién estuviera en las gradas.

Odiaba esto. Las apuestas, los juegos, las promesas. Era lo mismo que su padre estaba intentando hacer al trabajar setenta horas al día. "Deberías volver porque soy muy exitoso. Deberías volver porque soy muy bueno para el básquetbol. Vuelve, vuelve, vuelve".

Era un juego estúpido y Arden no iba a jugarlo.

—No volverá, Roman. Está a quinientos kilómetros. Tendría que levantarse como a las cuatro de la madrugada para llegar a tiempo.

Él encogió sus hombros huesudos.

—Quizás va a sorprenderme.

—No es una sorpresa si crees que va a pasar. No vendrá.

Roman fue el último niño en llegar al gimnasio, pero aun así llegó dos minutos antes del límite del entrenador, así que estuvo bien. Los periquitos estaban jugando contra Los glotones, lo cual parecía una receta para una matanza. Arden se acomodó en la tribuna con los padres e intentó volverse a dormir. Pero esas gradas parecían aparatos de tortura diseñados para mantener despierta a la gente sentada en ellas. Así que tomó su teléfono y volvió a *Esta noche las calles son nuestras*.

Ayer había leído más de los posts de Peter del verano pasado. Él bromeaba sobre la librería. Ocasionalmente iba a los Hamptons con su familia. Los Hamptons eran un área de playa para las vacaciones de la gente rica, así que, en palabras de Peter, "Obviamente mis padres *tienen* que tener una casa ahí". Fue a fiestas, incontables fiestas con incontables amigos cuyos nombres Arden no podía recordar y muchas veces ni siquiera podía distinguir si eran chicos o chicas.

No había señales en ninguno de estos posts sobre la trágica desaparición del hermano de Peter, lo que, por haber leído más adelante, Arden sabía que se avecinaba sobre ellos. Había muy pocas menciones de su hermano en general.

El verano de Peter parecía lleno de posibilidades y abierto a la libertad, y hacía que Arden sintiera nostalgia de un verano que no vivió realmente y que posiblemente nunca viviría. Ese día hacía frío y al día siguiente también, y aunque finalmente subiera la temperatura, ¿qué podría esperar Arden? Diez semanas de despertar para llevar a Roman a partidos y citas de juego mientras su padre trabajaba y su madre estaba lejos, disfrutando sus aventuras en la gran ciudad. Mantener la casa limpia y poner comida en la mesa. Intentar mantener a Lindsey sin meterse en problemas. Por la emoción, podría conseguir un trabajo en la ferretería con Chris, el señor Jump ya se lo había ofrecido.

Sus planes de verano no eran lamentables, pero Arden sentía que *Esta noche las calles son nuestras* había puesto un reflector sobre su vida y había revelado que todo en ella estaba pasando en blanco y negro, siendo que había todo un mundo de color ahí afuera. Arden no diría que esta noche las calles son suyas. Como mucho, sentía que ese espacio en las gradas donde estaba sentada era suyo, al menos por las próximas dos horas.

Pero por más que disfrutaba leer el color y luz de la vida de Peter, no había entradas que amara más que las que eran sobre Bianca. Nunca sabía cuándo iba a aparecer en las historias de Peter, así que cada vez que pasaba, ella se emocionaba.

15 de julio

Bianca fue a la librería hoy. Sola.

–Hola, vendedor –me dijo–. Estoy intentando decidir cuál de estos libros comprar. ¿Alguna recomendación? –puso frente a mí tres libros de poemas. Poemas de amor. Y me guiñó.

–Cómpralos todos –respondí–. Me pagan por comisión.

Y así lo hizo.

Les juro por Dios que esta chica me está volviendo loco.

4 de agosto

Miranda, Julio y yo fuimos esta noche al muelle, al concierto gratuito de los Probiotics. Miranda se la pasó hablando de cómo su mamá conoce a alguien que conoce a alguien que conoce al manager de los Probiotics y quizás podría colarnos al camerino después. Se la pasó amenazando con "hacer algunas llamadas", pero nunca la vi realmente llamando a nadie.

Hacía un calor asqueroso, pero había un aspersor de arcoíris por el que podías pasar para enfriarte (como un aspersor normal, pero de alguna manera le pusieron luces de arcoíris) y había gente regalando botellas de agua vitaminada.

No entiendo el agua vitaminada, por cierto. Toma agua. Come vitaminas. ¿Estás tan ocupado que necesitas que esas dos tareas se fusionen en una? Sé que los neoyorkinos están muy ocupados, pero relájense.

Estábamos bailando en medio de todo, sudando mucho, cuando nos encontramos con Bianca. Ella estaba con Leo y varios de sus imbéciles compañeros.

Lo siento. "Compañeros de fútbol". Eso quise decir.

Medio me congelé cuando los vi a ella y a Leo juntos, como si ella y yo hubiéramos estado haciendo algo ilícito, aun cuando no había sido así; no habíamos hecho nada que no fuera apto para todo público, ni siquiera la había tomado de la mano.

Casi nunca la veía. Sentí culpa y luego sentí rabia con Leo por hacerme sentir culpable, aunque supongo que eso no es culpa de nadie.

Los amigos de Leo decían "Amigo, esto es súper aburrido" y "Amigo, ¿alguien tiene cerveza?" y "Amigo, ¿por qué no hay nenas aquí?". Conozco a algunos de estos chicos por separado y todos parecen seres humanos racionales, pero de algún modo su inteligencia se parte por la mitad cada vez que agregas uno más de ellos a la mezcla, así que para cuando tienes cinco en grupo como hoy, básicamente son una manada de Terriers con discapacidad mental.

–Así que tú eres Bianca –comentó Miranda, observándola. Miranda no es la mejor para guardar secretos, y me descubrí deseando que nunca le hubiera dicho nada.

–Encantada de conocerte –dijo Bianca, extendiendo su mano para saludarla–. ¿Y tú eres…?

Hoy Miranda llevaba un top y shorts que mostraban la mitad de su trasero, y todos los amigos de Leo estaban salivando por ella, pero yo solo tenía ojos para Bianca.

—Te ves muy bien —le dije. Llevaba casi el doble de ropa que Miranda (lo cual no es muy difícil), y me recordaba a un ángel. Si le hubieran salido alas de los omóplatos, no me habría sorprendido ni un poco.

A Leo y sus amigos se les ocurrió un juego estúpido en el que tenían que eructar tan fuerte como pudieran entre canciones, y si alguno de ellos eructaba lo suficientemente fuerte para atraer la atención de la banda, él "ganaba".

—¿Qué ganas? —pregunté.

La manada de perros me miró sin comprender.

—Simplemente *ganas* —explicó Leo.

Okay.

—Oye, Leo —pregunté, asegurándome de que Bianca pudiera oír—. ¿Cuál es tu canción favorita de Probiotics?

Se encogió de hombros.

—No conozco muchas de sus canciones. Esa que tocan en la radio es bastante buena. ¿Cuál es la tuya?

Quería preguntarle a Bianca "¿Por qué estás haciendo esto? ¿Por qué sigues con él?".

Claro, quiero a Leo. Quiero a Leo más que cualquiera. Pero ella no es la indicada para él. Él no es el indicado para ella. Ella tiene que estar con alguien como yo.

"Simplemente ganas".

Es fácil decirlo para ti, Leo.

Arden había comenzado a dejar de leer detenidamente las entradas que no hablaban de Bianca. Estaba tan fascinada por ella como Peter. Quería pasar más tiempo con ella, saber más de ella, descubrir todos los secretos de ser Bianca.

También había comenzado a leer los comentarios dejados por otros lectores de *Esta noche las calles son nuestras*. Parecía haber toda una comunidad.

Mientras que las primeras entradas no habían conseguido respuestas, entre más avanzaba en la historia de Peter, más comentarios había. Los comentadores no parecían ser personas que Peter conociera, nadie de ellos decía cosas como "Sí, ¡yo estaba contigo en ese concierto!". Al parecer no eran ni Leo ni amigos de Leo, ya que Arden no podía imaginar que Peter escribiera sobre su enamoramiento de Bianca si supiera que su novio estaba leyendo. En este post, por ejemplo, los comentarios decían:

> Encontré tu blog pq soy el + grande fan de Probiotics. Probiotics rock!!! Qué suerte q los hayas visto gratis!!! yo los he visto 8 vecez.
> -MyKingdom4AHorse

> Amo cómo escribes! Yo también me pregunto siempre acerca del agua vitaminada. Eres tan divertido!
> -Delicate485

> Bianca y tú van a estar juntos algún día???? Me muero! Leo parece un idiota. Ugh, no sé qué le ve ella.
> -MessyDressyBessy

Arden consideró dejar un comentario también. No podía decir "¿Bianca y tú van a estar juntos algún día?", porque estaba leyendo nueve meses en el futuro, así que sabía que sí, estarían juntos, y más tarde romperían. Podía agregar su voz al coro diciendo "Me encanta cómo escribes" y "Eres tan divertido", porque ambas cosas eran verdad, pero no quería ser otra voz sin nombre parloteando sobre lo genial que era Peter. Quería ser algo especial para él, así como él se estaba volviendo especial para ella. Así que no dijo nada.

Le echó un vistazo al campo de juego. Roman aún estaba en la banca. Él revisaba las gradas. Arden se encontró con su mirada y sonrió, pero luego recordó que probablemente no podría identificarla sin sus lentes. El lado positivo era que no notaría si ella se la pasaba viendo su teléfono en vez del juego. Así que siguió leyendo, un poco aquí y allí... hasta que llegó al siguiente post con Bianca.

2 de septiembre

Mamá tuvo que volver a la ciudad un día antes por una junta de una beneficencia en la que está, así que anoche estuvimos solo los chicos en los Hamptons. Ya saben lo que eso significa: ¡barbacoa! No sé por qué a papá le gustan tanto las parrilladas, salvo porque mamá nunca lo deja hacerlo; y no sé por qué mamá se opone tanto, salvo porque ella sabe que a él lo hace feliz. Gracias a ambos por su modelo de relación extremadamente sano, padres.

También creo que a los hombres les gustan las parrilladas más que a las mujeres porque mueve alguna parte cavernícola de nuestro cerebro. Esa parte que dice "¡Fuego! ¡Me gusta el fuego!". ¿Las mujeres tienen esta parte en su cerebro? ¿Es una diferencia biológica entre los sexos? ¿Los cerebros de las mujeres dicen "¡Fuego! ¡Esa cosa que incendia mi choza!"?

No lo sé, chicos. Realmente no enseñan Biología en la Academia de arte. Shh, no le digan a mi papá.

Me encanta cuando él hace parrilladas. Son las únicas veces en que parece un ser humano en vez de una máquina. Claro, sigue usando una camisa de diseñador que algún asistente personal eligió, pero se enrolla las mangas y no se preocupa si le cae un poco de grasa. Además, estuvo de buen humor este fin de semana; de hecho, me preguntó algunas cosas sobre mi vida en vez de solo darme órdenes. No es que yo le diga nada, claro. Entre más le cuentes, más munición tiene.

144

A mí me ha ido mal, pero a veces pienso que a mi hermano le va peor. En cierta medida, ya se rindieron conmigo, como si fuera una causa perdida. Soy más joven y soy un soñador y un desastre, me importa más la moda y la poesía de lo que debería importarle a "un hombre de verdad" y escucho música demasiado alto. Siempre que mi padre me mira es como si yo fuera una especie de alimaña que se metió a su casa y él no puede exterminar, pero no es como que espere mucho de mí.

Ni siquiera me querían, ¿saben? Querían un niño, pero se estaban haciendo viejos y no estaba sucediendo, así que finalmente decidieron adoptar. Tuvieron a mi hermano apenas unos meses antes de descubrir que me estaban esperando. Quizás incluso me concibieron durante algún sexo de celebración de "¡Ya tenemos un bebé!".

Qué asco.

Nunca me dejaron olvidarlo. A mi hermano lo escogieron. ¿Y yo? Un error.

Pero el problema para mi hermano es que él es todo lo que mi papá quiere en un hijo: respetable, honesto y con capacidad para los negocios. Lo cual significa que a él no lo ignoran ni son condescendientes; él recibe toda la atención, toda esa sofocante atención, porque él debería ser razonable y hacer siempre lo mejor. No sé cómo lo soporta, pero quizás él tampoco sabe cómo soportarlo.

Como sea. Queja, queja, queja, todo está más allá del punto, porque por una vez este fin de semana no fue así. Este fin de semana fue bueno. Mamá se había ido, papá asaba carne, todos los demás estaban ahí comiendo. Y en verdad me refiero a *todos*. Aunque obviamente está ahí todo el año la casa en los Hamptons y podemos ir en cualquier momento,

145

la verdad es que la *temporada* de Hamptons termina el Día del Trabajo. Las cafeterías con una fila de media hora hoy, tendrán solo unos cuantos clientes la próxima semana. Así que anoche estábamos dándole el cierre a la *temporada*, si no a la casa misma, con una multitud.

Julio se la pasó lanzándose de bala de cañón a la piscina, y el tío Todd estaba ahí siendo el tío Todd; Trotsky invitó a unas chicas solteras que conoció el viernes en la playa, y había como cinco perros corriendo por ahí y jugando a las atrapadas y no sé a quién le pertenecían ninguno de ellos.

Era caótico y a mí me encantaba, solo esperaba que ninguna de las fotos que estábamos tomando fueran vistas jamás por mi madre. El momento en que uno de los perros se robó un bistec del asador y luego lo tiró en la piscina fue invaluable, y eso le habría provocado un ataque cardiaco a mi madre sin razón, ya que nadie se hizo daño, salvo por la vaca que dio su vida, supongo.

Leo llevó a Bianca, que es como se sabe que las cosas se están volviendo serias entre ellos, porque nunca se lo había visto invitando a una chica a los Hamptons el fin de semana. Me daba náuseas verlos juntos y saber lo que eso significaba en su relación. Él se va a la universidad la próxima semana, y obviamente ella seguirá en la ciudad; me pregunto si la veré más ahora que él estará físicamente fuera del cuadro, o menos, ahora que el pegamento oficial que nos une estará fuera de la ciudad. O quizás la distancia los separará. Quizás él se enamorará de una universitaria y Bianca solo será un recuerdo distante para él. Eso estaría bien.

No es que él se vaya tan lejos. Y arregló su horario para que todas sus clases sean solo martes, miércoles y jueves.

Se la pasa hablando de lo emocionado que está por eso. Así podrá volver a ver a Bianca en cualquier momento.

Si tan solo yo tuviera que ir a clases tres días a la semana, podría escribir una novela con todo mi tiempo libre. Podría escribir el jodido *Quijote* si tuviera tanto tiempo como Leo. Luego de que él presumió eso por tercera vez, le pregunté qué planeaba generar con todo su tiempo libre. Él me dijo que me callara.

Era tarde, tarde, tarde cuando todos se fueron a casa o simplemente se durmieron en la nuestra. Es una casa grande, con muchas camas, así que no hay problema, y algunas de estas personas estaban *muy ebrias*. Y probablemente todos en los Hamptons estaban ebrios anoche. Hubiera sido difícil que todos consiguieran un taxi a casa.

Era una noche hermosa y no me sentía con ganas de entrar, menos porque la última vez que revisé, Julio y la hija de un pintor famoso se estaban besando en mi cama. Solo me tendí en una de las sillas de la piscina, contemplando las estrellas, hasta que el fuego en el asador se apagó y los perros estaban en sus perreras y la cerveza se había terminado y todos se habían ido a donde sea que todos se vayan. Creo que todos se olvidaron de mí. Creo que me quedé dormido.

Desperté con el suave sonido de las olas. Nuestra casa está a la orilla del mar, así que siempre puedes escuchar las olas, pero esto era diferente. Tranquilo y diferente.

Abrí los ojos y vi a alguien nadando en la piscina. Estaba muy oscuro, así que solo vi la sombra de una persona moviéndose suave y rítmicamente entre el agua.

Quizás sintió que la observaba, porque al terminar su siguiente vuelta se tomó de la escalera, salió de la piscina y avanzó hasta quedar frente a mí, con sus pies mojados chapoteando sobre el pavimento.

—Bianca —dije—. ¿Qué haces despierta?

Se veía en blanco y negro bajo la luz de la luna, como una vieja fotografía de alguien que nunca conociste en realidad.

—Nado nocturno —respondió. Se sacudió unas gotas de agua del cabello—. ¿Qué haces tú despierto?

—Esperándote —le aseguré, porque aunque no la estaba esperando, debería—. ¿Estás ebria?

Ella se encogió de hombros.

—Un poco.

—No deberías nadar si estás ebria.

—Pensé que tú me habrías rescatado si lo hubiera necesitado.

—Hasta donde sabes, yo también estoy ebrio —no lo estaba, pero pensé que debía decir que sí, porque no sabía si algo sucedería entre nosotros en la oscuridad y quería poder culpar a algo fuera de mi control en caso de ser necesario. Si necesitaba olvidarme completamente de esta noche, quería una excusa a la mano.

Ella tembló. Quizás por eso la temporada termina el Día del Trabajo. Porque cuando es septiembre y es imposiblemente tarde y no traes más que un biquini mojado, te da frío. No tenemos este problema en julio.

—Tengo una toalla —ofrecí, extendiéndole la que había estado usando como cobija improvisada. Ella caminó hacia mí y estiró la mano para tomarla, pero en vez de dársela, la envolví sobre sus hombros como un capullo y la jalé hacia mí. Ella cayó en mi camastro de modo que los dos quedamos viéndonos a los ojos, mis manos aún sostenían la toalla con los puños apretados.

Lector: la besé.

Fue un beso pequeño y muy breve. Quería darle la oportunidad de levantarse e irse si quería, aunque si hubiera querido, no sé cómo la habría dejado ir.

Pero no lo hizo. Me devolvió el beso, y no hubo nada de pequeño ni breve en él.

Antes de que me diera cuenta, su toalla se había ido y mis manos estaban sobre su piel, aferrándome a ella con toda la fuerza que tenía, y sus piernas estaban entrelazadas con las mías, y yo estaba saboreando el cloro en ella por todas partes.

No dijimos ni una palabra, como si alguien hubiera podido escucharnos en el momento en que pronunciáramos una palabra y saliera a investigar. Quería decirle "No puedo creer que esto esté sucediendo" y "He estado esperando esto desde el momento en que nos conocimos", pero el único sonido que hice fue respirar en su oído, y confío en que ella supo todo lo que quería decirle.

Entramos justo cuando el sol comenzaba a dar señales en el cielo. Y ahora escribo todo. Para no olvidar.

–*Arden.*

Levantó su cabeza de golpe con sorpresa mientras cerraba su teléfono.

–¿Me estás ignorando? –Lindsey se movió torpemente por las gradas junto a ella, tirando la bolsa de una madre mientras avanzaba. La mamá le echó una mirada molesta y se movió una fila. Lindsey siguió–: He estado gritando tu nombre desde que crucé la puerta.

Arden se restregó los ojos con las palmas de las manos.

–Perdón, Linds. Estaba leyendo algo y… me metí mucho en la lectura.

Lindsey le dio un trago a su agua. Por el brillo de sudor en su rostro, Arden supo que había corrido hasta ahí, lo cual hacía que el sistema cardiovascular de caminador lento de Arden se quisiera poner en posición fetal y morir.

—Estaba leyendo el blog de un chico —explicó, lo cual parecía insuficiente para expresar lo que era *Esta noche las calles son nuestras* o lo que significaba para ella, pero le pareció que tenía que decirle *algo* al respecto a Lindsey, porque cuando las cosas importaban, ella tenía que saber.

—Un chico. ¿Guapo? —preguntó Lindsey.

—Por favor, Linds. No tengo idea —lo cual no significaba que Arden no hubiera intentado descubrirlo. Había buscado cada combinación de palabras relevante que podía pensar: "Peter y Bianca". "Peter y Leo". "Peter y academia de arte". "Peter y librería". Por más que intentaba, no tenía suficiente información para encontrar fotos. Pero sospechaba que probablemente era guapo.

—Sí, claro —dijo Lindsey—. No tienes idea. Eres una *stalker*. Esto va a ser como lo de la casa de Ellzey otra vez. ¿Cómo se apellida este chico?

—No lo sé. Se llama Peter.

—Vas a salir con tu "Peter, leo tu blog" y su mamá va a decir "Pues yo soy la *señora* Peter".

Las dos se echaron a reír. Unos cuantos padres más se cambiaron de lugar.

—Es un juego de básquetbol —dijo Lindsey en voz alta—. Está bien alborotarse un poco.

—¡Síííííí! —gritó Arden hacia la cancha para apoyar la declaración de Lindsey.

—¡Síííííí! —coreó su amiga. Todas las gradas en un radio de dos metros a su alrededor se vaciaron.

Una vez que el juego terminó, Arden llevó a Roman y Lindsey a casa, pese a las protestas de Lindsey de que ella podía correr de regreso como había llegado.

—Por favor, no —dijo Arden—. Tan solo pensarlo me hace querer tomar una siesta.

En el coche, Roman parecía estar desanimado, aún más de lo normal para un niño cuyo equipo de básquetbol acababa de ser brutalmente aplastado por centésima vez en esta temporada.

—Lo hiciste genial, Huntley —le aseguró Lindsey—. Limpiaste la cancha con esos chicos. Apuesto a que tendrán miedo de volver la próxima vez.

Roman había estado en el juego durante seis minutos, y Lindsey era terrible para mentir, pero era posible que un niño pudiera creerle.

Pero él no pareció prestarle atención.

—No sé adónde se fue mamá —dijo.

—A Nueva York, Roman —respondió Arden—. Ya lo sabes.

Él negó con su enorme cabeza.

—Pero la vi en las gradas. La vi mientras estaba jugando. Pero luego ya no estaba ahí. ¿Por qué no vendría a saludar? ¿Porque perdí?

Arden y Lindsey intercambiaron una mirada.

—Ella no estuvo ahí —dijo Arden—. Te lo prometo —pero sentía una opresión en el pecho. Si su mamá *hubiera* estado ahí, ella lo habría notado, ¿verdad?

—Sí, sí estaba —insistió Roman—. Estaba sentada justo debajo del letrero de salida.

Entonces comprendió lo que había sucedido: Roman no traía sus lentes, así que tenía sentido que se hubiera confundido en la distancia.

—No, Roman —explicó, y se sintió muy mal por él, su hermanito, quien tenía tanto que aprender sobre el mundo y sus decepciones—. No era mamá. Solo era yo.

La mamá de Arden ofrece una explicación

Fue curioso que Roman creyera que su madre volvería a casa para su partido de básquetbol, porque al día siguiente, más o menos lo hizo. No en el sentido literal y físico. Pero envió una carta. Solo estaba dirigida a Arden, y su padre se la entregó en la mano cuando ella estaba en su dormitorio haciendo tarea el lunes después del ensayo.

—No —dijo Arden mientras él se la entregaba—. ¿Qué es esto? No.

—Tu mamá me pidió que me asegurara de que la recibieras.

—¿Y qué? ¿Ahora haces todo lo que te dice?

—Creo que hacer esto en particular tiene sentido —aclaró el padre de Arden—. No contestas sus llamadas. No respondes sus e-mails. Creo que deberías escucharla.

—¿Sabes qué dice ahí? —preguntó, sopesando el sobre sin abrir.

—Tengo una idea muy probable.

Arden resopló por la nariz con impaciencia.

—No tengo tiempo para esto. Hay un gran examen de Matemáticas mañana y apenas he estudiado, y se supone que debo llamar a Chris en veinte minutos, y Naomi se está volviendo loca por algo del vestuario, y no puedo reorganizar toda mi vida solo porque mamá escribió una carta.

—Bueno. Yo tampoco tengo tiempo para esto. Es día de cazatalentos para muchos de los equipos universitarios grandes, y necesito estar al pendiente de todos —se dio la vuelta y salió del dormitorio.

Demasiado tarde, Arden dijo:

—Ay, papá, eso no es lo que... —suspiró. No había querido pelear con su padre. Pero la persona con la que quería pelear no estaba ahí.

Una *carta*. ¿Podría haber una forma de comunicación más unilateral? Una carta es como decir "Voy a expresar lo que pienso y no puedes discutirlo porque ni siquiera estoy ahí para escucharte. Lo único que puedes hacer es ponerme atención". Una carta no era una conversación.

Arden la tiró en el bote de basura. Luego la sacó y la abrió. Su curiosidad siempre le ganaba.

Esto era lo que decía la carta de su madre:

Querida Arden:

Sé que estás enojada conmigo, y no te culpo. Estoy segura de que lo que hice ha sido traumático para ti, y me duele pensar cómo podrías estar sufriendo, o lo que podrías pensar de mí ahora. Pero esto era algo que tenía que hacer. Espero que haya pasado suficiente tiempo desde que te dejé para que puedas estar dispuesta a considerar lo que tengo que decir, para intentar entender por qué sentí que no tenía más opciones.

Lo primero que necesito que sepas es que no los dejé por nada que tú o tu hermano hayan hecho ni por nada en lo que hayan fallado. Los amo a ambos con todo mi corazón y toda mi alma, y nada que hagan, o fallen en hacer, podrá cambiar eso. Por favor, entiéndelo.

Las cosas entre tu padre y yo han sido difíciles desde hace un tiempo, y en los últimos años, en vez de mejorar, solo se han vuelto más complicadas. Como bien sabrás, tus abuelos peleaban constantemente cuando tu papá estaba creciendo y eso lo afectó en muchas formas negativas. Así que era importante para él que tú y Roman no fueran expuestos a ese mismo tipo de peleas paternales que él vivió, y yo estuve de acuerdo. Pero la verdad es que solo porque dos personas no se griten no significa que se estén haciendo felices.

Para ponerlo lo más claro posible, tu padre y yo tenemos ideas muy diferentes sobre lo que significa ser padre. Y yo llegué a un punto de quiebre. Sentí como si yo me hubiera encargado de nuestra casa por diecisiete años. No estaba recibiendo la clase de apoyo de tu padre que necesitaba. Y no lo pude soportar más.

Sentí que años de injusticia y distribución desigual de responsabilidades me alcanzaron al mismo tiempo. Me frustró sentir que tu padre priorizaba su trabajo sobre su hogar y, aun cuando estaba en casa, ponía sus deportes de fantasía sobre la familia real que estaba frente a él. Nunca me pareció justo, y últimamente me parecía menos tolerable que nunca.

No es algo de lo que tú y yo hayamos hablado mucho, pero creo que sabes que antes de que tú nacieras, estaba trabajando para conseguir mi título de maestría en trabajo social. Tenía la idea de que podía ser una gran trabajadora social. Y quizás no hubiera podido, quizás solo estaba en mi cabeza, pero es lo que yo imaginaba.

Estaba increíblemente emocionada de tener un bebé. Era mi sueño hecho realidad. Pero muy pronto me di cuenta de que no podría ser el tipo de mamá que quería ser, el tipo de madre que pensaba que merecías, y además seguir yendo a clases y estudiando y haciendo trabajo de campo. No parecía posible. Alguien tenía que cuidarte. Y yo no quería ponerte una niñera ni enviarte a la guardería donde un montón de bebés estarían compitiendo por la atención. Pensé que debías ser criada por uno de tus padres. Y tu papá no estaba interesado en ser esa persona. Así que yo hice a un lado mi maestría y pensé que volvería cuando estuvieras en la escuela.

Cuando te adaptaste a la escuela, tuvimos a Roman. Y otra vez, fue mi sueño hecho realidad. El problema no era que yo sería mamá de nuevo, eso era una bendición. Sino que tu padre no estaba de acuerdo con que, ya que yo había hecho todo el trabajo de criarte a ti, quizás esta vez era su turno. Él sentía que era quien debía llevar el pan a la mesa, y en ese momento le iba muy bien y amaba su carrera.

Y mi idea de volver a la escuela era un sueño imposible, el cual podría nunca convertirse en nada lucrativo. Él se iba a quedar en su trabajo y dijo que si yo quería volver a la escuela, entonces Roman podría ir a la guardería.

Pero estoy segura de que recuerdas qué bebé tan exigente era tu hermano. Necesitaba a su madre. Me necesitaba a mí. No iba a pasárselo a un extraño que nunca podría amarlo con la intensidad que yo lo amaba.

Y tu padre básicamente dijo que era mi elección. Yo podía elegir el estudio o podía elegir pasar todo mi tiempo con mis hijos, y elegí a mis hijos, lo elegí libremente, así que ¿qué razón tenía para ser infeliz?

Tomar esa decisión me hizo sentir como alguien que importaba, debía importar si mi familia me necesitaba tanto, y seguí tomando esa decisión día tras día, hasta que finalmente fue demasiado tarde para retractarme.

Seguí pensando que algún día volvería y terminaría mi maestría. Pero siempre había algo más que hacer. Siempre había una práctica de básquetbol o una conferencia padre-maestro o un examen próximo de Español. Me encantaba estar tan involucrada en las vidas de mi familia, pero al mismo tiempo sentía que me había perdido de vista a mí misma. Solo sabía quién era en relación a alguien más. Por años fui la esposa de alguien, la madre de alguien, la amiga de alguien, la hija de alguien. Y por una vez, quería ser alguien por mí misma.

No supe cómo encontrar eso en Cumberland. Sentía que mientras estuviera en la misma casa y en la misma situación, seguiría tomando las mismas elecciones. Así que me fui.

No sé si esto es algo que podrás comprender o si te dará algo de paz saberlo. Te lo digo porque espero que ayude, y porque creo que tienes la edad suficiente para saber qué está sucediendo.

Tu padre y yo estamos intentando arreglar las cosas. Estamos hablando de todos estos problemas, y espero que podamos llegar a algún tipo de arreglo, alguna forma de salir adelante para que pueda volver a casa. Lo que quiero decirte es que te amo total y absolutamente, y siempre lo he hecho y siempre lo haré. Me haría feliz discutir todo esto con más profundidad contigo. O tan solo escuchar cómo te va. Puedes mandarme un e-mail o llamarme cuando quieras.

Con amor,

Mami

Arden contempló la carta durante un largo rato, con las palabras mezclándose hasta volverse solo formas sin significado. Luego la rompió en tantos pedazos como pudo, y tiró hasta el último a la basura.

Stalkeando a alguien, toma dos

No era justo que la madre de Arden culpara a su esposo de su huida. Era ridículo y egocéntrico. Bueno, él no se encargaba de las labores de crianza diarias. Raras veces llevaba a Roman a los partidos, recogía a Arden de la escuela, se encargaba de sus horarios, supervisaba sus citas con los doctores y sus cortes de cabello, agendaba citas de juego o notaba cuando les quedaba chica la ropa o se terminaba la leche. Sí, su mamá hacía todas esas cosas aburridas y mundanas. Que le den una ovación de pie.

Pero eso no convertía a su esposo en un mal padre. Al contrario, cuando había algo grande en la vida de sus hijos, él era el primero en la fila para documentarlo con fotos y video, para animarlos, o para enseñarles las habilidades necesarias.

Fue él quien les enseñó a andar en bicicleta, por ejemplo. Fue él quien les enseñó cómo atrapar y lanzar una pelota… Muy mal, tanto en el caso de Roman como en el de Arden, pero lo intentó. Cuando iban a la playa, él les ayudaba a construir elaborados castillos de arena, y cuando decidieron adoptar un perro (QEPD, Spot), fue él quien los llevó al albergue de animales para que escogieran uno. Él intentó con todas sus fuerzas inculcarles el amor del fútbol profesional, su pasión. Aunque nunca ocurrió, siempre le alegraba que sus hijos se quedaran en el sillón para ver un juego con él, y regularmente les mandaba por e-mail artículos sobre los equipos que seguía, independientemente de si ellos expresaban algún interés en leerlos o no.

Cuando le enseñó a Arden a conducir el año pasado, no dejó nada a la suerte, diciéndole todo lo que sabía sobre cómo enfrentarse a diferentes situaciones en la carretera en las que algún día podría encontrarse. Juntos registraron casi el doble de las horas de práctica requeridas, y cuando él la llevó a su examen de conducción, Arden pasó con la nota más alta. Incluso el oficial que le hizo el examen comentó que pocas veces veía conductoras de su edad con tanta seguridad. Su papá tomó esto como un halago personal e imprimió certificados de apariencia oficial en cartulina gruesa, uno para Arden que decía LA MEJOR CONDUCTORA ADOLESCENTE DEL MUNDO y otro para él que decía EL MEJOR INSTRUCTOR AUTOMOVILÍSTICO DEL MUNDO. Ambos aún los tienen colgados sobre sus respectivos escritorios. Cuando ella obtuvo su licencia, él incluso la ayudó a comprar el Corazón de Oro, poniendo un dólar por cada uno que ella conseguía.

Era un buen papá.

Gracias al Corazón de Oro, Arden pasó todos los días del verano anterior conduciendo. Condujo tan lejos y tan seguido como podía, generalmente con Lindsey en el asiento del copiloto, ya que ella estaba dispuesta a ir a cualquier lado en cualquier momento. Frecuentemente, conducían cuarenta y cinco minutos hacia un cine independiente en ruinas llamado el Glockenspiel que proyectaba cintas de arte, algunas de las cuales estaban en francés o en italiano con subtítulos, o eran viejas y estaban en blanco y negro. No es como que ellas fueran grandes cinéfilas. Era simplemente que el Glockenspiel estaba lejos, y ver una película ahí era *algo que hacer*.

Además, estaban obsesionadas con la gerente del lugar.

Se llamaba Verónica y tenía el cabello rubio teñido con un centímetro de obvias raíces oscuras. Siempre usaba gruesas plataformas, sus brazos estaban cubiertos de tatuajes y maldecía todo el tiempo cuando presentaba una película ("Truffaut era un jodido genio y *Jules et Jim* es una de sus películas más de mierda, sin embargo por alguna jodida razón es la única de la que la jodida gente habla cuando mencionan a Truffaut"). Ella encarnaba el mandato, dictado por uno de sus profesores de Literatura, de saber algo sobre todo y todo sobre algo.

Durante un tiempo, Arden quería crecer para convertirse en alguien como Verónica. Lindsey quería crecer para casarse con alguien como Verónica.

Arden ingenió un plan. Cada vez que fueran al Glockenspiel, le harían una pregunta a Verónica. Solo una. Una sola pregunta parecería totalmente natural y casual, y quizás con el tiempo se harían amigas de Verónica o al menos sabrían qué respondería ante distintas preguntas y así ellas podrían imitar sus respuestas en futuras conversaciones con otras personas.

Las dos se pasaban todo el camino de ida hacia el cine haciendo una lluvia de ideas sobre qué preguntar. Cuando compraban los boletos, hacían su pregunta. Y luego pasaban todo el camino de regreso analizando la respuesta de Verónica.

Cuando Arden preguntó cuál es la mejor canción del mundo y Verónica respondió "1979 de Smashing Pumpkins" las chicas buscaron la canción en Internet y la escucharon una y otra vez mientras conducían de regreso a Cumberland.

Cuando Arden preguntó en qué universidad deberían solicitar una beca ella y Lindsey, Verónica respondió "Ni se molesten. La educación universitaria será irrelevante en diez años de cualquier modo. Pueden enseñarse a ustedes mismas cualquier cosa que de verdad quieran saber". Esto provocó una terrible discusión entre Lindsey y Arden en su camino de regreso a casa, pues Lindsey pensaba que era el mejor consejo que le habían dado respecto a la universidad y Arden creía que es necesaria una educación universitaria si quieres hacer algo sustancial con tu vida, y la cereza en el pastel de la evidencia de Lindsey fue: "Pues Verónica dice que te equivocas", y ¿cómo podía discutir Arden contra eso?

Cuando Arden le preguntó a Verónica cuáles eran sus sueños a futuro, Verónica respondió "Ser gerente de un cine". Ese no era exactamente el sueño de Arden ni de Lindsey pero después de hablarlo, decidieron que era una sabia enseñanza sobre apreciar lo que tienes cuando lo tienes, en vez de pasarte la vida deseando.

Arden siempre tenía que hacer las preguntas. Lindsey se intimidaba mucho. Cuando le preguntó a Verónica "¿Cómo sabes cuando estás enamorado de alguien?" –en la época en que ella estaba pensando decírselo a Chris, pero no estaba segura de sentirlo de verdad–, Verónica se estiró sobre la taquilla y dijo "Yo también tengo una pregunta: ¿por qué siempre me hacen preguntas tan raras cuando vienen?". Como ellas no respondieron nada, Verónica agregó "No importa" y les vendió sus boletos.

La película de esa noche era *¿Quién le teme a Virginia Woolf?*, un clásico de los sesenta. Era deprimente, sobre una pareja con muchos años de casados que simplemente se destrozaban una y otra vez usando todo lo que sabían del otro solo para lastimarlo, solo porque podían.

Después de esa película, Arden y Lindsey no hablaron para nada en el camino de regreso. Y tampoco volvieron jamás al Glockenspiel.

A veces las personas no son quienes quieres que sean

Chris estaba esperando su momento. Le había contado a Arden que sentía que las obras de la preparatoria estaban, sin ofender, por debajo de él.

—No digo que no tengo nada que aprender —explicó—. Siempre puedes encontrar algo que aprender de cada experiencia, si lo sabes buscar. Pero, seamos honestos. El señor Lansdowne no es un director de primera, y la gente con la que actúo… bueno, para qué decir más —suspiró—. Me preocupa haberme estancado.

Chris soñaba en grande, sueños que nunca podrían hacerse realidad en Cumberland. Quería ser una estrella de Hollywood. Sentía rencor hacia sus papás por criarlo en un pueblo pequeño tan lejos de la industria del cine, y por su total falta de interés en ayudarlo a encontrar un agente, conseguir cazatalentos profesionales o tomar clases para las audiciones. La ferretería del padre de Chris previamente había sido administrada por el abuelo, lo cual significaba que su padre consideraba básicamente un hecho que un día sería administrada por Chris.

Arden sabía que era difícil triunfar en Hollywood. Ningún otro de sus amigos de Teatro siquiera lo soñaba. Kirsten pensaba que quizás audicionaría para algunos musicales en la universidad, o quizás no, y hasta ahí llegaban sus ambiciones teatrales. Pero Arden pensaba que si alguien de su pueblo podría hacer una carrera profesional como actor, definitivamente sería su novio. Tenía una voz profunda, podía llorar cuando se necesitaba, tenía un hoyuelo, sus brazos tenían la cantidad perfecta de músculos y era alto, aunque Arden había leído que la mayoría de los actores de cine eran sorprendentemente bajos, así que quizás eso en realidad no era un punto a su favor.

Chris se mantenía atento a las audiciones y llamados que se llevaran a cabo en cualquier lugar cercano y, ahora que tenía su licencia, también conducía hasta donde pudiera. Es por eso que en la sexta hora del jueves, dos semanas después de que llegara esa tonta carta de la mamá de Arden, estaba repasando líneas para la audición de una película a la que se presentaría el sábado. La cinta era una producción de muy, muy bajo presupuesto sobre mineros de carbón, y grabaría algunas escenas en locación cerca de Virginia del Oeste.

—Gretchen —le dijo a Arden, cerrando con fuerza los ojos mientras intentaba recordar el resto de la línea—. No puedo evitar pensar que tú y yo…

—Yo y tú —interrumpió Arden, echándole un vistazo al guion de la audición—. No "tú y yo". Recuerda, el personaje dejó la escuela a los doce años para hacerse minero y mantener a su familia.

Chris suspiró y tomó el guion para estudiarlo más.

En el sexto periodo de los jueves, ellos dos tenían clase de Teatro, a la cual se apuntaron porque podían tomarla juntos y porque era una buena calificación segura. Como los dos estaban profundamente involucrados en el teatro después de la escuela, el señor Lansdowne ya los adoraba. Así que mientras hacía que los otros quince estudiantes en la clase practicaran los juegos donde imitaban los movimientos corporales de otro o fingían ser animales, dejaba que ellos dos hicieran lo que quisieran. Hoy, esto significaba que Chris estaba trabajando en su acento rural mientras que Arden supuestamente trabajaba en una tarea de Historia, aunque en realidad estaba terminando de leer cada una de las entradas del otoño pasado de *Esta noche las calles son nuestras*.

Y lo que descubrió fue que el resto de septiembre había sido confuso. Después de que Peter y Bianca se encontraron esa noche en los Hamptons, parece ser que se vieron constantemente durante dos semanas. Leo estaba en la universidad, fuera del cuadro, así que tenían acceso casi ilimitado al otro. El último año de Peter comenzó al mismo tiempo, por lo que había algunos posts sobre reajustarse a la escuela, decidir si seguir o no en la librería (sí, pero solo los sábados), y lamentarse de lo poco que había escrito durante todo el verano y lo difícil que iba a ser encontrar tiempo ahora que otra vez tenía tarea.

Pero sobre todo escribió sobre Bianca, solo breves líneas y pequeños textos, pues parecía estar demasiado ocupado pasando tiempo con ella, como para dedicarle mucho tiempo a describir lo que estaban haciendo. Aun así, esos breves posts sobre Bianca ("Esta mañana le llevé café de camino a la escuela solo para verla sonreír") generaban docenas de comentarios de los lectores.

Pero entonces seguían ocho días de silencio.

Y luego ese post sobre la huida de su hermano.

Y luego ese post sobre Bianca rompiendo con él.

Ambos llegaron sin previo aviso, y Arden sintió pena por él. Cuando comenzó septiembre, Peter era el chico que lo tenía todo. Incluso tenía al fin a la mujer de sus sueños. Pero menos de un mes después, todo se derrumbó.

El sinsentido y la injusticia de la vida destrozaban a Arden. Tienes que andar por el mundo sabiendo que en cualquier momento tu hermano puede desaparecer, tu madre puede irse. Sin aviso. ¿Cómo puedes vivir contemplando esa realidad a la cara? No parece correcto que el descuido o el egoísmo de alguien más pueda tener un impacto tan grande en tu vida. Que pueda destruirte. No parece justo que tu felicidad esté constantemente a merced de los demás.

Arden se descubrió odiando a Bianca, un sentimiento sorprendentemente intenso para una chica que no conocía; es más, una chica que admiraba con la misma intensidad desde que leyó por primera vez sobre ella. Bianca, tan hermosa. Bianca, el ángel. Bianca, quien algún día iba a dirigir las Naciones Unidas y viajar por el mundo. Todo sonaba tan bien.

Pero Bianca ni siquiera pudo estar ahí para Peter en el momento en el que él la necesitó. Cuando el hermano de Peter desapareció, y Peter estaba cayendo al vacío, lo único que Bianca hizo fue romper con él y decirle "No te preocupes, encontrarás a alguien más".

Por primera vez desde que empezó a leer sobre el mundo de Peter, Arden se sintió superior a Bianca. Claro, quizás ella era simple y predecible en comparación. Quizás era una chica de pueblo que tuvo que buscar dónde estaban "los Hamptons" y compraba casi toda su ropa en tiendas de cadena y pensaba que una noche emocionante era un evento semiformal de la escuela. Pero eso no importaba, porque ella habría estado allí para Peter cuando él la hubiera necesitado. Cuando el camino se pusiera difícil, Arden podría resistir.

Solo deseaba poder decirle eso.

Por los comentarios, Arden vio que no era la única que se sentía así. El post sobre el rompimiento con Bianca había recibido más comentarios que ningún otro en *Esta noche las calles son nuestras*, con lectores que decían: "No puedo creer que te haya hecho esto. Cuál es su problema???" y "Todo va a estar bien. Están destinados a estar juntos. Solo dale tiempo" y "Ahora que estás soltero, llámame :)" con una foto osada debajo.

Peter pasó el resto del otoño reponiéndose. Algunos días sonaba tan despreocupado como siempre, analizando una novela que estaba leyendo, o contando una historia graciosa de la escuela, o describiendo algo raro que hizo un extraño en el subterráneo y dándole órdenes al Peter del futuro "¡Incluye esto como un personaje en una historia algún día!". Pero otros días escribía y escribía sobre lo mucho que extrañaba a Bianca y lo mucho que extrañaba a su hermano.

29 de octubre

Son dos experiencias de pérdida distintas, así que quizás no debería compararlas. Ambas fueron irracionales. Ambas al mismo tiempo tienen todo que ver conmigo y sin embargo nada que ver. Pero la gran diferencia es que sé dónde está

Bianca. Está viviendo en el mismo apartamento y yendo a la misma escuela que la última vez que la vi. Así que parece que debe haber algo que pueda hacer (alguna combinación de palabras que pueda decir, algún regalo que pueda dar, algún cambio que pueda hacer en cuerpo o mente) que la traiga de regreso. Si tan solo pudiera saber qué…

Pero en cuanto a mi hermano, podría estar en cualquier lugar del mundo. O en ninguno. Podría estar muerto.

En ambos casos, tengo una sensación de "debí haber hecho más". Debí intentar aferrarme a ellos con más fuerza. Mi hermano y yo no éramos tan cercanos cuando se fue. Siempre fuimos diferentes, y entre más años pasaban, más obvias se volvían esas diferencias.

Pero eso nunca importó realmente, porque habíamos crecido juntos. Tuvimos piojos al mismo tiempo y debimos quedarnos en casa durante dos semanas. La única vez que fuimos a un campamento que duraría dos semanas, mi hermano decidió que nos íbamos después de un día e hizo que ambos empacáramos nuestras mochilas e intentó salir por la puerta principal. (No llegamos tan lejos). Recuerdos estúpidos, infantiles, cosas que están muy lejos, en el pasado, pero ¿no son esas cosas las que construyen la vida? Apenas en junio íbamos a fiestas juntos.

Y además, estaba el hecho de que soportábamos juntos a nuestros padres, lo cual se supone que debería unir a dos personas de por vida.

Debería. Pero no lo hizo.

No pasa un día en el que no me abrume la preocupación por él. Quiero que vuelva a casa, pero si eso no puede suceder, entonces solo quiero saber que está bien.

Kyla se la pasa diciendo cosas como "Ugh, si tan solo fuera más bonita, sería mucho más feliz y más amada". No con esas palabras exactas, pero esa es la idea. Así es realmente como piensa.

Me burlaría de ella por ser tan ilógica, pero así es como me siento yo también, salvo que es por mi escritura. Si tan solo fuera mejor escritor, todo llegaría fácilmente a mí, estaría feliz todo el tiempo y nunca estaría solo. Si tan solo fuera mejor escritor, Bianca volvería conmigo.

Pero se supone que crear arte es SU PROPIA RECOMPENSA. TODOS SABEN ESO.

Desafortunadamente, no soy exactamente un artista. Soy un trovador, soy un diletante. Trabajaré para ser amado.

Soy patético.

—Nena —dijo Chris—. *Nena.*

Arden levantó la vista volviendo lentamente al presente, al auditorio en el que estaban en la parte trasera mientras el resto de su clase se encontraba en el escenario jugando a "La máquina". Era un juego de teatro en el cual cada uno hacía una acción repetitiva para formar una máquina completa. Esta máquina en particular sería realmente útil si necesitaras que tu cabeza recibiera palmaditas constantes o escuchar a Beth Page decir la palabra "bup" cien veces seguidas. De otro modo, no se trataba de una tecnología súper funcional.

—Perdón —le dijo a Chris, saliendo discretamente de *Esta noche las calles son nuestras*—. ¿Qué ocurre? —por alguna razón que no podía definir, estaba harta de que Chris le dijera "nena". Deseaba que simplemente la llamara por su nombre. Solía encantarle que alguien pensara en ella como una nena. Ahora la hacía pensar en una niña tonta.

–¿Puedes ayudarme a encontrar la forma de memorizar estas tres líneas? –indicó el lugar en el guion–. No dejo de confundirlas.

Arden estudió la página, luego dijo:

–Van en orden alfabético.

–¡Eres una genia! –declaró Chris, tomando el guion.

Ella le ofreció una sonrisa desganada. Recientemente, Arden había desarrollado una fantasía muy rara, culpable y específica. En esta fantasía, ella rompe con Chris. En esta fantasía, Chris se da cuenta de pronto de todo lo que faltaría en su vida sin ella, e intenta desesperadamente recuperarla apareciéndose afuera de su ventana con una radiocasetera sobre la cabeza, o llevándole un ramo de flores, o invitándola al baile en una forma exagerada y vergonzosamente pública (como sobre un caballo, con una banda de guerra). Finalmente él la haría bajar sus defensas y ella aceptaría. Pero él tendría que trabajar muy duro por ello.

No sabía exactamente por qué estaba teniendo esa fantasía. Solo sabía que no iba a hacer nada al respecto. Si Chris fuera un mal chico, lo haría. Rompería con él. Si fuera un criminal o un traficante de drogas, si hiciera trampa en los exámenes o si la engañara, si fuera violento o racista. En ese caso, claro, la decisión estaba tomada.

Pero él no era nada de eso. Era inteligente, guapo, talentoso y ambicioso. Le caía bien a los maestros, le caía bien a los padres. En general, a todos les caía bien, excepto a Lindsey. Obviamente era, como decían Kirsten y Naomi, "un buen partido". La única razón para romper con alguien como Chris sería si Arden pensara que podría tener a alguien mejor. ¿Y cómo podía pensar eso?

–Chris.

–¿Sí, nena? –levantó la vista de la página.

Pero ahora que tenía su atención de nuevo, no sabía qué quería decir. Se conformó con comentar:

–Me emociona nuestro aniversario.

Un año era una locura de tiempo. Era un diecisieteavo de su vida. Arden ya tenía toda su noche de aniversario planeada, aunque faltaba más de un mes. Gastó la mayor parte de lo que quedó de su dinero ganado como tutora para conseguir una habitación de hotel para sorprender a Chris. Usaría un vestido sexy, uno que él nunca antes hubiera visto —ya lo había comprado también, era uno con encaje y brillo–, él llegaría al hotel sin saber qué esperar, y la encontraría tendida provocativamente en la cama tamaño matrimonial. No habría hermanito ni papás ni grupo de teatro ni Lindsey; solamente ellos dos, enamorados. Y entonces, su relación volvería a sentirse como debería. *Ella* volvería a sentirse como debería. Ese era el plan.

Chris le acarició el hombro.

—Yo también estoy emocionado. ¿Me puedes dar una pista pequeñita de qué vamos a hacer para celebrar?

—¡Nop! —dijo con una sonrisa. Cris rio.

—No conozco a ninguna otra pareja en la escuela que haya durado un *año*. Y quién sabe, si tenemos suerte, quizás ya tendré un papel en una película para entonces.

—Será un buen aniversario en cualquier caso —le dijo, estirándose para darle una apretón a su mano.

Él volvió a su guion. Ella volvió a Peter.

Para el final del año pasado, Peter había dejado de escribir por completo sobre su hermano desaparecido. Arden supuso que no había noticias y que ya había dicho sobre el tema todo lo que podía decirse. Pero aún estaba intentando superar a Bianca. Incluso se había besado con un par de chicas, aunque juró que su corazón no estaba en ello. Arden pensó en la pregunta de Lindsey y decidió que Peter *definitivamente* era guapo. Si ella y Chris alguna vez rompieran de verdad, probablemente le tomaría varios años antes de poder encontrar un par de personas dispuestas a besarse con ella, y Peter se las había arreglado para lograrlo en menos de tres meses.

Luego vino un nuevo año, y sucedió algo que Arden no vio venir.

Debí escribir sobre esto ayer, pero Bianca y yo no nos hemos separado por un segundo desde la víspera de año nuevo, así que no he tenido un momento para respirar y registrar lo que pasó.

"¿Bianca?", se preguntan en este momento ("se preguntan" ustedes, mis lectores… ¡feliz año nuevo, amigos!). "Pensé que ella te había quitado el corazón del pecho y luego lo había echado al suelo y luego lo había pisoteado con los tacones".

Es verdad. Pero eso fue antes de mi *grand geste*. (Francés de nuevo. Esos franceses entienden el romance mejor que nadie).

Era 31 de diciembre. El fin de un año. Adiós a lo viejo, hola a lo nuevo, *auld lang syne* y todo eso. Pero yo no quería dejar ir lo viejo. Julio y Raleigh me habían invitado a sus fiestas de año nuevo, pero no tenía ánimos festivos. Si pudiera pasar la víspera de año nuevo solo en algún lugar con Bianca, lo habría preferido a la mejor *soirée* en Nueva York. (*Soirée*: también es francés).

Le pregunté a Miranda, mi entrenadora amateur de relaciones:

—¿Cómo te acercas a alguien que no quiere que te le acerques?

—¡Con el arte! —respondió ella.

No me ayudas, Miranda.

Pero me dejó pensando. Soy un escritor. Sé cómo decir lo que realmente siento. Solo dame suficientes palabras y puedo decir cómo me siento aquí en este diario, y si alguien lo lee, quizás entenderá.

Pero nunca le conté a Bianca –ni a nadie en mi vida real– sobre *Esta noche las calles son nuestras*, no hay manera de que Bianca lea estas palabras. Podría escribirle una carta, pero no la abriría.

Necesitaba algo que ella no pudiera ignorar, una carta que no pudiera evitar abrir. Un arte que fuera tan directo que no hubiera forma de malinterpretarlo.

Y fue entonces cuando se me ocurrió mi *grand geste*.

Tomó un día de llamadas telefónicas. Comencé con la agenda giratoria de mi papá. Podría llegar el momento en el que mi papá se dé cuenta de a cuántos de sus clientes y colegas llamé, y si ese momento llega, estaré en problemas. Pero valió la pena.

Aparentemente, lo que estaba pidiendo podía hacerse, pero costaba dinero. Mucho dinero. Pero lo conseguí como un favor de uno de los contactos de mi papá que hace algo obscenamente importante con Dow Jones y resulta que tiene una debilidad por mí y por mi familia, especialmente después de lo que sucedió con mi hermano. Esto es bueno, porque en ese punto habría pagado el dinero, no importa cuánto fuera, y lo habría pagado con la tarjeta de crédito de mi papá. Y él legítimamente me habría desheredado. Esa siempre es la amenaza de mi papá: si no sigues sus reglas, no tendrás su dinero. Es como mantiene a todos en línea.

Al final sí fui a la fiesta de Julio. Estuve ansioso todo el tiempo. Hablé con algunas personas, pero no recuerdo qué dije. Me la pasé observando la enorme pantalla plana de Julio, que mostraba el alboroto en Times Square mientras se preparaban para dejar caer la esfera a la medianoche. Un millón de personas fueron a presenciarlo este año, y mil millones lo vieron por televisión.

Ocurrió a las 10:30. En la pantalla electrónica de Times Square aparecieron estas palabras:

BIANCA: UN NUEVO AÑO SIGNIFICA UN NUEVO INICIO. ENCUÉNTRAME EN EL LUGAR DONDE NOS CONOCIMOS Y COMENZAREMOS DE NUEVO. ESTARÉ AHÍ ESPERÁNDOTE A MEDIANOCHE. TE AMO, PETER.

El mensaje dio dos vueltas antes de ser reemplazado con las noticias del día.

–Amigo –dijo Julio, mirando la televisión–. Amigo, ¿eres tú? ¿Tú hiciste eso? ¿Cómo lo hiciste?

–Eso sí que es tierno –le dijo la friolenta presentadora de las noticias a su compañera–. Bianca, oye, donde sea que estés, ¡deberías volver con Peter!

–¿No quisieran que un hombre les enviara un mensaje tan romántico? –preguntó la otra conductora.

–¡Claro que sí!

–¡Hombre, eres todo un *campeón*! –Julio ululó y golpeó mi hombro–. ¿Cómo lograste hacer eso? ¿Ahora eres mago?

–Tengo que irme –dije. Tomé mi abrigo–. Tengo que irme.

–¿Adónde? –preguntó una chica–. Ni siquiera es medianoche.

–A la librería –intenté explicar–. Dije que estaría ahí, así que ahí tengo que estar.

–¿Y si ella no está allí? –preguntó Mark.

Pero no pude pensar qué haría si no estuviera. Aún no sé qué hubiese hecho.

Es imposible conseguir un taxi en la víspera de año nuevo, así que tomé el subterráneo desde la casa de Julio y corrí las cuadras restantes hacia la librería. Hacía frío, claro, mi aliento salía en vapores cristalizados, pero no podía bajar el ritmo porque no podía perderla, no podía permitirme perderla.

Cuando llegué a la librería, era un poco pasadas las 11 pm y no había nadie alrededor. La tienda estaba cerrada, la puerta metálica de acero cubría sus ventanas. Nada de Bianca.

Revisé mi teléfono. Revisé mi teléfono una y otra vez. Nada de Bianca. Y cuando el reloj marcó la medianoche, mi teléfono sonó con cientos de mensajes de "¡Feliz año nuevo!" y ninguno de ellos era de Bianca. La brillante esfera en Times Square debía haber caído ya, pero yo no estaba en posición de verla.

Todo lo que quería era otra oportunidad. No necesitaba que ella sintiera por mí lo que yo sentía por ella. Solo quería que lo intentara.

Justo cuando estaba por admitir mi derrota e irme a casa solo a un nuevo año, ella apareció bajo un farol frente a mí.

–Ese mensaje –dijo. Su risa formó una nube de aire frente a su boca–. ¿Cómo lo hiciste?

Me encogí de hombros. Intenté lucir cool.

–Un mago nunca revela sus trucos.

–¿Qué te hizo pensar que lo estaría viendo? –preguntó.

–Dijiste que así sería. Ese día, en el parque –aunque era muy difícil reconciliar esa tarde de verano con nosotros en ese momento, en el profundo frío de la noche.

–¿Recuerdas eso? –sonaba sorprendida.

–Yo… Claro que sí –quise decirle: "Recuerdo todo lo que me has dicho".

–Bueno, pues no estaba viendo –dijo ella. Yo hice un gesto de desconcierto–. Pero por suerte, mi amiga sí. Se asustó cuando vio mi nombre. Dijo "¡Eres tú, eres tú!". Y yo pensé que estaba loca. Pero sí era yo, ¿eh?

–Sí –ahora que estaba aquí, ni siquiera sabía realmente qué decir–. ¿Por qué tardaste tanto?

—Es muy difícil conseguir un taxi en año nuevo.

Dio un paso adelante y yo la atraje hacia mí, la envolví en mis brazos y hemos estado juntos desde entonces.

Arden se alejó de la pantalla. *Estaban juntos de nuevo.* Llevaban tres meses juntos.

Claro que lo sabría si simplemente hubiera seguido leyendo los posts más recientes de su blog. No había una regla que dijera que tenía que leer en orden cronológico, aunque así era como Peter lo había vivido. Ella podría haber descubierto su vida en cualquier orden que quisiera, y no sabía por qué no se había adelantado, salvo que no había querido perderse nada.

Ahora Arden sentía algo muy intenso, pero no podía descifrar qué era. Estaba feliz por Peter de que él y Bianca se hubieran reconciliado, claro. Así debía ser. Era como cuando la Bella y la Bestia volvieron a estar juntos, el Príncipe Encantador dándole a la Bella Durmiente el beso de su vida. El equilibrio se había restaurado, y lo que había sido dividido ahora estaba completo.

Pero también sentía como si le hubieran quitado a Peter. Como que si él no estuviera ahora con Bianca, de algún modo podría ser de Arden.

Pero eso no tenía sentido. Con o sin novia, él nunca le pertenecería, después de todo, ella ni siquiera lo conocía. Y él no la conocía a ella. No se conocían mutuamente para nada.

Y *eso* era lo que ella estaba sintiendo con tanta intensidad. Simplemente no sabía cuál era la palabra para describirlo.

De cualquier modo, ella no estaba sola. Peter tenía a Bianca de nuevo, y Arden... Arden estaba bien. Ella tenía a Chris.

Se inclinó y besó a su novio. Él no se lo esperaba, y su boca fue un poco lenta para responder. Cuando ella intentó profundizar el beso, Chris se alejó.

—Por favor, nena. Estamos en público —señaló hacia sus compañeros en el escenario, ninguno de los cuales les estaba poniendo ni la más mínima atención en medio de sus "bip bip bip" y "uiii-ooos" coordinados.

–¿Y? –preguntó Arden, sintiéndose de pronto muy pequeña–. Soy tu novia. ¿No crees que asumen que algunas veces nos besamos?

–Claro –dijo Chris–, pero es raro. Estamos en medio del día escolar. Déjame trabajar en mi audición por ahora, ¿sí? Si estás aburrida, puedes ayudar.

Él le ofreció el guion y, luego de un momento, Arden lo tomó.

Sabía que debía estar orgullosa de su novio. Él estaba luchando por lograr algo. Bueno, esto no era un mensaje en Times Square, pero era su intento de grandeza. Importaba para él.

Pero *orgullosa* no era como se sentía.

Quizás Arden solo tenía celos de Chris y de su ambición, de las luces brillantes de Hollywood que lo habían llamado de lejos desde siempre. Porque cada vez más y más, ella se preguntaba si el momento más emocionante de su vida ya había pasado. Y quizás lo más maravilloso le había ocurrido cuando tenía nueve años, y todo había ido cuesta abajo desde entonces.

Lo que sucedió en el mejor día de la vida de Peter

Para mediados de abril, Arden ya estaba leyendo *Esta noche las calles son nuestras* en tiempo real, enterándose de la vida de Peter prácticamente mientras ocurría.

Esto es lo que estaba ocurriendo: quedaban menos de dos meses del último año de preparatoria de Peter. No había actualizaciones sobre su hermano, así que tenía poco que decir al respecto, solamente recuerdos de su infancia o sueños ocasionales con él.

Recientemente, Peter había sido admitido a la NYU, así que se quedaría en Nueva York el siguiente año, pero se mudaría a una residencia de estudiantes. Había sido aceptado en otras universidades también, pero todas eran "demasiado artísticas" para su padre, quien dijo que no iba a pagar por un título de escritura creativa, lo cual casi no era un "título real" y solo sería el inicio de una vida en la que Peter volvería a casa y se acabaría el dinero de sus padres.

13 de abril

Dicen que la tragedia te cambia, y supongo que yo esperaba que el lado positivo de la desaparición de su hijo mayor fuera que mi papá se diera cuenta de que la vida es finita, y que la gente no se queda por siempre, que deberías dejarlos perseguir sus sueños ahora, antes de que sea demasiado tarde. Pero definitivamente eso no fue lo que pasó.

He intentado encontrar una forma de mostrarle a mi padre que ser un artista o un escritor *es* una carrera real, y *puedes* mantenerte sin usar un traje que es idéntico al traje de cualquier otro tipo, y aplastarte en el subterráneo a las 7:00 cada mañana junto a miles de tipos con trajes iguales, e ir a una oficina donde tienes un jefe y tu jefe tiene un jefe y el jefe de tu jefe tiene un jefe, y todos le dicen a todos qué hacer todo el día por el resto de su vida.

Le dije a Bianca que lo único que quiero hacer cuando sea adulto es trabajar en la librería, ver el mundo y escribir sobre las cosas que he visto.

—Deberías hacerlo —dijo ella—. Yo quiero ganar dinero. Pero quiero ganarlo haciendo algo interesante.

—Puedes ganar dinero y nos podemos casar y podemos vivir de *tu* dinero —sugerí.

—Todavía estamos en la preparatoria —respondió riendo.

—No quise decir que ahora, sino algún día.

Pero sí quiero decir ahora, más o menos. Sí, lo decía en broma. Pero no soy una persona muy paciente.

Peter y Bianca estaban formalmente juntos y habían estado así desde el comienzo del año. No había menciones de Leo, así que Arden concluyó que Bianca y él ya habían terminado en diciembre, si no es que antes, y por eso ella había ido con Peter en la víspera de año nuevo. Se preguntó si Peter había sido un factor en el rompimiento de Bianca y Leo. Si Bianca le había contado que lo había engañado, o si de alguna forma él lo descubrió por sí mismo. O quizás no, quizás Bianca solo se había cansado del comportamiento bufonesco de Leo y le dijo que quería otra cosa en su vida. Peter nunca lo dijo. Era como si estuviera tan enfocado en su relación perfecta que no quería perder tiempo pensando en la lucha que había implicado llegar hasta ahí, los obstáculos que una vez se habían interpuesto en su camino.

Anoche fue la fiesta de cumpleaños de Raleigh y el tema era "baile de los cincuenta", así que todas las chicas llevaban faldas con un Poodle y yo llevaba un corbatín de moño. Bianca se veía como Sandy de *Grease*. Tenía el atuendo pre-transformación de Sandy y la sensualidad post-transformación. Algunos chicos en la fiesta se la pasaron intentando hablar con ella y yo con actitud de "Caballeros, ella está conmigo. Cuiden sus manos".

Nicola me dijo que me veía como Budy Holly, y por alguna razón Bianca no supo quién era Buddy Holly, LO CUAL ES UN ESCÁNDALO, así que le pedí a Cormac que tocara todas las canciones que pudiera en su guitarra y Bianca y yo bailamos el chachachá por todo el apartamento. Raleigh dijo que quería aprender el chachachá también, así que le enseñé, pero en el proceso se cayó sobre una mesa con su pastel de cumpleaños y tiró todo al suelo. (Estaba bastante ebria). De todos modos, nos lo comimos.

Me arrepentiré de crecer. No sé si seré un buen adulto. No estoy seguro de que la adultez realmente le vaya bien a mi personalidad. Sé que tener 13 no le fue a mi personalidad, aunque eso probablemente aplica para todas las personalidades. Tener 13 apestó.

Pero soy genial en los 18. Ir a la escuela de día, ir a fiestas los fines de semana, ganar dinero en la librería y gastarlo como mejor me parezca, bailar con Buddy Holly y comer pastel del suelo… Veo a mis padres y ellos no pueden hacer nada así, ni siquiera algo parecido. Nunca lo hicieron. Básicamente nos crio la niñera, y cuando mis padres estaban a cargo era como si estuvieran cumpliendo una infinita lista de logros, siempre apegados a un temporizador de cocina. "Ve a hacer tu tarea". El temporizador de cocina puesto en cuarenta y cinco minutos. "Ve a practicar el violín". El temporizador puesto en media hora. "Ve a ayudar a tu padre con sus archivos". El temporizador puesto de nuevo. ¿Al menos saben cómo se ve la diversión? La idea de felicidad de mi papá es una botella de whisky y el de mi mamá, un frasco de pastillas para dormir.

La fiesta de anoche me recordó cuántas cosas positivas hay en mi vida, y me asusta pensar que un día todo eso podría desaparecer. ¿Cuánto tiempo puedes vivir así? ¿Durante la universidad? ¿Después de eso? ¿Cuánto tiempo tienes antes de que todos esperen que declares imposibles algunos de tus sueños y te comprometas con ser responsable?

A Arden le enfurecía leer sobre los padres de Peter. En su búsqueda de hijos "perfectos" se las habían arreglado para alejar a los hijos grandiosos que tenían. ¿Por qué no podían ver lo talentoso que era Peter? ¿Por qué no podían amarlo de la forma en que merecía ser amado, de la forma en que los padres deberían amar a sus hijos?

Ella solo quería que Peter fuera feliz.

Arden tenía que aceptar esto sobre su madre: podría haberlos abandonado por razones que ella encontraba completamente inaceptables e indefendibles, pero al menos nunca había intentado que sus hijos fueran algo que no eran.

El jueves siguiente durante el almuerzo, Arden se encontraba en su mesa de siempre. Naomi, Kirsten y el resto de las chicas de su grupo se encontraban enfrascadas en una conversación sobre un chisme del club de Teatro.

Naomi reportó que el asistente que había estado trabajando con el señor Lansdowne no iría al ensayo en toda la semana, así que estaban intentando descubrir si él: a) había renunciado; b) había sido despedido por meterse con una alumna, y si ese era el caso, con cuál alumna; o si c) solo estaba enfermo.

Arden estaba razonablemente interesada en ese debate, pero no *tan* interesada, y como un veinte por ciento de su cerebro estaba pensando en que no había revisado *Esta noche las calles son nuestras* desde antes de salir a la escuela esa mañana. Sutilmente tomó el teléfono de su bolsa y actualizó la página. Resultó que Peter *sí había* escrito una nueva entrada desde las siete de la mañana. Y cuando Arden la leyó, se desvaneció todo su interés en los escándalos maestro-alumna inventados.

20 de abril

HOY ES EL MEJOR DÍA DE MI VIDA.

No lo había mencionado aquí porque no quería arruinarlo ni nada, pero he estado contactando a varios agentes literarios para ver si querían representar mi escritura. Pensé: casi termino la preparatoria, tengo 18 años, y ¿qué he hecho con mi vida? Si pudiera publicar un libro, eso sería algo real y tangible. Incluso mi padre tendría que admitir que es real.

Así que he estado enviando muestras de mis cuentos y esas cincuenta páginas de la novela que escribí el año pasado, porque si alguien quisiera publicarla, definitivamente me armaría de valor para terminar de escribirla. Y una de esos agentes a los que consulté se sintió lo suficientemente interesada en mi escritura que pidió ver más. Así que le envié este enlace, a *Esta noche las calles son nuestras*. ¡¡¡Y... LE ENCANTÓ!!!

Quiere representarme. Representarme ¡¡A MÍ!! Acabamos de colgar al teléfono, y su visión es convertir *Esta noche las calles son nuestras* en una autobiografía. No la novela, no las historias… dice que ESTO es donde brilla mi voz única. (¡¡En verdad dijo eso: mi "voz única"!!). Puedo usar mucho del material que he escrito aquí, pero obviamente debo complementarlo y pulirlo para hacerlo una historia coherente. Y una vez que haga eso, ella se lo presentará a los editores para intentar que lo publiquen. COMO UN LIBRO. QUE PODRÁN COMPRAR. EN LIBRERÍAS.

Nunca había sido tan feliz.

Después de eso los comentarios seguían y seguían. Más de cincuenta personas escribieron para decir "¡Felicidades!" y "¡Apenas puedo esperar para leer el libro!" y "Siempre pensé que merecías más lectores".

Las voces y las risas de la cafetería se revolvían alrededor de Arden mientras miraba fijamente la noticia de Peter en su teléfono. Estaba emocionada por él. Obviamente. Él estaba feliz, tal y como ella deseó que estuviera. Su sueño se había vuelto realidad. Ella lo había visto desear esto por meses, desde siempre.

Pero su felicidad por Peter le sabía agridulce. Porque con cada nueva persona que descubriera su escritura, él se volvía un poco menos suyo y un poco más de todos los demás. Si esta agente literaria le vendía *Esta noche las calles son nuestras* a un editor y se volvía un libro, y un día, en el futuro, ella iba a un evento de Peter en una librería y esperaba en la fila con todos sus otros fans para conseguir que firmara su libro, ¿cómo iba él a saber que ella había estado ahí *primero*? ¿Que no era solamente otra fan, que ella era especial?

–¿Conocen a alguien que haya escrito un libro? –le preguntó Arden a sus compañeras en voz muy alta, levantando la vista de su teléfono.

Su debate sobre quién se había acostado o no con el alumno o maestro se detuvo de pronto. Los ojos de Naomi de inmediato se perdieron y miró directamente hacia la mesa de los jugadores de fútbol al otro lado de la habitación. La pregunta de Arden pareció salir de la nada y también parecía mucho menos interesante que la conversación sobre gente que conocían besándose.

Sus respuestas fueron:

—No.

—No creo.

—Mi tía escribió una novela de misterio, pero no está publicada ni nada.

—Arden, *tú* eres la persona que conozco que ha estado más cerca de haber escrito un libro —dijo Kirsten, enrollando su cabello de sirena en un peinado alto improvisado para luego soltarlo lentamente como una cascada sobre sus hombros.

Ella la miró con un gesto confundido.

—Tus libros de Muñecas Como Yo —le recordó Kirsten.

—Ah. Pero eso no es lo mismo. Yo no los escribí.

—¿Por qué quieres saber? —preguntó Lauri, quitando distraídamente el queso de su pizza, como alguien que se arranca una costra de la piel.

—Porque mi... una amistad está escribiendo un libro —dijo Arden frunciendo el ceño. *Amistad* no era la palabra correcta. Estaba en una mesa con seis chicas. *Esas* eran sus amigas. No sabía lo que Peter era para ella. Pero era algo completamente distinto.

—Qué cool —dijo Naomi—. ¿Cuál amistad?

—¿Lindsey? —preguntó Candace incrédulamente, porque por lo general, cuando Arden se refería a una amistad que no estaba en su mesa, se refería a ella. Pero a decir verdad, nadie veía a Lindsey como una escritora de libros.

—No —respondió—. Es solo un chico. No lo conocen.

—Cool —reiteró Naomi, y luego inmediatamente redirigió la conversación hacia las probabilidades de que varios compañeros tuvieran un romance durante el viaje de la banda escolar a Disney World. Si el amigo autor de Arden no era nadie que conocieran, entonces no les interesaba en lo más mínimo.

Arden escucha su llamado

Si el martes fue el mejor día de la vida de Peter, Arden estaba preparada para que el domingo fuera el mejor día de la suya. Despertó, abrió su ventana y al fin hacía calor. Después de lo que había parecido un invierno interminable, podía oler la primavera en el aire. Le mandó un mensaje a Chris (¡¡¡FELIZ ANIVERSARIO!!!), y prácticamente bajó las escaleras bailando. Hizo brownies de mantequilla de maní –a Chris le encantaba la mantequilla de maní– y de alguna forma se las arregló para meterlos en una lata y sacarlos de la cocina sin perder más que un par de cuadrados en las fauces voraces de Roman. Para ser un niño delgado, su hermano podía devorar un número sorprendente de brownies.

Luego se bañó y se peinó, y trabajó y trabajó y trabajó en su maquillaje. Había como cinco capas de cosas en su rostro. Había base, luego el polvo, luego el rubor, luego el bronceador y luego un rocío para que todo se quedara en su lugar. Hubo un video de Internet para cada paso, para asegurarse de que lo estaba haciendo bien. Incluso hubo un videochat con Naomi, quien supervisaba el maquillaje para sus obras escolares y entendía la necesidad de que su rostro quedara perfecto para esta noche: su aniversario.

–Tienes suerte de tener a Chris –le dijo Naomi con autoridad mientras terminaban su llamada.

–Ya sé que sí –aceptó Arden. Lo sabía. Y esta noche ella sería buena, sería tan buena, tan bonita y encantadora y atenta y positiva, escucharía cada historia que él le contara y aplaudiría cada una de sus decisiones, porque tenía tanta suerte de tenerlo y eso era lo que él se merecía.

Empacó una pequeña maleta con elementos de maquillaje extra, un cepillo de dientes, los brownies, su pijama y el vestido sexy. Por ahora solo llevaba jeans y una playera, su ropa normal y poco llamativa de fin de semana.

Tocó en la puerta del estudio de su papá.

—Pasa —dijo él.

Ella lo hizo. Su padre estaba sentado en su escritorio, vestido con sus pantalones caqui, un viejo suéter y las pantuflas que Arden le había regalado la navidad pasada, *su* ropa de fin de semana. Se quitó sus lentes de computadora y le sonrió.

—Voy a casa de Lindsey.

Arden estaba segura de que la vería y diría "Claro que no. Sé que hoy es tu aniversario con Chris, así que estoy seguro de que vas a un hotel con él a fin de tener actividad sexual de menores de edad ininterrumpida".

Pero no dijo nada. Probablemente, no sabía que era su aniversario.

—Me quedaré a dormir allá —siguió diciendo Arden, mostrando su bolsa como si eso fuera una prueba.

Él asintió con la cabeza.

—Tú te quedas y cuidas de Roman, ¿verdad?

—Claro. ¿Qué otra cosa voy a hacer?

¿Qué otra cosa iba a hacer? Ir a la oficina. Sumirse en una cosa de deporte de fantasía o en un proyecto de trabajo y perder la noción del tiempo. Había muchas otras cosas que podría hacer.

Desde que recibió la carta de su mamá, Arden veía a su padre un poco diferente. No quería hacerlo. Se la pasaba repitiéndose que no era su culpa, que no podía ser su culpa que lo hubieran abandonado. Siempre había hecho lo mejor que podía. Pero le resultaba difícil sacar las palabras de su madre de su cabeza. "Sentí como si yo me hubiera encargado de nuestra casa por diecisiete años. No estaba recibiendo la clase de apoyo de tu padre que necesitaba".

Arden se deshizo de esos pensamientos.

—Te quiero, papi —dijo—. Volveré mañana cerca del mediodía.

Le dio un beso rápido y se dio la vuelta para salir.

La hora de entrada al hotel era a las dos, y eran las 2:03 cuando Arden aparcó el Corazón de Oro en el estacionamiento del hotel, al otro lado del pueblo. La recepcionista le pidió ver su licencia, y aunque se había preparado para eso, su corazón se oprimió. Había conseguido una identificación falsa especialmente para esta noche, pero no tenía idea de si pasaría la revisión. Le había pagado al hermanastro de Kirsten una buena cantidad por ella, pues él era mayor y "conocía a un tipo". Ella no tenía idea de qué sucedería si el hotel veía la identificación como lo que era: un pedazo de plástico muy caro. En el mejor de los casos, no la dejarían entrar a la habitación. ¿Quizás el peor escenario era la cárcel?

Pero la recepcionista no tuvo una reacción visible ante la identificación falsa de Arden. Apenas le echó un vistazo antes de darle una llave electrónica y decir:

—Toma el elevador hasta el cuarto piso.

Y así lo hizo Arden.

La habitación estaba limpia y tranquila, y se sentía extrañamente quieta, como si los humanos nunca la hubieran tocado, aunque claro que lo habían hecho: era solo que el hotel tenía personal al que le pagaban para deshacerse de cualquier evidencia de ese hecho. Había una cama enorme en el centro de la habitación, dominando el espacio. No había casi nada más que ver.

Chris debía llegar a las cuatro, así que Arden tendría suficiente tiempo para preparar el lugar y a sí misma para su llegada. Tenía todo el evento planeado para cuando él llegara: ordenar comida a la habitación, ver tantos musicales viejos como él quisiera en la enorme pantalla de televisión y, claro, mucho tiempo juntos en esa cama de tamaño gigante.

Arden le había dado a Chris la dirección para llegar, pero nada más, y le había rogado que no lo buscara. "Es una sorpresa", le dijo meses atrás, cuando comenzaron a planear este día por primera vez. "Así que no la arruines".

Él había jurado una y otra vez que no lo haría.

—Me gustará esta sorpresa, ¿verdad?

—Claro. Y dile a tus padres que no volverás a casa hasta el día siguiente.

—Estoy intrigado. ¿Me vas a secuestrar?

—Quizás.

Planear todo ese evento secreto había sido divertido: contar con la colaboración de Kirsten y Naomi para encontrar el atuendo ideal y practicar su cabello y maquillaje, conseguir la identificación falsa, ahorrar para esa habitación de hotel y, especialmente, tentar con el secreto a Chris, un regalo que no podía abrir aún.

Daba la impresión de que él estaba realmente interesado en descubrir cuál sería su sorpresa de aniversario. Por una vez parecía que Arden sabía algo que él no, y a él le interesaba descubrir qué era.

Dejó los brownies en el tocador y se puso el vestido. Se estudió en el espejo. Estaba hecho de una tela ligeramente iridiscente que colgaba sobre su cuerpo, con delicados tirantes y una forma de diamante sobre sus omóplatos. Estaba bastante segura de que eso era sexy, aunque era difícil decirlo. Kirsten le había asegurado que a los chicos les gusta cuando las chicas muestran secciones inesperadas de piel, así que Arden supuso que tendría que confiar en ella.

Su teléfono vibró. Chris.

¡ME DIERON EL PAPEL!

El corazón de Arden dio un vuelco.

¿EN LA PELÍCULA DE LOS MINEROS?, respondió.

¡¡¡¡SÍ!!!!

Ella respondió con una serie de signos de admiración también. De todas sus audiciones, esta era la primera película en la que Chris había sido contratado. Su primer paso para salir del teatro de la preparatoria Allegany y hacia el mundo real de la actuación profesional.

¿Qué podía ser mejor que celebrar un aniversario con tu novio? Celebrar un aniversario con tu novio quien iba a ser un actor famoso.

¡ERES INCREÍBLE!, escribió ella. ESTOY TAN ORGULLOSA DE TI. ¡AHORA TENEMOS 2 COSAS P/ CELEBRAR ESTA NOCHE! YA QUIERO Q LLEGUES.

Un minuto después sonó su teléfono. Ella contestó inmediatamente.

—¡Esto es genial! —gritó, dando saltos—. Chris, ¡no puedo esperar a verte en la pantalla grande!

—¡Yo también! —dijo él con entusiasmo—. Pero la parte triste es que no voy a poder ir hoy en la noche.

—¿Qué? —Arden dejó de saltar. Se sentó en la cama—. No vas a poder venir... ¿a dónde?

—Adonde sea que vaya a ser nuestra sorpresa de aniversario —explicó él.

—¿Por qué no?

—Porque haremos una reunión para conocernos todo el elenco esta noche, y tengo que estar ahí a las seis.

—Pero te acaban de avisar.

—No tengo elección. Tienen muy poco tiempo y van a comenzar a grabar la próxima semana. Así es como funcionan las películas independientes —dijo esta última frase con un tono algo pretencioso, como si fuera un experto en cómo funcionan las películas independientes, como si no lo acabaran de llamar a su primera película de la vida hace cinco minutos.

—¿Por qué no les dices que no puedes ir? —preguntó Arden apretando el teléfono. Se vio de reojo en el espejo junto al clóset. Pensó que podría verse pálida, pero con todo ese maquillaje no podía saber.

—Nena, soy el más joven del elenco. Soy el único que sigue en la preparatoria. No quiero que crean que tengo necesidades especiales y restricciones.

—Pero es nuestro aniversario —susurró Arden, sintiéndose tan estúpida, tan niñita, por preocuparse.

—¡Lo sé! —gruñó él—. Créeme, nunca jamás lo habría planeado así. Pero no es algo en lo que yo pueda decidir. ¿Quieres decirme cuál era la sorpresa o quieres intentar hacerlo la próxima semana? ¿O incluso mañana por la noche?

Arden le echó un vistazo a la habitación del hotel. Vio los brownies, perfectamente acomodados en la mejor lata que pudo encontrar en la despensa. Vio su vestido, sus piernas recién rasuradas, la pedicura en sus pies.

—Quiero que vengas ahora —dijo ella—. Por favor.

—Nena —la voz de Chris se tornó un poco más exasperada—. Ya te dije. No puedo. Yo también estaba esperando esto, lo juro. Pero podemos celebrarlo un poco más tarde, y será igual de especial. Este es mi sueño hecho realidad, ¿recuerdas?

—¿Tu sueño es tener un pequeño papel en una película de bajo presupuesto sobre una *mina de carbón*? —preguntó Arden. Sabía que era cruel decir eso. Pero se sentía cruel.

—Tener un papel en una película, punto —respondió Chris con un tono herido—. Lo sabes. He trabajado por esto toda mi vida. ¿Podrías por favor apoyarme un poco?

—¿Qué si *yo* puedo apoyarte un poco? —Arden se puso de pie, con las rodillas trabadas, su mano izquierda crispada en un puño apretado—. ¿Qué si yo puedo apoyarte un *poco*? ¿Es una broma? Lo único que hago, Chris, es apoyarte. Eso es lo que hago. ¿Sientes que no cumplo lo *suficiente* con mi cheque en blanco? ¿De verdad quieres decirme eso en mi rostro?

—No sé de qué hablas. ¿Qué cheque en blanco?

—¡Solo quería que hiciéramos esta *única cosa* juntos!

—Nena, hacemos prácticamente *todo* juntos. Y también celebraremos nuestro aniversario juntos, solo que no será esta noche. Lo siento, te lo juro. ¿Podrías por favor no ser tan dramática?

Ella se quedó en silencio. Porque eso fue lo primero que le prometió: sin drama.

—En unos meses, recordaremos esto y nos vamos a reír —prometió Chris—. Iremos a la *première* de la película y todo esto será solo un recuerdo distante.

Arden tragó saliva con dificultad.

—Solo ve —dijo ella—. Espero que tengas la mejor noche de tu vida.

–Nena…

–Si no vas a venir en este momento, entonces quiero colgar el teléfono, por favor.

Hubo un silencio.

–De acuerdo –concedió él al fin–. Adiós. Te amo.

–Adiós –dijo ella.

Colgaron, y Arden lanzó su teléfono a la cama, con fuerza. Luego se lanzó ella.

Si le hubiera contado todo a Chris, todo el trabajo duro que requirió crear lo que parecía ser una noche mágica, ¿habría venido? ¿O solo la habría hecho parecer patética, trabajar tan duro e importarle tanto?

Esta noche se suponía que sería *la noche*, la prueba final de su amor por el otro, de su capacidad de ser felices juntos. Porque si no podían siquiera estar juntos en su aniversario, cuando tenían brownies y vestidos sexys y habitaciones de hotel y meses de preparación de su lado, ¿entonces qué esperanza tenían? ¿Qué tan buena podría ser su relación realmente si esto era lo mejor que tenían?

Estiró su brazo y arrastró el teléfono por el cubrecama hacia ella. Abrió *Esta noche las calles son nuestras*. Quería olvidarse de sí misma. Quería desaparecer en la vida de alguien más.

Pero lo que leyó ahí la hizo darse cuenta de que hoy la vida de Peter no era mejor que la de ella. Su última entrada había sido publicada menos de una hora atrás, y esto es lo que decía:

24 de abril

Bianca rompió conmigo el miércoles.

De nuevo.

Esta vez definitivamente.

Dijo que no habría *grand geste* que pudiera hacerla volver.

Dijo que ni siquiera debía intentarlo.

Es difícil de creer que el martes estaba tan feliz cuando hoy soy tan miserable. Por un breve instante pareció que quizás podría tener todo lo que quería y hoy eso parece una ilusión ridícula.

¿Cómo se atreve a robarme esta felicidad? Iba a pasar este fin de semana celebrando. Ahora lo pasaré llorando. Y en el futuro, cuando piense en este momento en el que uno de mis sueños se hizo realidad, siempre tendré que recordar que también fue el momento en que mi otro sueño se consumió en el fuego.

Me recuerda a cuando estaba en la primaria y fuimos a Paris y le robaron el bolso a mi mamá. Ella estaba muy triste. Intentó explicarnos que no se trataba del bolso en sí. "Puedo comprar un bolso nuevo para llevar mis pertenencias", dijo. "Puedo cancelar mis tarjetas y conseguir nuevas. Puedo reemplazar mi celular y mi labial. Eso es frustrante, requiere tiempo y dinero, pero *tengo* tiempo y dinero. Lo que me entristece es que este debía ser nuestro viaje a París, y ahora nunca más podré ver fotos de nosotros afuera de Notre Dame sin recordar que ese mismo día, un ladrón se robó mi bolsa".

Así es como me siento respecto a Bianca. Una ladrona se robó mi felicidad.

Y ahora tengo que ir a trabajar a la librería por las próximas ocho horas y fingir que mi corazón no está hecho pedazos.

Arden dejó que el teléfono cayera de nuevo de sus manos. Rodó sobre su espalda y contempló el techo color crema.

Peter. Parecía estar viviendo tantas cosas. Era rico. Probablemente era guapo, todas las señales apuntaban a ello. Iba a fiestas cool todo el tiempo.

Era un escritor realmente talentoso. Quizás incluso lograría publicar un libro. Tenía fans por todo Internet, personas que ni conocía.

Y sin embargo. La gente que se suponía que debía ser la más cercana a él, quienes deberían estar a su lado… ¿dónde estaban? Su hermano estaba fuera del cuadro. Sus padres, según lo que decía de ellos, eran fríos, mandones y criticones. Su novia rompió con él… dos veces. Sus amigos de la academia de arte siempre parecían ser los indicados para la fiesta, pero cuando él necesitaba apoyo, sus nombres nunca aparecían.

Parecía que ser Peter era tan emocionante. Pero también parecía *solitario*. Y quizás esa era la razón principal por la que escribía *Esta noche las calles son nuestras*. Porque las únicas personas que querían escuchar sus pensamientos más profundos eran desconocidos de Internet.

Lo que Peter necesitaba era a alguien como Arden.

No.

Él no necesitaba a alguien *como* Arden. Necesitaba a *Arden*.

Ella se levantó. Peter la necesitaba… ¿y por qué no habría de tenerla?

Tomó su teléfono y llamó a Lindsey.

–¿Cómo va el gran aniversario? –preguntó Lindsey al responder.

–Miserable. ¿Quieres ir conmigo a Nueva York?

–¿A la *ciudad* de Nueva York?

–Sí.

–¿Cuándo?

–Ahora.

–Vas a ir a la ciudad de Nueva York, *ahora*. En tu aniversario –Lindsey hizo una pausa, sacando cuentas–. Supongo que Chris no está contigo.

–Nop.

–¿Estás bien?

Arden se encogió de hombros, aun sabiendo que Lindsey no podía verla.

–Necesito salir de aquí.

–¿Cómo diablos vas a llegar allá?

–Voy a conducir el Corazón de Oro, obviamente. ¿De qué otro modo? –ni siquiera había considerado la pregunta hasta que Lindsey la formuló, pero ahora le parecía la única respuesta lógica.

–Bueno –dijo ella–. Sí. Me sumo. ¿Puedes pasar por mí?

–Espera, ¿en serio? –si Lindsey no hubiera dicho que sí, Arden podría haber concluido que todo ese plan era absurdo, y ni siquiera era un plan, y Nueva York estaba a seis horas distancia, y ella nunca había conducido tan lejos, y definitivamente no en el Corazón de Oro, y no tenía idea de en qué parte de la ciudad podría estar Peter, o qué le diría si de algún modo lo encontrara, y quizás ella debía quedarse justo ahí, como la buena chica que era, hacer una pijamada en casa de Lindsey, como le había dicho a su papá desde el principio.

Pero Lindsey dijo:

–En serio. Mi reunión con el equipo de atletismo ya terminó, así que solo voy a perder el tiempo. Ya sabes que aprovecho cualquier excusa para salir de aquí.

Y Arden respondió:

–Bueno. Nos vemos al final de la calle de tu casa en quince minutos.

Tomó su pequeña maleta y sus brownies, dejó la tarjeta en la mesa de noche y salió del hotel, dejando que la puerta se azotara detrás de ella. Y mientras lo hacía, sintió que su corazón se expandía dentro de su pecho porque *finalmente*, finalmente algo estaba sucediendo.

Parte

dos

En la
carretera

–Hola, ¿Peter está trabajando hoy? –preguntó Lindsey al teléfono. Hizo una pausa. Arden apretó las manos sobre el volante–. Ah –dijo–, ¿no hay un Peter ahí? Está bien. No se preocupe –colgó.

Arden maldijo entre dientes.

Cerca de cincuenta kilómetros fuera del pueblo y una vez que Arden finalmente había comenzado a hacerse a la idea de lo que estaba haciendo, se dio cuenta de que en realidad no sabía en qué librería trabajaba Peter, solo que era en alguna parte de Nueva York a la que se podía llegar en el subterráneo.

–No hay problema –le aseguró Lindsey–. ¿Cuántas librerías puede haber?

Muchas, aparentemente. Aunque Arden no se lo hubiera imaginado. En Cumberland solo había una librería, la cual hacía las veces de centro de adopciones de gatos y tabaquería.

Mientras Arden conducía, Lindsey sacó una lista de librerías de NY en su teléfono y estaba llamando sistemáticamente a todas. Pero hasta ahora ninguna de ellas tenía como empleado a Peter.

–¿Y si *nunca* lo encontramos? –preguntó con los ojos fijos en la carretera–. ¿Y si la tienda en la que trabaja no está registrada?

–Entonces pasearemos por Nueva York esta noche –dijo Lindsey–. Cenaremos en la Pequeña Italia. Veremos una obra en Broadway. Volveremos a casa con una buena historia.

–No voy a conducir seis horas por una buena historia.

El Corazón de Oro tembló un poco, como siempre hacía cuando Arden intentaba subir la velocidad a más de noventa kilómetros por hora, como si quisiera recordarle que, en ese coche, el viaje probablemente tomaría más de seis horas. Arden le echó un vistazo al reloj en su tablero. Pasaban de las tres. Si todo salía bien, debían llegar con Peter alrededor de las ocho cuarenta y cinco. A las nueve como mucho.

Asumiendo, claro, que pudieran averiguar dónde estaba.

Desde que pasó por la casa de los Matson en su camino para salir del pueblo, Arden había estado poniendo al tanto a Lindsey sobre el aniversario fallido y el inconveniente comienzo de la carrera en el cine de su novio.

–¿Es una broma? –preguntó Lindsey cuando le contó lo que Chris había hecho–. ¡Qué cretino! Es como si ni siquiera le importara.

Una cosa era que Arden pensara cosa malas de su novio, pero era otra completamente diferente que Lindsey las dijera en voz alta. Ella no entendía las razones de Chris y no lo amaba como Arden.

O como Arden quisiera amarlo.

–Estoy segura de que le importa –lo defendió, aunque realmente no estaba segura de estar segura–. Es solo que quiere con tantas ganas ser actor profesional. Y esta es su oportunidad. Es complicado. Debería estar feliz por él.

–No tienes que estar feliz por él si no lo sientes –dijo Lindsey.

Arden se encogió de hombros.

–¿Y ya llegó el momento? ¿Van a romper por esto?

–¿Qué? –Arden se sobresaltó, quitando los ojos de la carretera por un momento para observar a su amiga–. Claro que no. Es solo una pelea, Lindsey. Las personas hacen cosas peores que esto todo el tiempo y se quedan juntas. No voy a romper con mi novio de un año solo porque tuvimos una pelea.

De cualquier modo, lo que sentía hacia Chris… no era *ira*, no exactamente. Estaba triste. Y decepcionada. De él y de ella misma por seguir encontrando la manera de terminar en segundo lugar en las prioridades de él, incluso cuando estaba intentando con todas sus fuerzas ser la novia que quería ser desesperadamente.

Ya no quería hablar sobre Chris, especialmente no con Lindsey, quien estaba prejuiciada contra él de cualquier manera. Arden cambió el tema para explicar *Esta noche las calles son nuestras* lo mejor que pudo. Lindsey escuchó, embelesada, mientras ella le contaba sobre el hermano de Peter y su inexplicable desaparición. Sobre sus padres, obsesionados con el dinero y conscientes del estatus, quienes de algún modo se negaron a reconocer al talentoso artista que vivía bajo su propio techo. Sobre Bianca, hermosa, ambiciosa y perfecta, quien no podía tolerar que Peter viviera una tragedia real o un éxito real solo. Sobre el mismo Peter, talentoso, sabio y con el *corazón roto*, una y otra vez. Ahora Lindsey estaba haciendo llamadas a las librerías intentando encontrarlo.

–¿Por qué no me hablaste de Peter antes? –preguntó su amiga en una pausa entre llamadas.

–Te dije que estaba leyendo el blog de un chico.

–Pero no me dijiste que era tan *interesante*.

Arden arrugó las cejas mientras intentaba, y fallaba, cambiar de carril. No tenía mucha experiencia conduciendo en la carretera, y los coches ahí afuera eran mucho menos amables que los de las calles de Cumberland. Finalmente, viró hacia el carril de baja velocidad y le dijo a Lindsey:

–No quería que pensaras que era rara. Ya sabes, pasar tanto tiempo siguiendo a gente que ni siquiera conozco.

–Arden –respondió–, en este punto, es demasiado tarde para que piense que eres rara. *Sé* que eres rara –ella rio, y Lindsey reflexionó por un momento–. Además, no es realmente diferente a seguir personajes en un programa de televisión, ¿no?

Asintió pensativamente.

–Típico de Arden. No puedes soportar ver a nadie sufrir, ni siquiera un segundo, incluso cuando no conoces al tipo. Es como cuando salvaste la vida de ese pájaro.

–¿Qué pájaro? –preguntó Arden.

–¡Debes recordarlo! Éramos niñas. Encontraste un pájaro bebé en un charco de aceite en el bosque entre nuestras casas. No podía salir. Debió haberse caído del nido o algo. Mi papá quería torcerle el cuello, acabar con su dolor. Pero tú lo guardaste en tu habitación y lo cuidaste hasta que se curó y lo liberaste.

–No, no fui yo.

–Definitivamente eras tú. No es como que yo estuviera jugando en nuestro bosque con alguien más que rescató un pájaro.

–Quiero decir que eso no sucedió en la realidad. Fue la trama de uno de los libros de la muñeca Arden.

Lanzó una mirada de lado para ver cómo Lindsey comprendía lentamente este hecho.

–¡Ah sí! –dijo ella–. Dios, qué locura.

Arden no sabía qué habría hecho si se hubiera encontrado a un pájaro ahogándose. Probablemente hubiera intentado rescatarlo. Pero quizás solo se hubiese alejado horrorizada.

–Bueno, como sea. Estás rescatando a un chico con el corazón roto hoy, lo cual es básicamente lo mismo que un pájaro herido.

–Solo si lo encontramos –le recordó.

Lindsey volvió a su teléfono.

–¿Me comunica con Peter, por favor? Trabaja ahí esta tarde… Oh, lo siento, debo tener el número equivocado. Disculpe –después de colgar, le dijo a Arden–: ¿Estás *segura* de que nunca dijo el nombre de su librería?

–Totalmente –Arden había leído cada entrada, y había cientos de ellas. Algunas las leyó más de una vez. Conocía absolutamente todo lo que él había escrito ahí en algún momento–. De cualquier modo, no tengo ni idea de qué voy a decirle si lo encuentro. "Hola, acabo de recorrer un millón de kilómetros para encontrarte" suena un poco acosador.

–Vamos a jugar a interpretar personajes –sugirió Lindsey–. Yo seré Peter y tú serás tú.

–Suena como un juego de Teatro –advirtió Arden, haciendo un gesto.

–No realmente, porque tú estarás fingiendo que eres *tú*.

–Bueno, de acuerdo –Arden se aclaró la garganta–. Hola, ¿eres Peter?

Lindsey hizo una voz masculina fingidamente profunda.

–¿Quién quiere saber?

–Eh, mi nombre es Arden. Y solo quería… conocerte, supongo.

–¿Eres otra de esas chicas que se enteraron que Bianca y yo rompimos? Y ahora intentas buscar tu oportunidad en cuanto ella está fuera del cuadro. Eso es muy aprovechado, Arden… ¿así dijiste que te llamabas? Aún estoy de luto. No quiero simplemente pasar a la siguiente chica disponible.

–Eres pésima para el juego de los personajes –declaró Arden–. ¿Sabías eso?

–Solo quiero que estés preparada para lo peor –dijo Lindsey en su voz aguda normal–. De hecho, acabo de pensar en el peor escenario posible.

–Fabuloso –masculló Arden.

–¿Qué tal si todo el asunto es una elaborada trampa? –siguió diciendo Lindsey–. Como que "Peter" es solo el pseudónimo de un secuestrador o asesino que creó este personaje artístico y sensible en Internet para atraer a jovencitas inocentes hacia sus garras. Y luego las encierra en un penthouse en alguna parte. Donde las obliga a vivir a su servicio. Y se bebe su sangre.

–Estás mezclando aproximadamente una docena de paranoias distintas ahí –respondió Arden–. Además, creo que tiene que haber una mejor manera de secuestrar chicas que crear un diario falso en Internet, actualizarlo cada día durante un año y luego esperar que tus lectores de algún modo descubran en qué librería se supone que trabajas.

–Pero no está descartado –aseguró Lindsey–. Admite que no está descartado.

–¿Quieres que te baje aquí? Lo haré. Puedes volver a casa pidiendo aventón.

Condujeron más allá de la salida a Hancock. Lindsey resopló por la nariz.

—Qué nombre tan tonto para un pueblo.

—Asumo que le pusieron así por John Hancock –dijo Arden–. ¿Ya sabes? ¿Uno de esos que firmaron la declaración de Independencia? ¿Un viejo famoso? ¿Te suena?

—Suena como una palabra para algo sexual. Como mano, *hand*, y pene, *cock* –Lindsey hizo un movimiento de masturbación con su mano.

Arden puso los ojos en blanco, y luego se echó a reír.

—Tienes una mente muy sucia, Lindsey.

Media hora después, se detuvieron a poner gasolina. El Corazón de Oro había estado haciendo un sonido raro como "whump whump whump", por lo que Arden le dio la vuelta y lo inspeccionó. Se sentía como un fraude, ya que no tenía ni la más mínima idea de qué estaba buscando en el coche, y aún traía puesto su brillante vestido de aniversario, lo cual posiblemente no era lo que la gente usaba cuando estaba revisando un auto. Había considerado ponerse su ropa normal mientras aún estaba en el hotel. Pero tenía ese vestido. Había planeado usarlo hoy y aún quería usarlo. Y si Chris no lo iba a apreciar, quizás Peter lo hiciera.

Ni siquiera se molestó en pedirle a Lindsey su opinión automotriz, ya que ella no tenía licencia debido a una combinación de ser joven para su curso, nunca practicar y saber que podía contar con Arden para que la llevara a todas partes.

El curso de acción de Arden respecto a los "whump whump whumps" hubiera sido llamar a su padre, pero no sabía qué haría él al respecto tampoco, o cómo reaccionaría a la noticia de que se había alejado casi cien kilómetros del pueblo sin decirle. Así que solo volvió al asiento del conductor y siguió avanzando, subiendo el volumen del destartalado estéreo del Corazón de Oro para ahogar los sonidos que salían de debajo del cofre. Arden veía la carretera y pensaba en Chris yendo hacia su reunión cool, y quería enviarle un mensaje y decirle "Yo también voy a un lugar en este mismo momento".

—Creo que voy a trabajar en una granja este verano —anunció Lindsey en una pausa entre canciones. Durante kilómetros, lo único que habían podido ver por las ventanas eran granjas.

—¿En qué granja? —preguntó Arden.

—No lo sé. Voy a buscar puestos de trabajo y cosas en línea para ver si alguien cercano necesita manos extras para su granja este verano. Será como cuando era niña, ¿sabes?

—Entonces vas a tener que sacar tu licencia rápido —le advirtió Arden—. Porque yo no voy a llevarte a una granja cada mañana. Sé exactamente lo temprano que se tienen que despertar los granjeros, y no quiero nada que ver con eso.

—Con suerte puedo encontrar un lugar donde pueda vivir en el verano —respondió ella, recargando la cabeza contra la ventana—. De ese modo ninguna de nosotras tendrá que preocuparse por conducir.

Arden le lanzó una mirada de soslayo.

—¿De verdad vivirías en una granja?

—Claro, si pudiera.

—¿Sin mí?

—Tú también podrías venir, si quieres.

Arden *no* quería, a menos que hubiera cebras, y posiblemente ni así. Las cebras habían perdido parte de su atractivo en los últimos ocho años.

—De cualquier, modo solo será por el verano —continuó diciendo Lindsey.

Sintió una punzada en el estómago. Pensó en cuántos problemas podría meterse Lindsey cuando se la dejaba sola con sus propios recursos por diez minutos, y tembló al pensar lo que podía suceder si estaba sin ella durante diez semanas enteras.

Un par de años atrás, cuando la familia de Arden fue a Atlantic Beach para un gran total de ocho días, Lindsey había decidido que sería buena idea vestirse con una sábana y pararse junto a la carretera en la noche para hacer que los conductores creyeran que habían visto un fantasma. Un conductor entró en pánico cuando la vio, viró y se estrelló contra un árbol. Nadie salió herido, pero el coche requirió miles de dólares en reparaciones, que Lindsey aún seguía pagando. Este era el tipo de cosas que ocurrían cuando Arden la dejaba sola.

Pero de cualquier modo, Lindsey probablemente no le daría seguimiento, se consoló Arden. La cantidad de planes que había hecho a lo largo de los años, solo para abandonarlos porque requerían mucho esfuerzo o eran reemplazados por una idea nueva y más emocionante, era incalculable. Si Arden se tomara cada una de ellas seriamente, nunca tendría tiempo de hacer nada más que preocuparse.

—Oye —dijo Arden señalando un letrero verde en la carretera—. Shartlesville[1], Pennsylvania. El pueblo al que vas cuando intentas tirarte un pedo, pero en vez de eso te sale ya-sabes-qué.

Lindsey soltó una carcajada y levantó la mano. Arden chocó su mano con la de su amiga, virando todo el coche hacia la derecha. La camioneta junto a ella soltó un largo claxonazo.

—Arden Huntley —dijo Lindsey—, eres una chica inteligente, ¿lo sabías? —levantó su teléfono de nuevo y marcó.

—Hola, ¿Peter está trabajando esta noche?

Hizo una pausa. Arden se enfocó en la carretera frente a ella.

—¿Un adolescente? ¿Va a la escuela de arte? —un momento de silencio—. Cool, gracias. Estaremos ahí a las diez —colgó.

—¿Y bien? —preguntó Arden con su corazón estremeciéndose.

—Y bien —repitió Lindsey—. Lo encontré.

---

[1] N. de la T.: *Shart*, unión de las palabras "shit" y "fart", puede traducirse como "pedo con caca".

El corazón del Corazón de Oro se pone en duda

A las seis en punto cruzaron el primer cartel de Nueva York en la carretera.

–Nueva York a doscientos kilómetros –leyó Lindsey en voz alta.

Arden se sintió de pronto abrumada por el extraordinario potencial de los carteles en la carretera. Hacían que el país pareciera engañosamente pequeño. Lo único que se interponía entre ella y Nueva York era el número doscientos. Podía seguir conduciendo aún más lejos y llegar a Connecticut, a Vermont, o a Florida, si daba vuelta hacia el sur, o podía girar y conducir durante la noche y el día siguiente, y la siguiente noche y el siguiente día, hasta llegar a California y el Océano Pacífico. Los anuncios hacían que cualquier lugar en Estados Unidos pareciera igualmente al alcance, y aunque Arden había estado conduciendo por horas, aunque sus ojos estaban secos por ver continuamente la carretera extendiéndose frente a ella como un listón interminable, el primer cartel de Nueva York la hizo sentir como si pudiera seguir avanzando por siempre.

Veinticinco minutos después, su auto se descompuso.

Iba conduciendo por el carril de tráfico lento, como lo había hecho por casi todo el viaje, pero de pronto el Corazón de Oro ni siquiera podía soportar el paso de ese carril y sus "whump whump whumps" ahogados se convirtieron en un rugido completo y comenzó a oler feo y… algo estaba evidentemente mal.

Arden avanzó hacia el carril de descanso, se detuvo y apagó el motor. Ella y Lindsey se miraron una a la otra. Los automóviles pasaban zumbando junto a ellas.

–¿Qué ocurrió? –preguntó Lindsey.

–No lo sé –Arden examinó las luces y los botones en su tablero. La luz de "Revisar el motor" estaba encendida, pero esa siempre estaba entendida, así que no pensó mucho en ello. También notó que el marcador de la temperatura del coche había subido muchísimo. Hacia la zona roja–. Quizás se sobrecalentó el motor –aventuró.

–¿Y qué deberíamos hacer? –preguntó su amiga.

–No lo *sé*, Lindsey –dijo Arden con enojo–. No soy experta en autos. Nunca antes había conducido más allá del Glockenspiel. No tengo acceso a ninguna información automotriz privilegiada, ¿sí? ¿Qué piensas *tú* que deberíamos hacer?

Lindsey se quedó en silencio por un momento, se arrellanó en su asiento como un perrito pateado y al fin dijo:

–Podríamos pedir aventón.

–Gran plan. Abandonemos aquí mi coche y que nos lleve un completo desconocido por los siguientes 190 kilómetros. ¡Qué idea tan segura y sabia! ¿Y creías que *Peter* podría ser un asesino o un secuestrador? Lindsey, no tienes sentido de supervivencia.

Las dos chicas se observaron con enojo por encima de unos vasos gigantes, restos de la parada que hicieron en Dairy Queen mucho antes, en Pennsylvania.

–No es mi culpa que tu coche se haya descompuesto –dijo Lindsey finalmente.

Eso era verdad. Arden estaba frustrada, y sabía que estaba desquitándose con Lindsey. Era su culpa haber comprado un coche de porquería, su culpa no haberse molestado en averiguar por qué esa luz de "Revisar el motor" siempre estaba prendida, su culpa no haber aprendido ni lo más mínimo sobre mecánica, su culpa, para empezar, el estar en esa carretera, en esa búsqueda sin sentido.

Pero aunque Lindsey no tenía la culpa de esta situación, eso no evitó que Arden deseara que al menos ella intentara ayudar a solucionarla.

–No importa de quién es la culpa –dijo–. Podemos quedarnos en la orilla de la carretera por el resto de nuestras vidas.

Cuando hubo una pausa en el tráfico, Arden salió y abrió el cofre de su auto. Esto, al menos, era algo que su papá le había enseñado a hacer. Echó un vistazo al mecanismo interior, luego vertió su botella de agua en lo que creyó que era el motor, seguido por los restos de sus helados de Dairy Queen, para lo que pudieran servir. Si el motor estaba sobrecalentado, tenía sentido que necesitara enfriarse.

Cuando Arden se metió de nuevo a su carro, Lindsey tenía el teléfono en las manos. Sin hacer contacto visual con Arden, dijo:

–Busqué en Internet, y aparentemente la estación de tren más cercana está en Lancaster. No está muy lejos de aquí. Podríamos tomar un taxi hasta allá.

–¿Y luego qué? –preguntó Arden.

–Bueno, luego debería haber un tren de regreso a Cumberland en algún punto.

–¿Qué punto es ese exactamente? –preguntó Arden–. Son casi las siete. Dudo que más trenes salgan de aquí a Cumberland esta noche. E incluso si los hay, ¿qué te hace pensar que quedarían asientos disponibles? ¿Y cuánto costarían esos asientos de último minuto? ¿Y exactamente quién va a pagar por esos boletos, sin mencionar este supuesto viaje en taxi que nos llevará allí?

Lindsey se quedó en silencio, con su cabello colgando sobre el rostro, como una cortina que la separaba de Arden.

–¿Y qué pasaría con el Corazón de Oro? –agregó ella, escuchando su voz quebrarse.

Eso era típico de Lindsey. No tenía ni idea de cómo comportarse de forma razonable en el mundo real.

Arden pensó de nuevo en aquel pájaro bebé, embarrado de aceite, intentando trepar hacia el aire fresco, hacia la libertad. Era ficción, claro. Era totalmente inventado. Pero ¿eso importaba? ¿No podía inspirarla de cualquier modo?

Arden giró la llave en el encendido por última vez. Y el coche encendió.

Ninguna de las dos dijo ni una sola palabra, por si el solo hecho de comentar lo que estaba sucediendo pudiera arruinarlo. Arden simplemente se volvió a integrar en el tráfico y siguieron avanzando hacia Nueva York.

Conociendo a Peter

La librería donde trabajaba Peter se llamaba La última página. Estaba ubicada en una calle comercial en Brooklyn, más concurrida que casi todas las calles de Cumberland, pero más tranquila que casi todas las calles de Nueva York. Arden había conducido hasta allí. Había tocado el claxon más veces de las que podía contar, y dos veces casi atropelló a peatones que cruzaban con luz roja, uno de los cuales llevaba un bebé. En ambos casos le gritaron, lo cual le parecía injusto, ya que *ellos* eran los que estaban caminando contra las indicaciones del semáforo, en la oscuridad, vestidos de negro. Además, pasaban de las nueve y aunque ella no era muy aficionada a los bebés, le parecía que ese niño probablemente debería estar en su cama.

Cuando encontró la tienda, pasó unos diez minutos dando vueltas en el automóvil, buscando un estacionamiento donde pudiera dejarlo. Al darse cuenta de que no existían tales estacionamientos por ahí, pasó otros cinco minutos intentando aparcar en paralelo, una habilidad que había dominado antes de su examen para obtener la licencia de automovilista y que no había practicado ni una vez desde entonces. Durante un rato Lindsey ofreció sus opiniones ("Quizás deberías darle vuelta al volante a la derecha. Quizás deberías salirte y empezar de nuevo") hasta que Arden le gritó.

—¿Quieres conducir *tú*? —momento en el cual Lindsey se calló.

Finalmente, el coche estuvo estacionado. Arden respiró profundamente, tomó su caja de brownies de mantequilla de maní y caminó hacia la tienda. No sabía con exactitud para qué eran los brownies, pero una cosa que su madre le enseñó era que las personas solían ser más amables cuando les dabas postres caseros.

La última página era sorprendentemente grande, más grande de lo que Arden se había imaginado al ver la fachada, y estaba llena de libros de suelo a techo: títulos nuevos exhibidos en el piso principal y un sótano con un revoltijo de libros usados. Las chicas se quedaron en la planta baja y recorrieron cada pasillo, más o menos viendo los libros, pero principalmente observando a la gente e intentando descubrir si eran clientes o empleados y, si este era el caso, si podrían ser Peter. Arden no sabía si era algo de Nueva York o solo algo molesto que nadie en esa tienda usara etiquetas con su nombre, mucho menos un uniforme.

—Podríamos simplemente preguntarle a alguien —sugirió Lindsey—. Algo como "Hola, ¿dónde está Peter?".

—Claro —dijo Arden—. Adelante.

Lindsey se acercó más a su amiga y no le preguntó a nadie.

Afortunadamente, no había tantos chicos de preparatoria en la tienda. Al parecer, la noche de domingo no era el mejor momento para que sus compañeros de generación estuvieran comprando libros. En el primer piso vieron a un chico con una niña que debía ser su hermana o él su niñero o algo; de cualquier modo, Peter no estaría trabajando con una niña a su lado. En el fondo Arden vio a otro que también tenía más o menos su edad, con cabello largo y grasoso, los pantalones caídos hasta la mitad de sus nalgas y en proceso de hurgarse la nariz.

—Ese podría ser él —señaló Lindsey—. ¿Crees que un empleado se limpiaría los mocos en el lomo de un libro?

Arden hizo una pausa.

—Me parece una conducta de cliente. Dejémoslo como una posibilidad.

Intentó deshacerse de la molesta sensación de que quizás La última página ni siquiera era la librería de Peter. Quizás había otro empleado adolescente de librería con el mismo nombre. Nueva York era una gran ciudad, eso era posible. O quizás esta *era* la tienda de Peter y él ya se había ido. Había tantas razones para que él no estuviera ahí, y ella no quería pensar en ninguna.

Escaleras abajo vieron a un chico que definitivamente trabajaba en la tienda, porque estaba ayudando a una anciana a encontrar un libro, y al principio les pareció que *podría* estar en preparatoria, pero luego Arden notó el anillo de bodas en su dedo.

Eso dejaba a un chico de aspecto adolescente en la tienda. El que estaba detrás de la caja registradora abajo. El que estaba detrás de la computadora, con los codos apoyados sobre el mostrador, sosteniendo una copia del *Infierno* de Dante.

—Es él —le dijo Arden a Lindsey—. Es él.

Fingió estar interesada en los libros del exhibidor más cercano, pero en verdad solo estaba echándole miradas a Peter. No sabía conscientemente cómo esperaba que fuera, pero al verlo, se dio cuenta de que se lo había imaginado como... pues, como Chris.

No era así. Para empezar, era asiático. Arden había asumido que sería blanco, como ella, como casi todos en Cumberland. Se sintió inmediatamente culpable por esperar, aunque fuera de forma subconsciente, que todas las personas que conociera se vieran como ella. Peter también era más bajo de lo que esperaba, y usaba lentes, lo cual no se había imaginado pero se le veían bien. Con todo eso, era inmediata y evidentemente Peter.

—Es guapo —le dijo en un susurro a Lindsey—. ¿Verdad? Es muy guapo.

—No lo sé —respondió su amiga también susurrando—. Los hombres no me parecen guapos.

—Qué estupidez —dijo Arden con coraje—. Aunque yo no quiero besar chicas, puedo decir si son guapas o no. Eres lesbiana, Lindsey, no *ciega*.

—Bueno, creo que probablemente es guapo —susurró.

Arden consultó su reloj. Eran casi las diez. Peter iba a salir del trabajo en cualquier momento. Necesitaba acercársele *ahora*. Mientras él seguía trabajando y ella era una clienta y él tuviera que hablarle.

Sus manos se sentían entumecidas, y deseó que ella y Lindsey hubieran interpretado su escena de personajes con más seriedad.

Al ver el libro en las manos de él tuvo un destello de inspiración. Sin decirle una palabra a Lindsey, Arden corrió de nuevo a la sección de poesía y buscó en el estante desesperadamente.

Allí estaba.

Tomó un libro, pasó sin mirar junto a Lindsey y fue directo hacia Peter. Su corazón latía con fuerza.

Se paró frente a él.

Puso el libro sobre el mostrador.

Peter bajó su copia del *Infierno* y le ofreció una sonrisa amable a Arden.

—¿Eso sería todo? —preguntó.

Ella asintió en silencio.

Él tomó el libro y fue a escanearlo, pero entonces —porque era Peter y ella sabía que no podía trabajar en las registradoras sin comentar la compra de un cliente, nunca logró detener eso, no importaba cuántos compradores de libros hubiera ofendido— él sonrió y dijo de golpe:

—*Cartas de amor al portugués*. Buena elección. Me gusta Elizabeth Barret Browning. "¿Cómo la amo? Déjeme contar los modos…".

—"La amo por lo profundo, ancho y alto que mi alma puede alcanzar" —terminó Arden.

Se miraron el uno al otro. Él levantó una ceja con aprobación.

—Lo conoces.

Solo por ti, pensó Arden.

Él pasó el código de barras por el lector y puso el libro en una bolsa. Lo observó cuidadosamente, pero él no le escribió una nota en su recibo, no metió su número de teléfono ahí. Ella supuso que eso era un truco de una sola vez, y no terminó tan bien.

—Disfruta —dijo él. Luego se estiró—. ¡Y yo ya terminé! Eres mi último cliente del día.

—Lo sé —dijo Arden.

Él ladeó la cabeza.

–¿Lo sabes?

Ella se sintió temblorosa y alerta, como si estuviera por lanzarse del borde de un trampolín muy alto. Aunque nunca había hecho eso. Cuando era una niña, siempre que su mamá la llevaba a la YMCA, ella subía hasta arriba y caminaba hasta la orilla de la tabla, y se quedaba ahí, sintiendo la misma sensación que tenía en ese momento en su corazón y en su garganta y por todo su cuerpo hasta los dedos de sus manos y pies. Luego se daba la vuelta y regresaba por la escalera hacia el piso de la piscina. Hizo esto una docena de veces. Con el tiempo, simplemente dejó de subir. El resultado era el mismo de cualquier manera, y al menos cuando se quedaba al ras del suelo nunca se sentía como que estaba fracasando en algo.

Incluso ahora, aunque habían pasado años, Arden identificaba esa sensación. Ese momento entre la certeza y el misterio, entre la seguridad y el agobio.

–Sí –dijo Arden–. Lo sé –tragó saliva con dificultad, luego puso la lata frente a él–. ¿Quieres un brownie? Hice brownies.

Peter hizo un gesto de desconcierto cuando ella abrió la tapa de la lata.

–Claro –dijo finalmente, y tomó uno.

Cuando estaba por morderlo, Arden soltó:

–Leo tu blog. Me encanta lo que escribes.

Y eso fue todo lo que se necesitó. El rostro de Peter se llenó con una enorme sonrisa tonta y llena de dientes, y en lo que se sintió como la primera vez en ese día, Arden exhaló.

–¿Cómo te llamas?

–Arden.

–Gracias, Arden –él estiró su mano y estrechó la suya, y ella lo atrapó todo: la sonrisa en el rostro de él, la sensación de su palma contra la suya–. Es un placer conocerte. Soy Peter.

Cena con Peter

Arden, Lindsey y Peter fueron a un restaurante poco elegante en la misma calle de La última página. Arden sabía que debía estar hambrienta, pues más allá del helado de Dairy Queen, no había comido nada desde el desayuno; pero por cómo estaban las cosas, cuando la mesera trajo la canasta de bastones de pollo, no podía ni imaginarse siendo capaz de tragárselos.

–¿Y cómo encontraron *Esta noche las calles son nuestras*? –preguntó Peter luego de tragarse el primer bocado de hamburguesa vegetariana. Estaba sentado frente a Arden y Lindsey, pasando su mirada de una a la otra.

–Arden lo encontró –explicó Lindsey–. Googleando algunas cosas, ¿verdad?

–¿Qué estabas buscando exactamente? –preguntó Peter.

–Eh –Arden sintió cómo se ruborizaba–. La frase: "¿Por qué nadie me quiere tanto como yo los quiero?".

Peter pareció impresionado, quizás por su memoria, o quizás por la intensidad de sus propias palabras.

–¿Yo escribí eso?

–Sí. Sobre Bianca.

–Ah, claro –el rostro de Peter se convirtió en un gesto fruncido, pero lo deshizo–. ¿Y de dónde sacaste *tú* la frase?

–Supongo que es algo que me pregunto a veces –dijo en voz baja. Esto parecía mucha revelación para un extraño. Pero Peter no se sentía como un extraño.

–¿Y has encontrado alguna buena respuesta a esa pregunta? –preguntó él, inclinándose hacia delante.

Porque no merezco ser tan amada, pensó Arden. Pero no lo dijo, porque obviamente Peter sí merecía eso —eso y más— y no quería revelar que en ese tema, ella no era para nada como él.

—Creo que quizás es solo que quiero demasiado a la gente —respondió Arden en voz alta—. Así que si los otros me quieren solamente una cantidad normal, eso no se acerca a cómo me siento yo hacia ellos.

Sintió que Lindsey se reacomodaba incómodamente en su asiento, pero no giró a verla. No podía decirle esas palabras a ella. Pero podía decírselas a Peter, porque él podría entender.

—Quizás yo también —dijo Peter—. Quizás somos como superhéroes mutantes, parte de un experimento del gobierno que salió mal y nos dejaron con una capacidad sobrenatural para el amor.

Arden soltó una sonrisa.

—Claro que no —objetó Lindsey, como Arden supuso que haría—. Eso ni siquiera es verdad.

—¿Quieres decir que *no* somos superhéroes? —preguntó Peter, levantando una ceja con fingida sorpresa.

—Que nadie quiere a Arden tanto como ella los quiere. Mucha gente te quiere, lo sabes. Tus padres, Chris, yo, nuestros otros amigos…

Arden asintió ante las palabras de Lindsey, pero pensó en su discusión cuando el Corazón de Oro dejó de funcionar y el abismo que existía entre su definición de amor y la de Lindsey. El amor significaba cuidar a otras personas. Significaba resolver los problemas por ellos, protegerlos, apoyarlos incluso en momentos de crisis. Pero cuando Arden tenía aunque fuera una pequeña crisis, como un coche descompuesto, su amiga no ayudaba en nada. En su corazón Arden sabía: "Debe haber más por amar, más que esto".

—¿Y qué ocurrió con Bianca? —le preguntó suavemente a Peter, luego agregó—: No tienes que hablar de eso si no quieres.

Pero él sí quería.

—Rompió conmigo hace tres días —dijo, y pestañeó con rapidez, como si estuviera intentando contener las lágrimas—. Me llamó antes de la escuela, cuando yo aún estaba acostado. Normalmente ignoraría una llamada mientras estoy intentando dormir, pero era *Bianca*, y jamás ignoro sus llamadas. Solía poner mi teléfono en silencio por las noches, y ahora lo dejo encendido solo por si ella necesita algo o quiere hablar.

»Como sea, llamó muy, muy temprano y antes de que yo pudiera decir nada ella me dijo que hasta ahí había llegado, y que se acabó, de verdad esta vez, que nunca debió darme una segunda oportunidad.

—Lo siento —murmuró Arden. Esto no era información nueva, pero escucharla de su boca hacía que le doliera el corazón.

—¿Dijo por qué? —preguntó Lindsey.

—Pues, un agente literario ofreció representarme el martes —comenzó a decir Peter.

—Lo cual es genial, por cierto —interrumpió Arden—. ¿Podemos tomarnos un momento para discutir lo genial que es eso? No conozco a nadie que tenga un *agente*. Vas a ser un autor publicado. ¡*Tú* lo serás! Y luego todo el mundo va a saber lo talentoso que eres... —*y yo lo habré sabido primero*, agregó en silencio.

Esperó que este discurso ayudara un poco para compensar la desmoralizante respuesta de Bianca. Peter tenía razón: este debería ser el momento más feliz de su vida. Ella quería darle esa felicidad.

—Gracias —dijo—. No sé si realmente seré publicado. Podría no suceder nunca. ¿Pero tan solo saber que una agente, una profesional en el área, leyó mis textos y pensó que *podría* ser lo suficientemente bueno como para ser publicado? Es irreal. Es lo que siempre quise.

Observó en la distancia del restaurante por un momento, con su mirada descansando sobre el brillante retrato de un Elvis Presley de 1970 colgado en la pared. Arden miró alrededor también. Sentía que estaba demasiado elegante para bastones de pollo en un restaurante, pero no tardó mucho en notar a una chica que llevaba un vestido aún más corto que el suyo y un chico que llevaba aún más maquillaje, así que eso ayudó a tranquilizarla.

—Bianca —le recordó Lindsey a Peter.

—Claro —se volvió a enfocar en las chicas—. Le dije la buena noticia en cuanto me enteré. Pensé que estaría orgullosa de mí. Primero pareció que sí. Pero la siguiente vez que hablamos, dijo que no quería que *Esta noche las calles son nuestras* se publicara. No quería que la gente lo leyera.

—Pero la gente *ya* lo lee —señaló Arden—. Se convierta o no en un libro, ya es público.

—Lo sé. Y ella me atormentó con eso, exigiendo que eliminara toda la página. Nunca antes lo había visto, y una vez que se tomó el tiempo de leerlo, inmediatamente odió todo. Dijo que yo *tenía* que retirar *Esta noche las calles son nuestras* y *tenía* que decirle a la agente que no quería que me representara, y que yo no tenía *permitido* publicar un libro que la mencionara de ninguna manera…

Comenzó a jugar con su hamburguesa vegetariana sin comérsela, separando cada aro de cebolla y desgarrando las hojas de lechuga.

—Ofrecí cambiar su nombre si le preocupaba la privacidad, pero dijo que no bastaba con eso. Y luego le pedí que *entendiera*. He deseado tener éxito como escritor toda mi vida. Y si ella realmente me ama, aunque sea un poco, ¿no podría simplemente querer para mí lo mismo que yo quiero?

—¿No podía ayudarte a conseguir eso que te haría feliz? —agregó Arden.

El asintió con fuerza.

—*Exacto*. Pero la respuesta fue no. No podía. O no quería. Y yo no eliminaría el blog ni renunciaría a mi oportunidad de volverme un autor publicado. Así que rompió conmigo —hizo una pausa y tragó con fuerza—. Me siento como un cretino al decir esto sobre ella, pero no lo diría si no pensara que es verdad: creo que está celosa. Creo que no pudo soportar verme lograr algo que me haría sentir pleno y que no tuviera que ver con ella para nada.

–Pero sí tenía que ver con ella, ¿no? –preguntó Lindsey–. Porque hablas de ella y eso.

Peter contempló a Lindsey sin entender. Arden hizo un gesto de dolor y le dio un pequeño pellizco en el muslo a su amiga.

–¿Te vas a comer lo que queda de tus patatas fritas? –preguntó Lindsey.

–No. Estoy demasiado herido –respondió luego de considerarlo por un momento; lanzó su plato por la mesa y Lindsey se puso a comer.

»Créeme, *es* una persona celosa –continuó diciendo, sus palabras salían a toda velocidad, como si hubieran estado atrapadas dentro de él por demasiado tiempo, como si extender toda la historia para Arden lo estuviera ayudando a acomodar las piezas–. Constantemente estaba celosa de otras chicas, por ejemplo. Lo cual es ridículo, ya que le dije tantas veces que es increíble y que estoy loco por ella. Pero siempre que alguien más remotamente femenina está cerca, ella se pone en actitud de: "Ah, te vi mirando a esa chica. ¿Crees que está mejor que yo?".

–Nunca mencionaste eso en el blog –dijo Arden, sin estar segura de cómo se sentía por esta súbita grieta en la armadura de Bianca. A Arden la habían convencido para esperar un ángel. ¿Y qué clase de ángel se siente amenazado por simples mortales?

–Era una parte tan pequeña de nuestra relación –explicó Peter–. Nunca pareció lo suficientemente importante como para escribirlo. Nunca imaginé que *explotaría* de esta manera. De cualquier modo, no escribo cada pequeña cosa que pasa en mi día a día. Escribo las partes en las que pienso más, o lo que recuerdo después. Y ¿Bianca haciendo comentarios sarcásticos cuando soy amable con la cajera en Starbucks? –se encogió de hombros–. No es realmente algo en lo que quiero pensar.

»¿Y no *es* un problema que ella no pueda confiar en su propio novio? Les digo, ella podría entrar aquí y vernos juntos y sacar conclusiones sobre lo que está sucediendo entre nosotros, aunque no habría razón para que se preocupara.

—Qué locura —soltó Arden sin ánimo.

Aunque no habría razón para que se preocupara.

Porque, claro, ¿quién vería a Arden sentada en un restaurante con Peter y pensaría que algo está sucediendo, algo que valiera la pena señalar? Solo una loca pensaría eso.

Tomó un respiro profundo y tranquilizador y se recordó a sí misma: *de cualquier modo, no viniste a seducir a Peter. Él acaba de perder al amor de su vida. Y tú tienes novio.*

ESPERO QUE ESTÉS TENIENDO UNA BUENA NOCHE. ¡NO PUEDO ESPERAR A QUE CONOZCAS AL RESTO DE MI ELENCO! TODOS SON TAN AMABLES.

Aunque Chris no fue directo ni mencionó su pelea, ella sabía que era su intento por suavizar las cosas entre ellos con su técnica conocida. Como si pudiera simplemente hacer que ella respondiera "¡Suena genial!" y entonces todos sus problemas estarían resueltos.

En vez de eso, guardó el teléfono en su bolsa y se inclinó sobre la mesa para preguntarle a Peter:

—¿Le contaste a tus padres sobre la ruptura? —porque tenía curiosidad de saber más sobre ellos también; tenía curiosidad de saber sobre cada uno de los personajes de *Esta noche las calles son nuestras*.

—Sí. Realmente no querían que saliera con Bianca para empezar, así que no es como que les haya importado que se acabó.

—¿Por qué no querían que salieras con ella? —preguntó Lindsey.

—Veamos —Peter le dio un largo trago a su Coca Light, y Arden observó su manzana de Adán subir y bajar mientras tragaba—. Ah, ya sé: porque no quieren que yo tenga las cosas que quiero en la vida.

Arden estaba un poco sorprendida de que Peter le revelara esto tan abierta y honestamente a dos chicas que no había conocido antes. Si los papeles estuvieran invertidos, ella no lo expondría todo allí: su triste padre adicto al trabajo, su hermanito neurótico, su madre que se hartó de todos ellos. No cuando sabía por *Esta noche las calles son nuestras* que Bianca tenía una familia perfecta con padres que seguían juntos y se amaban el uno al otro y amaban a su hija como a nadie.

Pero Peter debió haber comprendido que ya le había contado a Arden todos sus secretos. En el año que llevaba escribiendo *Esta noche las calles son nuestras* había expuesto todo, quizás no *para* Arden específicamente, pero ella era la que lo había comprendido. Sería tonto intentar guardarle algún secreto.

¿Y no es algo tan liberador, hablar con alguien que ya se siente como tu diario?

Quizás también Lindsey sentía que la apertura de Peter les daba permiso para saber todo, porque lo siguiente que dijo fue:

—¿Y qué sucedió con tu hermano?

Arden la pateó debajo de la mesa porque, *eso es grosero*, Lindsey.

—No lo sé —respondió Peter con voz suave. Hizo girar los hielos dentro de su vaso una y otra vez.

—Yo también tengo un hermano —dijo Arden—, y no sé qué haría si lo perdiera. Haría cualquier cosa para protegerlo. Así que puedo imaginar lo difícil que es.

Peter asintió, pero parecía que estaba atrapado en sus propios recuerdos, sin escuchar.

—¿Pero qué *ocurrió*? —presionó Lindsey, sus ojos azules brillando de curiosidad, como si fuera Nancy Drew en el caso del hermano perdido.

—¿Cuando desapareció? Pues acababa de comenzar su segundo año en Cornell.

—Guau —dijo Lindsey—. Tu hermano debe ser inteligente.

Arden asintió. Sabía que Cornell era una de las universidades más importantes en Nueva York, pero no podía pensar en nadie que hubiera entrado ahí. Aunque Allegany era una de las mejores escuelas en Maryland, no generaba anualmente estudiantes de calidad para ir a universidades destacadas.

Pero claro, la familia de Peter vivía en Nueva York. Eran ricos. Sus hijos iban a escuelas privadas y tenían niñeros. Probablemente, los llevaban a museos y a la ópera los fines de semana, los ponían en campamentos de verano para su crecimiento personal, pagaban por tutores para sus exámenes de ingreso a la universidad. Si Arden hubiera tenido todo eso, no habría razón por la que no podría ir también a una universidad reconocida, no habría otra razón además de su historial de suspensión y posesión de drogas, claro.

–Es inteligente –concedió Peter–. Y estúpido –Peter contempló la rocola en la esquina, como si estuviera decidiendo qué tanto debía decir.

Puedes decirme cualquier cosa, pensó Arden. *Estoy aquí para ti.*

–Él… –comenzó a decir Peter.

Su teléfono sonó.

–Hola amigo –respondió–. Sí… sí… ya sé, yo tampoco… Claro, sí, suena bien. ¿Mansión Jigsaw...? Okay, claro. Nos vemos.

Colgó su teléfono y le echó una enorme mirada a Arden y Lindsey, todos los rastros de su hermano desaparecieron de su rostro. Como si nunca hubiera pasado.

–Oigan, chicas –dijo–, ¿quieren ir a una fiesta?

Sueño de una noche de principios de primavera

Arden condujo hasta la fiesta, que estaba en otro lado de Brooklyn. Puso la dirección en su teléfono y dejó que el GPS la guiara porque, aunque el lugar estaba a solo unos kilómetros, Peter no tenía idea de cómo llegar. Aparentemente, tomaba el subterráneo o taxis a todos lados.

—Pero *puedo* decirte cómo tomar el G hacia el L para llegar allá —ofreció él desde el asiento trasero. A Arden le preocupaba que el Corazón de Oro no cumpliera las expectativas automotrices de persona rica a las que él estuviera acostumbrado, pero en vez de eso Peter solo parecía encantado de que hubiese un coche en el que pudiera ir, sin importar qué tan jodido estuviera.

—Yo le voy a dar el G a tu L —respondió Arden sin tener ni idea de qué significaban esas letras—. ¿Al menos sabes conducir? —eran curiosos esos agujeros en su conocimiento sobre Peter. Sabía todo y nada; conocía sus chistes locales y sus ansiedades más profundas, pero ningún dato sencillo como su apellido o si tenía licencia. ¿Qué era más importante? ¿Cuál de esos realmente necesitas saber de una persona?

—Está bien si no sabes conducir —dijo Lindsey desde su acostumbrado lugar de copiloto al frente—. Dilo fuerte y claro. No es una habilidad vital tan importante como la gente lo hace parecer.

—Solo si tú, como Lindsey, tienes un chofer integrado —comentó Arden.

—Sé conducir —aseguró Peter—. Tenemos una casa de verano en los Hamptons…

—Lo sé —interrumpió Arden.

Él sacudió la cabeza y rio.

–Claro que sí. Se me olvida lo mucho que sabes. Es difícil de creer. Como sea, a veces conduzco el coche de mis padres cuando estamos allá. Es solo que no tiene mucho caso conducir en esta ciudad. El subterráneo funciona las veinticuatro horas, y aunque tuviera vehículo aquí, es casi imposible encontrar un lugar legal para estacionarse. Me sorprende que tú tengas coche, de hecho.

–Pues no vivimos aquí –dijo Lindsey–. Solo estamos en la ciudad esta noche.

–¿Dónde viven?

El tema no había salido durante la cena, ya que habían estado ocupados discutiendo la vida amorosa de Peter.

–Maryland –dijo Arden–. Muy cerca de los mejores estados, tanto de Pennsylvania como de West Virginia. MaryVirgiPenn.

–Arden está intentando que "MaryVirgiPenn" se ponga de moda –explicó Lindsey–. Pero aún no ha sucedido.

–Salvo contigo –señaló ella.

Lindsey aceptó con la cabeza.

–Yo sí digo mucho MaryVirginPenn.

Peter parecía impresionado.

–Eso está lejos. ¿Qué las trajo a la ciudad este fin de semana?

Arden compartió una mirada de reojo con Lindsey. Podía ser honesta. Pero ¿eso asustaría a Peter? A ella le asustaría que un extraño condujera cientos de kilómetros solo para verla.

–La madre de Arden vive en Manhattan –dijo Lindsey finalmente, lo que era una verdad, aunque no era *la* verdad.

–¿Dónde? –preguntó Peter.

–En el número ciento treinta y tres de la calle Eldridge –respondió, recitando la dirección de memoria. Había intentado tirar ese trozo de papel que su padre le había dado. Solo que nunca lo había hecho.

–Ah, una mujer del lado este –comentó Peter–. Cool.

–En realidad, no –aclaró Arden brevemente. No tenía muy claro qué era o dónde estaba el lado este, pero cualquier lugar donde viviera su madre no le sonaba cool.

A Peter le quedó claro que ella no quería decir más al respecto, porque cambió de tema:

–¿Por qué le dices el Corazón de Oro? –preguntó.

–Es en honor a la nave de *La guía del viajero intergaláctico* –explicó Arden.

–Ah, claro, nunca leí ese libro, pero a mi hermano le gustaba.

Esperó a que él se animara a dar más información sobre su hermano. Como no lo hizo, ella continuó diciendo:

–Bueno, ese es el nombre de su nave, y los lleva a todos lados adonde necesitan ir, como mi bebé –Arden dio unas palmaditas en el tablero.

–Además, la nave Corazón de Oro era impulsada por la improbabilidad infinita –agregó Lindsey–, y es infinitamente improbable que este coche siquiera arranque.

Arden le dio un golpe en el hombro.

–Shhh. Lo vas a hacer sentir mal.

Después de otros quince minutos de horripilante conducción por la ciudad de Nueva York, Peter dijo:

–Bien, puedes estacionarte por aquí –habían llegado a una parte tranquila y decadente de la ciudad, con el suelo tapizado de concreto y basura, sin ninguna de las boutiques o restaurantes que habían caracterizado el barrio de La última página pero, por suerte, con muchos espacios para estacionarse fácilmente. A Arden le parecía el tipo de lugar donde te robarían el coche y la bolsa, y te dejarían para morir. Si Chris estuviera allí, habría puesto el seguro en todas las puertas y le habría ordenado que siguiera conduciendo. Así que ella estacionó y salió del automóvil.

Se unieron a una larga fila de personas esperando afuera de una puerta con mucho grafiti. Algunos estaban fumando, bebiendo de latas en bolsas de papel o sentados en la sucia acera. Todos estaban arreglados con alguna especie de disfraz, adornados con alas de hada, coronas de hojas o mucha diamantina.

—Tu vestido encaja perfecto aquí —le dijo Lindsey sorprendida.

—Es como si hubiera sabido que íbamos a venir —concedió Arden.

Peter vio a dos chicos que reconoció y jaló a Arden y Lindsey hacia la fila con él.

—¿*En serio*? —dijo con un suspiro sonoro la chica a la que se le adelantaron.

—Lo siento —respondió Arden con culpabilidad. Le mostró su lata—: ¿Te puedo ofrecer un brownie?

—Supongo —la chica se ajustó las enormes astas que salían de su cabeza, luego tomó dos brownies, y no dijo nada más sobre el asunto.

Peter le presentó las chicas a sus amigos.

—Arden, Lindsey, estos son Trotsky y Hanson.

—Hola —dijeron las dos a la vez. Arden no preguntó cómo conocían a Peter, porque le preocupaba que le preguntaran lo mismo. Por suerte, no pareció importarles.

—¿Cuál es la temática de esta noche? —preguntó Peter. Sacó una licorera de su bolsillo y le dio un trago, lo cual pareció temerario considerando que estaban afuera y posiblemente beber en la vía pública siendo menor de edad era tan ilegal allí como en Maryland. Arden se tensó, una cosa era ver extraños bebiendo en la calle, y otra ver a Peter hacer lo mismo, pero nadie más parecía preocupado.

—Bosque encantado —dijo Trotsky con un tono terriblemente desinteresado.

—Una cosa como de *Sueño de una noche de verano* —contribuyó Hanson.

—Es irónico —agregó Trotsky—, porque apenas estamos en abril.

—Por eso hice esto —Hanson se puso una cabeza de burro de papel maché y luego dijo algo más, pero se escuchó como "bla bla bla bla".

—Ugh —dijo Trotsky, de algún modo con un tono aún más aburrido—.

Amor, te dije que no puedo escucharte cuando tienes esa cabeza de asno puesta.

–Oigan, mi... Chris estuvo en *Sueño* una vez –dijo Arden. "Mi novio".

Casi había dicho "mi novio", y sabía que *debió* haberlo dicho, porque eso era lo que Chris seguía siendo.

Pero no lo dijo.

–¿No tienen artículos extra? –preguntó Peter–. No logramos hacer nuestros disfraces. Claramente.

Hanson negó con la cabeza varias veces. Trotsky dijo, sonando tanto aburrido como desconfiado:

–Puedes llenarte la cara de tierra, supongo.

–Tengo un par de Sharpies de colores –ofreció Lindsey, tomándolos de su bolsa. Ella jamás limpiaba su bolsa. Estaba constantemente llena de pañuelos usados, tubos vacíos de humectante labial y revistas que ya había leído. El desorden no le molestaba mucho.

Generalmente, esto enloquecía a Arden, pero a veces (como esta noche) tenía su recompensa.

–Lindsey, señora mía, es usted un estuche de monerías –dijo Peter–. Me gusta eso en una chica –le ofreció una sonrisa encantadora–. Déjame verlos.

Lindsey le pasó los marcadores y Peter se volvió hacia Arden. La miró con mucha intensidad, como si estuviera estudiando un lienzo en blanco. Ella sintió que se ponía roja, pero se obligó a quedarse quieta, a rendirse a su mirada, absorber la sensación de sus ojos en su cuerpo. Y de pronto, le alegró no haber mencionado a Chris.

–Bien, tengo una visión –declaró Peter–. Recógete el cabello.

Arden lo recogió en una coleta, y él abrió el marcador y comenzó a escribir en su cuerpo. Ella tembló mientras la punta del marcador tocaba su pecho.

–Va a ser un fastidio quitarse eso –dijo Lindsey con tono respetuoso.

–Quítate el abrigo –le pidió Peter a Arden.

Ella se quitó su chaqueta ligera color verde agua y la sostuvo en la mano, estirando los brazos para que él pudiera llegar hasta sus tríceps, su clavícula, su omóplato. Sintió el frío del aire nocturno, pero por dentro se sentía como si estuviera ardiendo. Lindsey tenía razón respecto a que sería un fastidio quitárselo. Pero no le importó.

Cuando miró sus brazos extendidos, notó que Peter la había cubierto de palabras. El texto envolvía sus muñecas, pasaba por sus hombros y bajaba por su espalda, todo en ángulos diferentes, así que ella no podía leerlo todo, pero sí alcanzó a leer "te extraño te extraño te extraño" y "la única" y "quedarse demasiado tarde" y, enorme en su antebrazo, "soledad".

—No sé qué diablos hacer con marcadores —explicó Peter, pasándoselos a Arden—. No soy realmente un artista. Lo único que puedo dibujar son palabras.

—Las palabras son suficientes —dijo Arden. Y las palabras de *Peter* eran, como siempre, perfectas. La hacían sentir menos sola, más conectada y comprendida en una forma que era vertiginosamente palpable. Tener sus palabras en el cuerpo la hacía sentir como si estuviera usando una armadura.

Para cuando llegaron a la puerta, los tres estaban cubiertos de marcador. No se veían para nada como criaturas del bosque encantado, pero se veían extraños, pensó Arden.

—Veinte dólares cada uno —dijo el tipo en la puerta, quien parecía tener unos cuantos años más que ellos y llevaba un disfraz de ardilla de cuerpo completo.

Tanto Hanson como Trotsky se dieron unas palmaditas en los pantalones, como si no pudieran recordar dónde pusieron sus carteras, antes de que Peter avanzara y dijera:

—No se preocupen, yo me encargo —le dio al tipo de la puerta un billete de cien y rechazó la oferta de dinero de Arden.

Hanson abrió la puerta, guiándolos hacia un sótano que estaba diseñado para verse como, pues, un bosque encantado. Había arbustos en macetas alineados a los lados, siluetas de ramas de árbol en la pared. Esculturas de hadas punteaban la habitación, y una enorme y colorida red de mariposas colgaba del techo. Una música ambiental misteriosa resonaba a su alrededor.

—Guau —dijo Lindsey con un suspiro. Apretó la mano de Arden y ella sintió que lo que le quedaba de molestia hacia Lindsey, que había estado sobre su cabeza como una nube negra desde el viaje en el coche, se disipaba al fin.

—Es un arte —dijo Arden con naturalidad, y Peter se echó a reír.

—Es una locura —comentó él—, es como si fueras parte de mi cabeza.

—¿Nunca habías conocido a uno de tus lectores? —preguntó.

Él negó con la cabeza.

—No uno como tú.

—¿Y qué es este lugar? —dijo Lindsey, deteniéndose para observar una esfera de vidrio soplado—. ¿Es como un club nocturno o…?

—Es un apartamento, ¿lo puedes creer? —respondió Peter—. Bueno, no fue construido para ser un apartamento. Pero lo convirtieron en uno hace un tiempo. Y luego varios de los chicos de Pratt, ya sabes, la escuela de arte, lo rentaron. Cada habitación en este lugar ha pasado de un estudiante de Pratt a otro a lo largo de los años.

—Como una fraternidad —dijo Arden—. Una fraternidad de arte.

—Claro —dijo Peter—. Se llama la Mansión Jigsaw.

—¿La *Mansión Jigsaw*? —preguntó Lindsey, y comenzó a reír— Eso no tiene sentido, ¿por qué?

Peter se detuvo a pensarlo.

—Eh, ¡no tengo idea! Así le dicen. Probablemente hay docenas de personas que viven aquí en este momento. Dan fiestas cada un par de semanas para cubrir la renta. Cada vez que alguien nuevo se muda, agrega su propio arte, así que hay capas sobre capas de arte en este lugar.

—También capas y capas de mugre —gritó Hanson. Estaba de camino hacia las escaleras al fondo del sótano.

Arden intentó mirar todo como si pudiera guardar hasta el último detalle en la memoria. Probablemente, esta sería la única vez que iría a una fraternidad artística con su mejor amiga y el escritor con el que estaba obsesionada, y con escritura de Sharpie por todo su cuerpo. Ya sentía nostalgia por esta noche. Ya podía imaginarse dentro de algunos meses, deseando que hubiera aprovechado más esta noche mientras aún estaba en ella.

–¿Conoces a alguien que viva aquí? –le preguntó a Peter mientras subían por las escaleras oscuras, con el rugido del piso de arriba creciendo más y más.

–Sí. Una de las chicas es amiga de mi hermano.

Abrieron la puerta del otro piso, y el rugido apagado estalló para convertirse en una disonancia. La Mansión Jigsaw estaba llena de gente festiva con disfraces increíbles, plumas y brillos por todas partes. Al frente de la habitación, una banda de diez personas tocaba con fuerza algo atonal e irreconocible, parecía que cada miembro apenas era consciente del hecho de que muchos otros instrumentistas estaban tocando al mismo tiempo. Un candelabro hecho casi por completo de cinta aislante y linternas se mecía peligrosamente sobre sus cabezas.

–Oh Dios –dijeron Arden y Lindsey al mismo tiempo.

Trotsky miró a su alrededor y soltó un largo suspiro.

–Casi no hay *nadie* esta anoche –declaró.

–¿Quieren explorar? –le preguntó Peter a las chicas.

–¡Claro!

Corrieron por todo el lugar. La Mansión Jigsaw parecía estar extendiéndose continuamente, porque seguían descubriendo nuevas habitaciones, y Arden no podía descifrar cómo se acomodaban todos. Una habitación apenas tenía el tamaño de una cama individual, y una pareja se estaba besando allí. Esa era muy aburrida. Pero en el siguiente espacio, una chica estaba practicando el hula hula con media docena de aros girando alrededor de su cuerpo, y cada uno lanzaba un despliegue de luz en los colores del arcoíris. Una enorme cuerda colgaba del techo, y una docena de personas de la fiesta estaban sobre ella, con sus cuerpos colgando sobre las cabezas de los demás.

Detrás de un librero que resultó ser una puerta, Arden encontró un baúl con gavetas, cada una de las cuales tocaba un ritmo diferente al abrirla, así que podían crear una variedad de piezas musicales distintas con tan solo abrir y cerrar las gavetas.

En un balcón afuera de una de las habitaciones, encontraron una enorme jaula que tenía adentro un conejo de tamaño humano aparentemente hecho de musgo, una cabeza de maniquí colgando de una horca y tres humanos reales, una chica y dos chicos. La chica le dijo a Lindsey:

—Me late tu aura.

—¿En serio? —preguntó Lindsey—. ¿Qué significa eso?

Y lo siguiente que Arden supo fue que su amiga estaba instalada dentro de la jaula con ellos, escuchando una descripción de los colores que supuestamente estaban emanando de sus chakras, o algo así.

—Voy a seguir explorando —le dijo Arden—. Mándame un mensaje si me necesitas, ¿sí?

Lindsey le echó una mirada molesta.

—Estaré *bien* —dijo—. Ya para, *mamá* —agregó, lo cual hizo que las tres personas en la jaula de tamaño humano soltaran unas risitas.

Arden se detuvo en el umbral, pero Peter tomó su mano y tiró de ella. Vieron más habitaciones. Una donde todos estaban bailando salvajemente, salvo por Trotsky y Hanson, que estaban parados en las orillas, haciendo comentarios sarcásticos sobre lo aburrido y anticuado que era bailar. Otro con botes de agua jabonosa y aros gigantes para hacer burbujas. Finalmente, terminaron frente a una escalera recargada contra una pared en la parte trasera de la habitación de los hula hulas.

—Arriba —dijo Peter, señalando.

Arden echó su cabeza hacia atrás.

—¿Qué hay ahí arriba?

—Nunca lo sabrás si no subes, ¿verdad?

Ella puso sus manos en los peldaños, luego se dio la vuelta y dijo:

—Pero vas a poder ver debajo de mi vestido.

—No miraré —prometió Peter, levantando una mano con solemnidad—. Palabra de explorador.

—No conozco muchos exploradores —dijo Arden—. Somos un pueblo más del 4-H.

—No sé qué es el 4-H —dijo Peter.

—Exactamente —ella comenzó a trepar.

Cuando llegó a la parte alta de la escalera, se descubrió en el techo, mirando sobre la fila de invitados que seguían en la calle. Arriba estaba ventoso y su cabello volaba hacia sus ojos y su boca. Peter se impulsó hacia el techo un momento después y puso sus manos en sus caderas, observando el cielo nocturno.

—Bonita vista, ¿verdad?

—Algo —había demasiadas luces de la ciudad y Arden no podía ver ni una sola estrella en el cielo. Pensó que su papá no habría tenido nada que ver con su telescopio aquí, y luego sintió una pequeña punzada de culpa por estar tan lejos de casa, en esta ciudad sin estrellas, cuando le había dicho a su padre que solo estaría al otro lado del bosque. Su esposa ya había escapado, no necesitaba que su hija hiciera lo mismo. Él se merecía más.

Pero esto era diferente. A diferencia de su madre, Arden tenía sus razones. Y a diferencia de su madre, mañana volvería a casa.

—¿Alcanzaste a verme los interiores o qué? —le preguntó a Peter.

—No —respondió él.

—Bien.

—¿Pero te ofendería si te dijera que tienes unas piernas increíbles? Arden lo observó.

—Ja.

—Vamos, estoy seguro de que la gente te dice eso todo el tiempo.

—Nunca nadie me lo había dicho.

Aunque había algunas personas en el techo, estaba más tranquilo que cualquier otra de las habitaciones de adentro. No había una banda de diez personas contra la cual competir. Peter sacó la licorera de su bolsillo y dio un largo trago, echando la cabeza hacia atrás. Cuando terminó, se la ofreció a Arden.

Ella sostuvo la licorera en sus manos por un momento, pero no bebió. Era de plata pura y pesada, con las palabras LEONARD MATTHEW LAU grabadas en ella. Arden levantó la mirada.

—¿Esto es de Leo? ¿El Leo de Bianca?

Él estudió el grabado, como si se le hubiera olvidado lo que decía.

—Sí.

Ella soltó unas risitas.

—Así que le quitaste a su chica y su licorera.

Peter le dio una sonrisa a medias.

—Algo así.

Claro, pensó Arden, que él solo había podido conservar uno de esos dos.

Peter se dio la vuelta, avanzó hacia una mecedora gigante y se subió. Había algunas regadas por el suelo. Mecedoras en las que podían sentarse tres o cuatro personas. Bicicletas sobre mecedoras. Subibajas sobre mecedoras. Arden se preguntó cuál sería el plan de emergencia si un menor de edad ebrio se cae de un subibaja sobre una mecedora en el techo de la Mansión Jigsaw.

Fue hacia Peter y le dio un pequeño empujón a su silla.

—Mira, Arden —dijo tomando la licorera—. Solo quiero que entiendas: he hecho cosas de las que no estoy orgulloso.

—Yo también —respondió Arden—. Y todos. Lindsey una vez se robó una canoa y ni siquiera sabe remar en un bote. Está muy poco orgullosa de eso. Y yo no la quiero menos por ello.

—Qué linda —Peter dio otro largo trago de la licorera de Leo—. Solo quiero ser la persona que crees que seré. El Peter que te prometieron.

Ella se estiró para tocar su brazo, pero la mecedora lo dejaba ligeramente fuera de su alcance.

—Ya lo eres.

—Eso también me preocupa —comentó él, observando el paisaje urbano—. Me preocupa que no soy la persona que parezco en *Esta noche las calles son nuestras*. Y luego me preocupa que soy *exactamente* la persona que parezco.

—Simplemente, no te preocupes —dijo Arden—. No por mí.

Él retiró la vista del paisaje y le sonrió a ella.

—Bien, amiga. Súbete.

La silla estaba muy por encima del suelo y Arden no estaba segura de cómo subirse.

—Solo salta —dijo él.

Lo hizo. No logró llegar tan alto. Cayó hasta la cintura y avanzó el resto del camino retorciéndose hasta que finalmente quedó sentada junto a él.

—Eso fue como un deporte olímpico —comentó cuando terminó de acomodarse.

—Entonces te acabas de ganar una medalla de plata por trepar a mecedoras.

—¿Por qué? ¿Tú ya te habías llevado el oro?

—¡Pues claro! —él sonrió y de nuevo le ofreció la licorera de Leo—. ¿Un brindis de los ganadores?

—Nah —ella lo alejó con la mano.

—¿No bebes?

—¿Es un problema? —preguntó, con desafío en sus palabras.

Él negó con la cabeza.

—Solo me pregunto por qué.

—Pues tengo diecisiete años, así que es ilegal, para empezar.

—¿No conoces a nadie de diecisiete años que beba?

Ella puso los ojos en blanco.

—¿Tienes una historia de alcoholismo en tu familia? ¿Es por ese motivo? —preguntó él.

—No creo. Quizás tengo una tía abuela o primo segundo en alguna parte con un problema con la bebida, pero nadie que conozca. Pero por lo general soy el conductor designado –explicó–. Tengo más años que los demás en mi clase, así que conseguí mi licencia antes que la mayoría de mis amigos, y ahorré suficiente dinero dando tutorías para comprar el Corazón de Oro, así que simplemente se me hizo costumbre ser la que conduce. Además… –se encogió de hombros–. Lindsey se mete en muchos problemas. Alguien tiene que mantenerse sobrio.

Peter se rio.

–¿Es muy complicada? No me lo habría imaginado al verla. Parece bastante tímida, la verdad. De las dos, hubiera pensado que tú eras la problemática.

–¿Yo? –preguntó Arden–. ¿Por qué?

La contempló, como si estuviera buscando la respuesta en su rostro.

–No lo sé –respondió finalmente–. Solo pareces una chica problemática.

Ambos se recostaron en la silla, meciéndose de atrás hacia adelante. La fiesta vibraba debajo de ellos.

–Preguntaste qué sucedió con mi hermano –dijo Peter.

Arden asintió levemente, sin querer asustarlo.

–Te contaré la historia. Asumimos que estaba en Cornell, donde se suponía que debía estar. No habíamos sabido de él por unos días, pero a nadie le preocupó salvo a mi mamá. Papá y yo decíamos "Es su primer año en la universidad, no va a llamar a casa cada dos horas".

»Luego recibimos una llamada de su asesora escolar. Su compañero de dormitorio había ido a ella diciendo que mi hermano no había estado en la habitación por unos días y se preguntaba si ocurrió algo. Comenzaron a investigar y resultó que *nadie* lo había visto en días. Ninguno de sus profesores ni compañeros. Nadie en la fraternidad en la que se estaba iniciando ni los otros chicos del equipo de fútbol. Enviaron un e-mail a todo el campus y también recibieron nada como respuesta.

»Así que comenzamos a buscar a todos los que conocía en la ciudad. Amigos de la preparatoria, maestros, exnovias. Nadie había recibido ni un mensaje suyo. Ahí fue cuando mis papás llamaron a la policía.

—¿Quizás lo raptaron? —pensó Arden en voz alta.

—No es un niño.

—Ya sabes lo que quiero decir. Secuestrado. Capturado para pedir rescate. Sin ofender, pero parece que tu familia tiene mucho dinero.

—Eso no me ofende —las orillas de la boca de Peter se elevaron ligeramente—. Y es una buena teoría, pero no es lo que ocurrió. Para empezar, si fueran secuestradores, nos habrían dicho lo que querían, ¿no? Y eso no sucedió. En segundo lugar, antes de irse nos había enviado un e-mail.

—¿Un e-mail? —los ojos de Arden se abrieron aún más—. ¿Diciendo qué?

—Que no quería quedarse con gente que lo trataba tan mal. Que estaba harto de nosotros. Que nunca sintió que perteneciera a nuestra familia y ahora estaba seguro. Que debíamos dejarlo vivir su vida y dejar de arruinársela.

—Guau. Qué intenso. ¿Tenías idea de que se sentía así? —preguntó Arden.

Peter se rascó la nuca y se movió incómodamente en su lugar.

—No crecimos en el hogar más fácil. Nuestros padres nos jodieron a los dos. Pero eso no significa que lo correcto hubiera sido que nunca lo adoptaran. En ese caso, probablemente estaría jodido de otra forma distinta, pero igualmente encantadora.

—¿Y dónde crees que está? ¿Cómo crees que está sobreviviendo? —preguntó Arden, intentando imaginarse al hermano de Peter, recién salido del equipo de futbol de Cornell, viviendo en lo profundo del bosque en alguna parte, valiéndose por sí mismo.

—No lo sé, la verdad —Peter enterró el rostro entre sus manos. Arden resistió el impulso de acariciar su espalda, de abrazarlo.

Consideró decir que lamentaba la pérdida de Peter, pero eso no era realmente lo que estaba pensando.

—Qué egoísta —fue lo que dijo.

—¿Qué? —Peter levantó la mirada, y ella se dio cuenta de que probablemente la mayoría de las personas solo decían que lo sienten y que esa era la respuesta correcta, y debió haberse apegado a eso.

—No debí decir eso. Lo retiro.

—No. Dime de qué hablas.

—Bueno, él solo… te dejó. Estaba pensando en sí mismo, y adónde iría, pero obviamente no pensó un carajo en a quién iba a dejar atrás preocupado por él y recogiendo los pedazos. Claro, su vida era difícil. Gran cosa. La vida es difícil para ti también. Y lamento que esté ahí afuera mendigando en las calles o vendiendo drogas en algún lado, en serio lo lamento. Pero no es la única víctima aquí. Tú también lo eres. Y eso es lo que lo hace egoísta —Arden se encogió de hombros—. Es lo que creo, al menos.

—Creo que tienes razón —dijo Peter—. Y no quiero sentirme triste esta noche —Peter se bajó de un salto de la mecedora—. Que se jodan. Yo voy a ser un autor muy vendido y tú solo estarás en Nueva York una noche. Y si mi novia o mi hermano o quien sea no está aquí para apreciar todo eso, *que se jodan*. Esta es *nuestra* celebración. De aquí en adelante, no hablemos más de la muerte y los corazones rotos. Esta noche, solo habrá cosas felices.

—Esta noche las calles son nuestras —dijo Arden, y saltó al suelo.

Lindsey y Arden no se ven a los ojos

Arden y Peter estaban jugando en uno de los subibajas del techo. Arden gritaba entre risas cada vez que su trasero azotaba contra el suelo. Cuando escuchó una voz gritando "¡Peter!", se dio la vuelta para encontrar a una chica con un pequeño vestido suelto corriendo a tropezones hacia ellos.

—¡Hola, linda! —Peter se bajó del subibaja y besó ambas mejillas de la chica. Sin su peso para levantarla, Arden cayó de golpe al suelo.

—Me alegra *tanto* que hayas venido —dijo la chica con voz demasiado alta, como si no pudiera escucharse bien. Se inclinó hacia un lado y se balanceó en el hombro de Peter—. Por *Dios*, ¡ha pasado mucho tiempo! ¿Cómo *estás*, niño?

Él asintió.

—Bien, estoy muy bien.

—Oh, qué bueno. ¿Y dónde está Bianca hoy? —miró alrededor sin bajar los ojos los centímetros que harían falta para ver a Arden, quien suspiró y se puso de pie, jalándose la falda.

La chica levantó las cejas dramáticamente mientras asimilaba la presencia de Arden.

—*Ah*. Ya veo lo que está pasando. Peter, eres un conquistador. Como tu hermano, ¿verdad?

—Ay, no —protestó Arden, notando que la mano de Peter se contraía en un puño—. No es eso…

—Está bien —le aclaró la chica, acercándose tanto que se podía oler el alcohol en su aliento—. Tu secreto está a salvo conmigo. Secreto de chicas. Lo que Bianca no sabe, no le hace daño, ¿verdad?

—En serio —dijo Arden—, ni siquiera conocía a Peter antes de esta noche…

Pero la chica estaba mirando su teléfono con los ojos entrecerrados y ya había dejado de poner atención.

—Oh, síí, ¡viene Leo! —gritó.

Peter se sobresaltó, todo su cuerpo se puso tenso.

—¿Aquí? —preguntó con una opresión en su voz—. ¿Leo va a venir *aquí*?

—Eso es lo que dice —la chica mostró su teléfono como prueba.

—¿Le dijiste que estoy aquí?

—No-oh. Le puedo decir ahora…

Comenzó a escribir, pero Peter dijo:

—No, no, está bien. Debemos irnos de cualquier manera.

—Debemos irnos —repitió Arden. Tenía curiosidad, una curiosidad desesperada, de ver al exnovio de Bianca en persona. ¿Cómo era? ¿Qué había visto Bianca en él? ¿Realmente podía competir con Peter? Pero ella también entendía por qué Peter no querría verlo, quizás no nunca, pero definitivamente no tres días después de perder a Bianca.

—¿Quieren un trago antes? —preguntó la chica, pero Peter ya corría hacia la escalera que llevaba de regreso al edificio.

—¡Peter! —gritó Arden.

Él se dio la vuelta, con los ojos muy abiertos.

—Debo irme —repitió.

—Ya lo sé. Pero dame un minuto. Tenemos que ir por Lindsey primero.

—Bueno —dijo él—. De acuerdo. Pero apresúrate —revisó su reloj y su teléfono, y siguió a Arden de regreso a la jaula con la cabeza de maniquí sin cuerpo.

La adrenalina de Arden subió cuando se dio cuenta de que ni siquiera había pensado en preocuparse por su amiga en todo el tiempo que no estuvo. Gracias a Dios, Lindsey seguía sentada justo donde la dejó. Estaba muy metida en una discusión con la chica de la perforación en la nariz que halagó su aura cuando llegaron. Pero tenía un churro en la mano.

–¿Qué carajos es esto, Lindsey? –dijo Arden a modo de saludo–. ¿Qué pasó con eso de que estabas curada de espantos y no probarías ninguna droga hasta la universidad? ¿Recuerdas eso?

–Oigan, miren –masculló uno de los chicos en la jaula–. *Mamá* volvió.

–No lo estaba fumando –dijo Lindsey rápidamente–. Es de Jamie. Ah, sí. Arden, te presento a Jamie.

La chica con el aro en la nariz extendió su mano y dijo sin un rastro de sonrisa:

–Un placer.

Estrecharon sus manos y Jamie casi aplastó la de Arden en el apretón. Ella sacó su mano y la jaló hacia su pecho para más seguridad. No le importaba un carajo quién era Jamie o quién había sido técnicamente el poseedor de ese churro que estaba en la mano de Lindsey, porque nada de eso compensaría su absoluta incapacidad para mantener una promesa, o de pensar cómo sus acciones podrían afectar a alguien que no fuera ella.

–Peter tiene que irse –le dijo a Lindsey.

–Bueno –respondió ella. No se movió.

–Entonces, vámonos –agregó Arden, exasperada.

–Puedes ir tú –declaró Lindsey–. Yo me quedaré aquí.

La risa de Arden salió como un fuerte bufido. Jamie levantó una ceja.

–No seas tonta, Lindsey. Nos vamos.

Ella se encogió de hombros.

–No estoy lista aún.

–¿Por qué no?

–Porque la estoy pasando bien aquí.

–Se pueden quedar sin problema si quieren, chicas –comentó Peter–. Te veré por ahí, Arden, ¿de acuerdo?

Hizo un movimiento de avanzar hacia la puerta de la jaula, y Arden sintió una contracción desesperada en su pecho. Si se quedaba aquí y Peter se iba, todo terminaría. Ella habría conducido quinientos kilómetros y llamado a todas las librerías de Nueva York para esto, simplemente lo que ya tenía desde antes y nada más, y eso sería todo. Peter saldría de su vida hacia su siguiente aventura, y ella regresaría a casa sin nada.

Recordó aquella fiesta a la que habían ido casi dos meses atrás, en la casa de Matt Washington, la noche en que descubrió por primera vez a Peter. Cómo había salido esperando que todo cambiara y había regresado a casa exactamente igual.

No iba a dejar que eso sucediera de nuevo.

—No —le dijo a Peter—, queremos ir contigo —tomó a Lindsey de la mano y tiró de ella—. Vamos, Linds.

Lindsey inclinó su peso contra el sofá, con su mano floja dentro de la de Arden.

—Ya te dije. No estoy lista para irme. Vete sin mí, si es tan importante que sigas a Peter.

Arden le lanzó una mirada a Peter y se ruborizó.

—No lo estoy *siguiendo*…

—Ya sabes lo que quiero decir. Si quieres ir, ve. Yo me quedo aquí.

—Esa no es una opción, Lindsey. No voy a dejarte sola con un montón de extraños… sin ofender —agregó hacia el grupo de espectadores.

—¿Por qué no? —preguntó—. Puedo cuidarme sola.

—Ay, por favor —las palabras salieron antes de que Arden las pensara. Pero aun si las *hubiera* pensado, habría dicho lo mismo. Sin duda, Lindsey debía saber que era completamente incapaz de cuidarse a sí misma. Sin duda, esto no podía ser una novedad para ella. El churro en su mano, la prueba física de su promesa fallida, solo daba testimonio de esa verdad que las dos ya conocían.

Pero Lindsey reaccionó como si fuera una gran sorpresa.

—¿Qué quieres decir con "Ay, por favor"? —quiso saber, poniéndose de pie—. ¿Por qué piensas que no me puedo quedar aquí sola?

—Porque, ¿y si pasa algo?

–Algo... ¿cómo *qué*? –Lindsey lanzó sus brazos al aire en un gesto de desesperación–. ¿Como que hable con gente amable y haga amigos y tome una cerveza?

–Lindsey, te estás poniendo en ridículo. Deja de convertir esto en un gran problema y ven conmigo.

–Deja de decirme qué hacer –respondió ella.

Los ojos de Arden se abrieron de par en par.

–Siempre te portas como si supieras qué es lo mejor para mí. Estoy harta de eso. Te dije que no quiero ir. Así que ¿qué tal si *tú* dejas de convertir esto un gran problema y me dejas hacer lo que quiero?

–Ah, porque las cosas siempre salen *tan bien* cuando haces lo que quieres, ¿no? –replicó Arden.

–Claro –declaró Lindsey–. Las cosas salen bien.

–Bueno, apuesto a que así te parece porque solo haces lo que quieres y no piensas en las consecuencias. Porque *yo* recibo todas las consecuencias, Lindsey.

Arden estaba imparable. Todo eso había encendido algo en su interior, porque lo que sacaba de las palabras de Lindsey era básicamente lo mismo que había recibido de Chris doce horas antes, y era lo mismo que recibía todo el tiempo, de todos, gente que ni siquiera se daba cuenta de lo mucho que hacía por ellos, que ni siquiera apreciaba lo mucho que la necesitaban. Estaba harta de eso.

Así que, aunque Arden había planeado nunca contárselo a Lindsey, se descubrió preguntando:

–¿*Sabes* qué sucedió esa vez que encontraron tu yerba en mi casillero?

–¡Sí, claro! Te suspendieron y...

–Y va a quedar en mi archivo permanente –interrumpió Arden–. Va a estar en la información que les envíen a las universidades. No solo me suspendieron una vez, sino que tengo un historial conocido de uso de drogas. Todo mi futuro será diferente por tu estúpida decisión.

265

Lindsey se quedó en silencio mientras las palabras de Arden se asentaban. Lentamente se reacomodó en el sillón. Uno de los chicos sentado junto a ella soltó un silbido largo y bajo.

—No me contaste eso —dijo al fin.

—Porque no quería preocuparte. No quería que te sintieras mal. Así que *¿por qué no puedes simplemente devolverme el favor?* Dices que me quieres, y ay, eso es muy *tierno*, Lindsey, pero no creo que tengas ni idea de lo que realmente significa. El amor a veces significa sacrificar las cosas que quieres a fin de hacer feliz a alguien más. Significa apoyar a alguien, incluso cuando no tengas ganas, porque te necesitan —los ojos de Arden se sentían calientes mientras agregaba—: Y todavía te preguntas por qué ninguna chica quiere besarte. No sabes absolutamente nada del amor.

Escuchó que Peter hacía una expresión de sorpresa.

—Eso fue un golpe bajo —dijo Lindsey, con la voz atorándose en su garganta—. Ese fue un golpe despreciablemente bajo, Arden. Y en cuanto a la yerba, no tenías que culparte por mí. ¿Estás loca? Nunca te pedí que hicieras eso.

—No lo pediste —aceptó Arden—, pero me dejaste hacerlo.

—Cuando descubriste que iba a ir a tu archivo, pudiste simplemente decirles la verdad —arguyó Lindsey—. Dejar que yo asumiera la culpa. Yo habría estado bien.

Arden se imaginó a Lindsey sin el equipo de atletismo. Se imaginó cómo habrían reaccionado el señor y la señora Matson. Se la imaginó intentando entrar a la universidad o buscando trabajos, intentando hacer *cualquier cosa* con su vida, con sus terribles calificaciones y un registro de posesión de drogas. Quizás ese era el verdadero problema de Lindsey: su falta de imaginación.

Recordó la vieja teoría de su mamá de que algunas personas son flores y algunas son jardineros. Lindsey era el peor tipo de flor: una que ni siquiera se daba cuenta de que necesitaba un jardinero que la ayudara a sobrevivir.

–No siempre tienes que salir a mi rescate, Arden. Puedo arreglármelas sola –Lindsey hizo un gesto mostrándole la habitación–. Estaba muy bien aquí, hasta que apareciste y comenzaste a gritarme.

–¿Ah, sí? –dijo Arden.

–¡Pues sí!

–¿Así que ni siquiera me necesitas? Cuando fuiste la primera niña en nuestra escuela en declararse gay, ¿lo habrías manejado sin mí? Cuando tu papá casi murió, ¿no me necesitabas tampoco? ¿Honestamente crees que no necesitas a *mis* amigos, *mis* invitaciones a fiestas, los viajes en *mi* coche…? ¿Estarías bien sin nada de eso?

Lindsey levantó el mentón.

–Ni siquiera necesitaba tus estúpidas vacaciones en Disney.

Eso golpeó a Arden como un puño.

–¿Sabes qué pienso? –siguió diciendo Lindsey con los ojos encendidos–. Creo que *tú* necesitas que *yo* sea el desastre. Porque así tú puedes salir al rescate. "La la la, ¡soy Arden! ¡Soy importante! ¡Lindsey se *desmoronaría* sin mí!".

–¿Y crees que me *gusta* eso?–preguntó Arden, enfurecida.

–Ay, por favor. Sabes que sí.

–¿Crees que voy a tu rescate, cuando estás llorando o estás a punto de reprobar una clase o estás castigada, porque es *divertido*? ¿Para *mí*?

–No dije *divertido*…

–Lindsey, si así es como te sientes, entonces ya no volveré a rescatarte.

Su amiga se quedó en silencio, recelosa. Entrelazó los dedos sobre su regazo y miró a Arden con los ojos entrecerrados.

–Ya no voy a obligarte a recibir mi apoyo no solicitado –dijo Arden–. Puedes quedarte aquí con tus flamantes amigos nuevos y usar todos tus increíbles poderes de independencia, puedes volver a casa sola.

–A casa… ¿en Maryland? –preguntó Lindsey.

Arden lo pensó. Eso parecía poco realista. ¿Cómo iba a viajar casi quinientos kilómetros sin ella? ¿En qué autobús? ¿Con qué dinero?

—Aunque, si necesitas que te ayude... —se retractó Arden.

Lindsey frunció el ceño y negó con la cabeza.

—Pues bueno —Arden le ofreció una sonrisa triste—. Te quedas sola, tal como querías.

—¿Cuál es su problema? —soltó Jamie mientras Arden se daba la vuelta.

Arden hizo un gesto de dolor. Claro que una extraña pensaría que esto era su culpa. No sabía nada de ella ni de Lindsey ni de sus años de amistad o lo mucho que se había perdido en ese momento. No le importaba lo que esta chica pensara de ella. Pero miró a Peter. Porque si él pensaba que estaba equivocada, no creía tener lo que se necesita para dejar a Lindsey. No si eso significaba perder la confianza de él.

Pero Peter le sostuvo la mirada y asintió. Y eso le dio a Arden el valor para decirle a Lindsey:

—Estoy harta de esto. Que tengas suerte para encontrar la forma de salir de aquí.

Ella y Peter se alejaron caminando.

Creyó escuchar a Lindsey gritándole:

—¡Arden, espera!

Pero Arden no esperó. Y Lindsey no intentó detenerla.

Siguió caminando por donde llegaron dos horas y media atrás. Pasando la banda atonal de diez personas, bajando las escaleras iluminadas solo por miles de calcomanías que brillan en la oscuridad, a través del sótano del bosque encantado, por toda la Mansión Jigsaw hasta que logró salir al exterior y al fresco aire de primavera, donde, al fin, estaba libre.

Y eso nos lleva al presente

Aspirando aire a sus pulmones, Arden continúa alejándose de la Mansión Jigsaw, paso tras paso, tras paso, como si sus piernas hubieran olvidado cómo quedarse quietas.

–¿A dónde vas? –pregunta Peter. Casi está corriendo para alcanzarla.

–Lejos.

Arden llega hasta el Corazón de Oro y le quita los seguros, metiéndose en el asiento del conductor. Peter sube al asiento del copiloto –el asiento de Lindsey– sin decir palabra.

Ella da la vuelta a la llave en el encendido. Y… no sucede nada.

Frunce el ceño e intenta de nuevo. El coche sigue sin prender.

–Ay, por favor –dice Arden entre dientes. Saca la llave del encendido y le sopla. No tiene razón para creer que soplar en la llave servirá de algo, una llave no es una cucharada de sopa muy caliente, pero no sabe qué más hacer.

–¿Pasa algo malo? –pregunta Peter.

–Mi coche no enciende.

Peter parece desconcertado por esto, y Arden se da cuenta de que aunque ella sabe cero cosas sobre mantenimiento automotriz, aunque de hecho vertió una bebida de Dairy Queen bajo el cofre de su automóvil, aun así está mejor que este chico, quien vive en Nueva York y no conduce fuera del BMW de su papi en su casa de playa.

–Se descompuso en la carretera más temprano –explica Arden–. Lo dejé apagado por unos minutos para que se recuperara, y después de eso pareció estar bien. El motor se había sobrecalentado, creo, lo cual tenía sentido

271

porque lo había estado conduciendo a toda velocidad por horas. Pero ahora solo ha estado aquí parado todo este tiempo mientras estábamos en la Mansión Jigsaw, así que no sé por qué… —ella deja de hablar e intenta con la llave una vez más. *Por favor, por favor, por favor, solo necesito que esto funcione*, piensa con tanta fuerza como puede.

Nada.

—¡Aaarghhh! —Arden tira la llave y esta repiquetea en el suelo del coche. Abre la puerta de golpe, se lanza a la calle y comienza a patear el Corazón de Oro, con sus pies azotando las llantas como si fueran sacos de boxeo.

Solo se detiene cuando Peter la toma por detrás, envolviendo sus brazos alrededor de ella para evitar que lance su puño contra la ventana.

—Shhh —susurra él.

—¿Por qué no funciona? —grita—. Cuido a este coche. Lo trato bien. Así que ¡¡por qué no… funciona!? —da una última patada antes de que Peter la aleje. Él comienza a reírse, y Arden gira, con los puños apretados.

»¿Te estás riendo de mí?

—No. Es solo que… apenas llevas unas cuantas horas aquí y ya estás comportándote como una verdadera neoyorkina.

—¿De qué hablas? —exige saber ella.

—Peleándote con objetos inanimados. Experimentando ataques de rabia.

—No soy una neoyorkina.

—Bueno, entonces solo estás teniendo una respuesta muy neoyorkina. Confía en mí, viene con el territorio cuando ocho millones de personas intentan compartir recursos limitados. Una vez vi a un tipo literalmente pelearse a golpes con un buzón porque se interpuso en su camino.

Esto distrae a Arden de su ataque de rabia.

—¿Quién ganó?

—El buzón, por supuesto, pero el tipo le dio buena pelea. Te digo, estas cosas pasan todo el tiempo en esta ciudad. La gente ya ni siquiera se da cuenta.

Arden mira hacia la multitud reunida afuera de la Mansión Jigsaw: la gente esperando en la fila para entrar (todavía, aunque ya son casi las dos y media de la mañana), las hadas aladas fumando cigarros en la calle. Peter tiene razón. A ninguno de ellos parece importarle que al otro lado de la calle hay una chica peleándose a golpes con su coche, como si estuvieran en un ring. Hay algo desconcertante en el hecho de que nadie esté observando su escena, nadie se acerca a preguntar qué sucede o si necesita ayuda; pero lo que también es desconcertante es que eso no le molesta, porque la hace sentir *como si pudiera hacer lo que se le diera la gana.*

—¿Cuál es el plan con tu coche? —pregunta Peter.

—No lo sé. Solo quiero salir de aquí. Quiero *ir* a alguna parte.

—Yo también —reconoce Peter. Ella lo mira observando por la calle vacía, y asume que está vigilando por si viene Leo.

Ahora que su furia ha pasado, se siente agotada. Se sienta en la acera. Las preguntas amenazan con traspasar los límites de su conciencia: *¿Cómo voy a volver a casa si mi coche no funciona? ¿Cómo va a volver Lindsey a casa? ¿Cuándo voy a irme a casa?*

Como si de alguna manera presintiera que Arden está atormentada por preocupaciones pragmáticas, y sabiendo que "preocupaciones pragmáticas" bien podría ser su segundo nombre, Chris escoge este momento para llamarla.

Ella contesta automáticamente, ni siquiera se molesta en considerar si quiere hablar con él en este momento. Siente que ya no tiene capacidad de pelear, la usó toda con Lindsey y el Corazón de Oro, y ahora está vacía.

—¿Qué? —dice con voz cansada.

—Oh, vaya, ¡sigues despierta! Bien, qué bueno. Pues te llamo solo porque, eh, Jaden quiere saber si queremos encontrarnos con él a mediodía en Piccino mañana. ¿Vas?

Es raro, escuchar la voz de Chris y el nombre de Jaden, esos distintivos de casa, mientras ella está sentada en una acera fuera de la fiesta de un bosque encantado en Brooklyn, con su piel cubierta de marcador. Se había imaginado que había entrado a otra dimensión, pero ahora resulta que no fue así.

—No puedo a esa hora. Lo siento. ¿Por qué sigues *tú* despierto? –le pregunta a Chris distraídamente. En cuanto Arden respondió el teléfono, Peter comenzó a caminar por la calle. Ella mantiene la vista puesta en él, preguntándose adónde va. Parece poco probable que vaya a abandonarla ahí, pero si por alguna razón lo hiciera, no tiene idea de qué haría. Ni siquiera sabe dónde está.

—No podía dormir –Chris se aclara la garganta–. Supongo que estaba preocupado… de que siguieras enojada conmigo. ¿Sigues enojada conmigo?

Parece que hubieran pasado un millón de años desde su pelea con Chris. De hecho, le toma un segundo recordar específicamente por qué pelearon, y luego la sorprende pensar en él, sentado en su cama solo y extrañándola, mientras ella está a cientos de kilómetros, haciendo burbujas de jabón gigantes en al aire. La idea la hace sentir poderosa. Dejarle saber cómo es, por una vez. Dejarle saber cómo se siente ser a quien dejan atrás.

—Parece que sigues enojada –dice Chris tras un momento de silencio de Arden.

Sí, es verdad, pero ahora parece absurdo estar enojada con él, cuando él es la razón por la que está aquí, en Nueva York, con Peter. Parece absurdo estar enojada con él, porque no hay cantidad de rabia ni discusiones que pudieran convencerlo de que lo que él realmente quiere, más que nada en el mundo, es estar a su lado. No sabe realmente qué caso tiene. Quiere que las cosas entre ellos estén bien de nuevo, pero estar enojada con él no va a hacer que eso suceda.

—No estoy enojada –dice–. Solo estoy decepcionada –Peter ha desaparecido de su vista, y ella se levanta para intentar descubrir adónde fue.

—Lo compensaré –promete Chris, y probablemente podría y lo haría, si la decepción de Arden fuera solo sobre él y lo que sucedió hoy.

–¿Cómo estuvo lo de la película? –pregunta Arden. Está caminando por la calle lentamente, alejándose de la fiesta y de su coche, buscando a Peter.

–Estuvo genial –responde Chris–. Todos fueron súper amables y de verdad sentí que me trataban como un igual, ¿sabes? No solo un estudiante de preparatoria cualquiera. Esto va a ser una gran experiencia de aprendizaje, desde ahora lo sé. La chica que interpretará a Gretchen parecía muy interesada en *Un cuento de hadas americano*. Dijo que podría ir a uno de nuestros ensayos alguna vez, si el señor Lansdowne está de acuerdo.

–Qué bueno –dice Arden desinteresadamente.

Chris suspira.

–Nena, ¿por qué estás tan desanimada?

Esto atrae su atención de vuelta al teléfono.

–Es solo muy… tarde –explica–. No estaba esperando que me llamaras a estas horas. Pero me alegra que hayas tenido una noche divertida.

–De acuerdo –dice–. ¿Y tú estás bien?

–Sí –responde ella–. Estoy bien. Hablamos mañana, ¿de acuerdo?

–Sip. Te amo.

–Yo también te amo –pero las palabras se sienten como una mentira, y Arden se pregunta si ayer también, y el día anterior; si siempre fueron mentira, o si realmente las sintió alguna vez, y si lograría volver a sentirlas de nuevo.

Pone en silencio su teléfono, lo mete en su bolsa y recorre la calle con pasos enormes buscando a Peter. Una vez que termina la multitud que rodea la Mansión Jigsaw, la calle está relativamente tranquila, relativamente en cuanto a todos los otros lugares que ha visto en Nueva York, o sea, con solo algún taxi ocasional.

Ve a Peter más adelante, caminando de regreso hacia ella.

–Ahí estás –dice Arden–. Lo siento. Tenía que contestar. No quise…

Él la toma de la mano.

–Ven conmigo. Encontré la solución a todos nuestros problemas.

Arden se burla, porque entre los dos tienen tantos problemas que no se imagina cuál sería la solución.

Corren hasta la esquina, y Arden mira en ambas direcciones sin encontrar nada más que un lugar de comida rápida, más taxis, más almacenes, unas cuantas pilas de bolsas de basura y una limusina.

–Eh... –dice ella.

Peter abre la puerta de la limusina y con galantería le hace una seña a Arden para que suba.

–Señora mía –dice.

–Peter. ¿Cómo conseguiste de pronto una *limusina*?

–Oh, solo le hice una seña para que se detuviera –hace gestos de estirar su brazo en al aire.

–Le hiciste una seña. Como a un taxi. Solo que detuviste una *limusina*.

–Síííí –él arrastra la palabra, pensativo–. Algunas personas rentan una limusina toda la noche. Quieren que esté ahí para dejarlos y regresarlos a sus casas al final del evento, ¿sabes? Entre esos dos momentos, el conductor puede dar la vuelta, por si encuentra a algunos pasajeros y gana un poco de dinero extra.

–Así que le hiciste una seña –dice Arden de nuevo, intentando hacerse a la idea.

–Correcto.

–¿Cuánto cuesta un viaje en limusina? –Arden echa un vistazo por la puerta abierta hacia adentro. Nunca se ha subido a una, aunque ella y Chris van a rentar una limo con otros ocho chicos del teatro para la graduación, la cual está a solo cinco semanas. Ayer estaba emocionada por el primer viaje en limosina de la Arden del futuro, con su cabello arreglado profesionalmente y acompañada por el chico que ama, tan alto, guapo y gallardo en un esmoquin junto a ella. Pero hoy Arden no quiere esperar.

–Yo pago –dice Peter–. Y es barato.

Los ojos de Arden van rápidamente de la calle hacia el coche.

–Dijiste que solo querías ir por ahí –le recuerda Peter.

–Eso quiero –reconoce Arden, y sube.

Peter entra después de ella y cierra la puerta. Adentro, la limusina es silenciosa, con largos asientos de piel negra. Hay un complicado sistema audiovisual con una televisión y una entrada de iPod, y un panel con incontables botones para controlar todo, desde la temperatura hasta el techo que se desliza y el intercomunicador con el conductor. Arden los presiona todos.

–¿A dónde van? –pregunta el conductor por el intercomunicador. Tiene un acento extranjero que no puede identificar, y la hace sentir un poco como si estuviera en una película de James Bond que vio en el Glockenspiel el verano pasado–. Tengo que estar en Williamsburg antes de las cuatro, así que no muy lejos –advierte el conductor.

–¿Tienes que ir a casa en algún momento? –le pregunta Peter a Arden.

Ella lo mira confundida.

–O sea, ¿tu mamá te está esperando en casa?

Claro. Él cree que se está quedando con su madre el fin de semana. Porque eso tendría sentido.

–En algún momento –responde–. ¿*Tus* padres te esperan en casa?

Peter levanta una ceja y sonríe.

–En algún momento –y, dirigiéndose al conductor, dice–: Llévenos a Manhattan. Sobre el puente de Brooklyn, por favor.

Él apaga el intercomunicador y la limosina se echa a andar.

Arden y Peter están sentados en lados opuestos y se miran sobre la mesa el uno al otro.

–Pues bien –dice Peter, y Arden comienza a reírse.

–Tenías razón. Encontraste la solución a todos nuestros problemas.

Arden es un buen partido

–¿Y quién te estaba llamando tan tarde? –pregunta Peter mientras la limusina se desliza por las calles de Brooklyn–. ¿Era Lindsey pidiendo que volvieras?

El estómago de Arden da un vuelco al escuchar el nombre de su amiga.

–Era mi novio –admite.

Peter reacciona ante la palabra "novio". Inmediatamente se interesa, y Arden se pregunta, no por primera vez, si lo más interesante sobre ella es ser la novia de alguien.

–¿Cómo se llama?

–Chris.

–¿Cuánto tiempo llevan de tortolitos?

–Un año –traga saliva con dificultad–. Un año hoy.

Peter silba.

–¿Qué me puedes decir de él?

Eso es fácil de responder. Puede decir muchas cosas de Chris.

–Está en la preparatoria, como yo. Es un actor súper talentoso. Quiere estudiar Teatro en la universidad, y después de eso planea ir a Hollywood. Pero es buen estudiante. No es como que holgazanee en sus otras clases, aunque no necesita *excelentes* calificaciones para entrar en un programa de Teatro, si su audición es suficientemente sólida.

–¿Es popular?

Arden se encoge de hombros.

–No en el sentido *cool*. Pero le cae bien a la gente.

–¿Atractivo?

Arden asiente.

—¿Atlético?

—Pues, puede correr más de un kilómetro, así que para mis estándares, sí.

—¿Recicla?

Arden se ríe.

—Sí.

—Suena perfecto —concluye Peter. Descansa sus codos sobre las rodillas y se echa hacia adelante, mirándola. No hace la siguiente pregunta, pero Arden puede sentirla en el aire entre ellos: "Si Chris es tan talentoso, tan ambicioso, tan inteligente, tan agradable y tan atractivo, ¿entonces por qué no estás con él justo ahora? Si Chris es tan perfecto, *¿por qué estás aquí?*".

Peter no pregunta, pero Arden quiere decirle de cualquier modo. Él le ha revelado todos sus secretos. No hay razón por la que ella no pudiera hacer lo mismo.

—No estoy segura de que sea perfecto *para mí* —dice.

Nunca había admitido eso. Ni siquiera para ella misma. Todos los demás los conocen a Chris y a ella como parte de la dupla Arden-y-Chris y no lo entenderían. En Chris ella ha conseguido todo lo que quería, pero aun así no se siente feliz. Así que quizás hay algo mal en ella. Una inconformidad profunda.

—Si por alguna razón no funciona entre ustedes dos, estoy seguro de que encontrarás a alguien más —dice Peter.

—¿Por qué? —pregunta ella.

—¿Por qué qué?

Sacude la cabeza, porque no quiere poner en palabras lo que quiere decir, que es: *¿por qué alguien más querría estar conmigo?*

Pero es como si él entendiera su pregunta silenciosa, porque responde:

—Porque eres un buen partido.

Él mete la mano bajo su asiento de cuero y sus ojos se iluminan cuando encuentra lo que estaba buscando: un compartimento de licor, el cual abre y triunfantemente saca una botella de cristal con líquido café oscuro.

—Pero ¿y si *no* encuentro a nadie más? ¿Y si cualquiera que me guste… yo no le gusto? –pregunta Arden. No quiere admitir que nunca había encontrado a nadie antes de Chris, porque Peter parece tener mucha más experiencia en el amor y las citas que ella.

—Pues en ese caso, estarás sola –Peter se sirve un vaso del licor–. No es el fin del mundo, ¿verdad?

—¿*Tú* no crees que lo es? –argumenta Arden.

Él sonríe, da un trago y no dice nada.

—¿Es siquiera legal tomar en un vehículo en movimiento en Nueva York? –pregunta Arden.

—Ventanas polarizadas –dice Peter, haciendo girar el líquido en su vaso.

—¿Por qué hay una botella de alcohol ahí, en todo caso? –quiere saber Arden.

—Supongo que quien rentó la limusina esta noche *también* quería beber en un vehículo en movimiento.

—¿Está bien que te tomes sus cosas?

Peter pone los ojos en blanco.

—Son lo suficientemente ricos para rentar una limusina por una noche aunque hay horas en las que ni siquiera la están usando. Creo que son lo suficientemente ricos para poder soportar perder un trago de Jameson.

Arden acepta que hay cosas en esta ciudad que simplemente no entiende y sigue adelante.

—Oye, Peter, quería decirte que lamento lo que ocurrió allá –dice–. Esa pelea con Lindsey, y cómo me puse en el coche. Debes pensar que estoy demente, apareciéndome aquí y gritando por todos lados, cuando hace unas horas ni siquiera me conocías.

Peter hace un gesto de desdén.

—No me molesta un poco de locura. Y como te dije, todos hemos hecho cosas de las que no estamos orgullosos.

Y Arden siente que esto los une. Su culpa compartida.

–¿Crees que hay algo de verdad en lo que estaba diciendo Lindsey sobre mí? –pregunta–. ¿Que necesito que ella sea el desastre para poder ser la salvadora? ¿Todo eso? –no sabe cómo Peter podría responder esta pregunta si no la conoce a *ella*, pero siente como si él lo supiera todo.

–Claro que no –dice Peter–. Solo estaba enojada.

Arden apoya su cabeza contra la ventana.

–Cuando desperté esta mañana, no me imaginé que mi día sería así –le explica.

–Yo tampoco. Pero nada parece salir como yo esperaba. No sé por qué sigo esperando cosas.

–¿A dónde vamos? –pregunta Arden. Justo ahora, siente que podría ir a cualquier lugar.

–No lo sé –responde Peter–. Pero mira por la ventana. No quiero que te pierdas esto.

Ella se asoma. Están pasando por un puente sobre un río. Es un puente suspendido, construido con piedra y gruesos cables. Las torres forman un arco y se elevan hacia el cielo, trayendo a la mente las fotografías de las catedrales góticas de Europa que Arden ha visto en su libro de Historia. Más allá de las torres, ve el horizonte de Manhattan extendiéndose ante ella, iluminando la noche con sus brillantes rascacielos y sus puntas tan juntas que parecen un poderoso monolito.

Recuerda el desagradable anuncio de neón de su viaje de la infancia a Nueva York con su madre. Esta vista de la ciudad tiene un resplandor similar. Pero se siente diferente, porque ella está afuera, viéndolo todo. Esto le recuerda más la exuberancia de las montañas de Maryland por las que pasó esta tarde: algo tan grande que es imposible de comprender.

–Nunca me canso de esta vista –dice Peter, pero sus palabras son lentas. Se recuesta. Después de un momento, Arden hace lo mismo en el asiento al otro lado de él. Pone en punta los dedos de sus pies y estira los brazos sobre su cabeza, y aun así hay espacio más allá de su alcance. Tiene la desconocida sensación de que el mundo se está moviendo a su alrededor mientras ella está tendida sin inmutarse.

La limusina sale del puente y baja hacia la ciudad. Arden y Peter están tendidos a cada lado, y escuchan los sonidos del tráfico al otro lado de las ventanas polarizadas; todas las luces rojas cambian a verde para ellos.

Arden
siente como
si volara

Después de recorrer las calles de Manhattan por cerca de veinte minutos, la limusina se detiene. Por el intercomunicador, el conductor les dice:

—Debo irme ya. Dije que estaría en Williamsburg pronto.

Peter y Arden le agradecen y salen del vehículo. Como lo prometió, Peter paga y ahora están parados en una calle cualquiera en Manhattan. El señalamiento de la calle dice MERCER, lo cual para Arden puede significar cualquier cosa. Hay más coches que en Brooklyn. Más luces. Casi las mismas bolsas de basura. El hecho de que pasan de las tres de la madrugada no parece tener impacto en la gente que está de fiesta en el bar al otro lado de la calle ni en la tienda abierta al lado, con un gato sentado en su ventana, lamiéndose la pata.

—¿Adónde? –pregunta Arden.

—Caminemos –dice Peter.

Caminan.

—¿Y qué vas a hacer respecto a Bianca? –pregunta Arden luego de una calle o dos.

Peter hace un gesto.

—Esta noche solo vamos a hablar de cosas felices, ¿recuerdas?

—Pero esta es la única noche que me tendrás aquí para hablar en persona. Y soy mucho más útil en persona de lo que soy leyendo tu diario en Internet. Así que habla.

—No lo sé –responde él.

—Peter, aunque no puedas recuperarla, encontrarás otra chica. Alguien que *pueda* ser feliz por ti cuando tus sueños se hagan realidad.

—¿Porque soy un buen partido? –pregunta sonriendo.

—Exactamente.

La sonrisa desaparece de su rostro mientras dice:

—No entiendo cómo pudo hacerme esto. No entiendo cómo alguien es capaz de dejar a alguien a quien ama como si nada. A menos que en realidad no lo amara.

Arden abre la boca para darle la razón, pero luego no lo hace.

—No lo sé. Acabo de dejar a Lindsey. Y eso no es porque no la ame.

—Ah, no hablaba de *ti* –le asegura Peter.

Pero quizás debió hablar de ella. Quizás ella acababa de hacer algo que Peter no podía entender, porque ni siquiera ella puede entenderlo bien. Nunca antes había hecho algo así. Todo lo que sabe es que no se arrepiente.

Se pregunta si así es como su madre se sintió cuando se fue. Esta libertad aterradora.

No tiene a nadie a quien rendirle cuentas. Nadie la necesita. Nadie sabe dónde está. Podría hacer lo que quisiera justo ahora.

Y se da cuenta de que ni siquiera sabe qué quiere hacer.

Piensa de nuevo en la carta de su madre, esas palabras que revuelven su mente contra su voluntad. "Solo sabía quién era en relación a alguien más. Por años fui la esposa de alguien, la madre de alguien, la amiga de alguien, la hija de alguien. Y por una vez, quería ser alguien por mí misma". Arden tuvo un destello de comprensión de esa idea, porque esta noche, por primera vez, está siendo alguien por ella misma.

Llegan a una intersección complicada, con media docena de calles que convergen alrededor de un pequeño trozo de tierra que tiene una enorme escultura de un cubo de metal en su centro.

—¿Qué es eso? –pregunta Arden señalando el cubo, que se está balanceando sobre una de sus ocho esquinas.

—Es una escultura –explica Peter–. Ha estado aquí toda mi vida. Ven, déjame enseñarte algo genial.

Ella asiente, y él la guía por los carriles del tráfico. Los coches viran alrededor de ellos, todos hacen sonar el claxon, pero de alguna manera llegan a la isleta vivos.

De cerca, el cubo se ve aún más grande de lo que parecía desde el otro lado de la calle. La cabeza de Arden apenas alcanza las esquinas más bajas. Hay un hombre que parece ser un vagabundo tendido debajo de una manta gris a un lado de la base del cubo, y al otro lado tres chicos punk con crestas verdes y alfileres de seguridad en sus labios están sentados compartiendo una bolsa de patatas fritas.

–Disculpen –grita Peter con fuerza hacia el grupo. Arden piensa en cuánto ha bebido y se pregunta si le habla a los desconocidos cuando *no* está lleno de whisky.

Los tres punks lo miran con hostilidad evidente. El vagabundo no parece siquiera reunir las fuerzas para responder.

Arden se pregunta si eso tan genial que está por ver es a Peter siendo golpeado en la cara. Espera que no. Es una cara que merece algo mucho mejor que un golpe.

–Arden, aquí presente, nunca antes ha estado en nuestra ciudad –dice Peter. Hace una pausa, como si esperara que los extraños dijeran "¡Bienvenida, Arden!". No lo hacen. Él continúa–: Así que, como es su primera vez, nunca ha visto lo que este cubo puede hacer. ¿Les importaría levantarse para poder enseñarle?

Por un momento, nadie se mueve.

–De verdad no quiero aplastarlos –agrega Peter.

La chica punk se encoge de hombros.

–Qué más da –se pone de pie, se aleja del cubo y se para a un lado con los brazos cruzados, lista para volver a su lugar en el instante en que le den permiso. Una vez que ella está de pie, sus dos amigos se le unen y, notando que es el único que no colabora, el vagabundo suelta un suspiro cansado y también se hace a un lado.

Ahora el área directamente debajo del cubo está libre, y Peter le lanza a Arden una sonrisa deslumbrante.

–¿Lista? –pregunta–. Ve a poner tus manos en esa esquina –ella lo hace. Él pone sus manos en la siguiente–. Ahora, ¡empuja!

Arden empuja. Al principio se siente como una idiota, ahí parada y empujando con todo su peso contra un bloque de acero inmóvil, con una audiencia muy poco entretenida. Pero un minuto después, mientras empuja su esquina y Peter la esquina frente a ella, el cubo comienza a rotar sobre su eje. Lentamente al principio, como si hubiera estado quieto por tanto tiempo que hubiese olvidado que sabía cómo girar. Pero luego se sacude la inercia y toma velocidad, girando tan rápido que Arden casi tiene que correr para seguirle el paso. Nota que dos de los punks se han unido, cada uno tomando una esquina propia y corriendo. Gritan y vitorean. Van tan rápido que los pies de Arden se levantan del suelo, solo un poco, y ella se sostiene de la esquina tan fuerte como puede, porque por un momento, siente como si volara.

Después de unos minutos bajan la velocidad y el cubo se detiene. Los punks vuelven a sentarse y a comer sus patatas. El vagabundo regresa a la cama. Y Arden y Peter se van caminando entre la noche. Peter parece un poco desequilibrado, por alguna combinación del alcohol y las vueltas, sospecha ella.

–¿Qué te pareció? –pregunta él.

–Me encantó –responde–. Ahora es mi turno. ¿Quieres ver algo genial?

–Claro –él mira alrededor–. ¿Qué es?

–Ven conmigo y te mostraré.

Arden vuelve al inicio

Luego de caminar cuarenta y cinco minutos, llegan a su destino. No debió haber tomado tanto tiempo, pero Arden estaba avanzando con el mapa de su teléfono y dio algunas vueltas equivocadas al principio. Para cuando estuvieron cerca, el teléfono se había muerto por completo.

–Es una cuadrícula –había dicho Peter en voz alta varias veces–. Sabes que las calles están en una cuadrícula, ¿verdad? ¿Puedes simplemente decirme adónde vamos y yo encontraré el lugar?

–Shh –respondía Arden. Había concluido que Peter estaba algo ebrio. Más bien *bastante* ebrio, si se tiene en cuenta lo mucho que lo ha visto beber en el transcurso de la noche contra lo poco que comió en el restaurante. Está aguantando mejor que cualquiera al que haya visto ebrio en la fiesta de Matt Washington, eso sí.

En un punto en su caminata, Arden vio una pequeña figura oscura cruzando la calle a toda velocidad frente a ella, salida de una de las pilas de bolsas de basura, y luego desapareció en una abertura en la fachada de un edificio. Incluso antes de que se diera cuenta conscientemente de qué era, Arden soltó un grito y se aferró al brazo de Peter.

–¿Qué? –preguntó él.

–¡Era una rata! –aún aferrada a Peter, Arden lo apresuró hacia la calle para alejarse de la pila de basura que parecía haber sido la madriguera de la rata, pero más adelante había otra pila de bolsas de basura, y más allá de esa, *otra*, y Arden no podía correr para siempre (apenas podía correr, en realidad) y parecía no haber un lugar en la calle que estuviera libre de ratas.

–¿La tocaste? –preguntó él, confundido.

–Gracias a Dios, no.

Él se encogió de hombros.

–Entonces no te preocupes. ¿No sabías que en esta ciudad hay tantas ratas como gente?

–¿Es una *broma*?

Peter aún parecía impávido.

–Nop.

Arden negó con la cabeza.

–Este lugar es aterrador. Estoy aterrorizada –siguió tomada del brazo de él mientras caminaban. Solo por si acaso.

Y ahora ya llegaron.

Es un enorme edificio de piedra en la Quinta Avenida, en medio de las tiendas departamentales y restaurantes de carne, no muy lejos de Times Square.

Las paredes de los primeros cuatro pisos están cubiertas de ventanas, para que los transeúntes puedan ver los exhibidores.

–Llegamos –dice Arden.

Peter lee el letrero en voz alta.

–La tienda de Muñecas Como Yo. Ah, sí, recuerdo las Muñecas Como Yo. Todas las niñas en mi primaria las tenían. Hasta yo quise una por un tiempo, pero mi papá dijo que los niños no juegan con muñecas. Mi papá está inapropiadamente apegado a las reglas de género.

Arden no ha estado aquí desde que vino cuando tenía nueve años. Le parece sorprendentemente familiar, y se da cuenta de que su única visita había quedado guardada en su cerebro todos estos años. En las clases de ciencia a principio del año aprendieron algo llamado "destellos de memoria", recuerdos increíblemente vívidos y precisos de instantes monumentales en la vida de una persona. La mente de Arden había formado un destello de memoria de su viaje a la tienda de Muñecas Como Yo, y ella ni siquiera lo había sabido hasta que lo vio de nuevo.

–Mi mamá me trajo aquí cuando era niña –recuerda Arden–. Fue nuestro primer viaje sin mi padre y mi hermano. Nuestro último viaje sin ellos, también. Mamá dijo que la tienda de Muñecas Como Yo no iba a despertar el interés de un niño y un hombre adulto –le ofrece una sonrisa a Peter–. Quizás ella también está muy apegada a las reglas de género.

Arden mira por el escaparate principal, que está lleno de piso a techo de Jessalynn, la Muñeca Como Yo del Año, quien es "patriótica, atlética y siempre trae un rayo de sol al día de todos". Jessalynn es rubia, con ojos café y bronceada, y por sus accesorios Arden sabe que está en la escolta de su escuela. La muñeca Jessalynn está rodeada por un número absurdo de banderas.

Se pregunta en qué se convertirá Jessalynn cuando crezca. ¿Qué tal si descubre nueva información sobre Estados Unidos, sobre su participación en las guerras o la corrupción en su gobierno, y ya no se siente tan patriótica? ¿Y si renuncia a ondear la bandera y al deporte a fin de pasar más tiempo con su novio o novia, o para unirse a una pandilla, o para estudiar para los exámenes de la universidad? ¿Y si ya no quiere llevar un rayo de sol al día de todos? ¿Y si se vuelve demasiada responsabilidad, o si a ella simplemente le deja de importar?

–¿Quieres comprar una? –pregunta Peter–. No van a abrir hasta dentro de unas horas, ¿sabes? Pero está bien. Podemos esperar. Y cuando abran, te compraré tu muñeca, Arden. Te compraré la muñeca que quieras. También yo me compraré una, solo para molestar a mi viejo.

Ella no le pone atención. Rodea la tienda, echando un vistazo en todas sus ventanas. Y ahí, en la ventana más lejana al doblar la esquina, Arden se encuentra a sí misma.

Esta ventana muestra un letrero que dice MUÑECAS COMO YO DEL PASADO y sus podios exhiben todas las muñecas de los últimos quince años. Ahí está Tabitha, su Tabitha, "elegante e inspiradora". Ahí está la "valiente y comprometida" Jenny, la "lista y adorable" Katelyn, y otras muñecas que fueron creadas después de la suya, chicas que ella no reconoce porque ya estaba muy grande para cuando salieron.

Y ahí está Arden. Cabello café, ojos miel, overol perfecto para jugar en el bosque. Se ve igual que la Muñeca Arden en el estuche de cristal en su dormitorio, pero es diferente verla aquí, entre sus hermanas muñecas.

—Esa soy yo —le dice a Peter, señalando su muñeca, acomodada entre Tabitha y Lucy.

—Ya lo sé —dice él.

Ella se da la vuelta para mirarlo. ¿*Cómo* podía saber algo así? ¿Era posible que lo hubiera concluido solo? Nadie nunca había descubierto este hecho sobre Arden sin que ella se los dijera, pero quizás tendría sentido, que Peter supiera algo secreto sobre ella, ya que ella sabía tantas cosas secretas de él.

—Ese soy yo también —sigue diciendo, y señala el escaparate de la tienda y hace una cara chistosa.

Ella se vuelve a voltear, intentando entender de qué habla o si solamente está tan ebrio que está diciendo locuras. Luego exhala al comprender lo que está pasando.

Los dos se reflejan en el escaparate, las siluetas fantasmales de sí mismos son visibles bajo la luz de las farolas. A eso se refiere Peter.

Ella puede ver su vestido sexy y su cabello despeinado por el viento, y las palabras escritas en todo su torso. Se ve a sí misma tan borrosa, justo a un lado de la Muñeca Arden detrás del cristal, y por un momento es difícil saber cuál de las dos es real.

—No —le dice a Peter—. Quiero decir que *esa* soy yo —señala la muñeca—. ¿Ves donde dice "Arden es increíblemente leal"? —él se inclina hacia adelante para leer, luego asiente—. Esa soy yo. La compañía de Muñecas Como Yo basó esa muñeca en mí.

Él la mira sin comprender realmente.

—¿Ves? —pregunta ella—. ¿Ves cómo su cabello es café, como mi cabello es café? Y sus ojos son miel, igual que los míos. *Soy yo.*

Él solo sacude la cabeza, sin disposición para gastar energía mental descifrando qué quiere decir Arden.

–No seas tonta –dice él–. No eres una muñeca.

Parece que toda la noche se queda quieta: los coches dejan de hacer ruido al pasar, las lámparas dejan de zumbar, la brisa de la primavera se calma.

–¿Cómo lo sabes? –susurra ella.

–Porque –dice él, impaciente–. No tiene sentido. Las personas no pueden ser muñecas.

Él se sienta en la acera. Arden se queda de pie, contemplando las muñecas sin ver a ninguna. Pasa un largo rato.

–Como sea, ¿qué significa? –masculla él desde detrás de ella.

–¿Qué?

–"Lealmente increíble", o lo que sea.

–Significa estar ahí para alguien que amas, sin importar lo que suceda –explica Arden. Su voz se amarga un poco cuando agrega–: Incluso cuando no quieres estar.

–Si no quieres hacer algo, no tienes que hacerlo –dice Peter–. Nadie puede *obligarte* a que hagas nada. Es un país libre.

Finalmente, Arden se aleja de la ventana que muestra las muñecas.

–Pero si no fuera increíblemente leal –pregunta–. ¿Qué sería?

Peter se quita los lentes, como para verla mejor, y en el brillo de las farolas su rostro se ve tan desnudo y puro.

–Serías Arden, claro.

Se sienta junto a él en la acera y sostiene sus rodillas contra el pecho. Visualiza a su inmaculada muñeca Arden segura en casa, que se ve exactamente como esta, y siente como si Peter hubiera lanzado una máquina demoledora directo contra su estuche, lanzando fragmentos de vidrio por todas partes. Ya nunca sería capaz de unir las piezas de nuevo. Ni aunque quisiera. Y lo que encontró del otro lado de ese cristal es solo una muñeca. No un decreto, no el futuro, no a sí misma. Solo un objeto inanimado para que los niños jueguen y lo olviden al crecer. Nada más.

Durmiendo con Peter

Para cuando Arden y Peter se dirigen hacia la casa de él en Gramercy, ya son más de las cinco de la mañana. Peter le da su dirección al taxista y pasa todo el camino con la cabeza apoyada contra la ventana y los ojos cerrados. No dice nada, y tampoco Arden. Está intentando descubrir qué va a suceder. Va a dormir en casa de Peter, ¿verdad? ¿Por qué más estaría en un taxi con él? ¿Dónde más dormiría?

Pero dormir en casa de Peter... ¿*qué* significa?

No pregunta. Porque si preguntara, Peter podría darse cuenta de qué es exactamente lo que están haciendo.

Salen del taxi y él le da un montón de dinero al conductor, mucho, al parecer, pero el conductor no protesta, así que Arden tampoco dice nada. El edificio de Peter es uno de aproximadamente una docena que rodean un pequeño parque. El parque tiene una reja de hierro forjado a su alrededor, y las puertas para entrar están cerradas.

—Solo puedes entrar si eres rico —dice Peter—. La gente normal no puede entrar a ese parque. Pero si eres rico, te dan una llave. Nosotros tenemos una llave. Pero no la traigo.

—¿Toda la gente rica puede entrar en ese parque? —pregunta Arden, perpleja.

Él la mira con gesto desconcertado, como si ella fuera la que estuviera diciendo algo raro.

—No. Solo los que viven aquí.

De acuerdo.

—Solo actúa natural —dice Peter entre dientes cuando se acercan al edificio.

Un instante después, ella entiende por qué. Un portero con uniforme completo, con gorra y todo, les abre la puerta.

—Buenas noches, Peter —dice el portero. Inclina su cabeza hacia Arden—. Señorita.

—Qué hay, Kareem —responde. Arden sonríe tímidamente.

Kareem llama el elevador para ellos, y Arden sigue sonriendo tímidamente hasta que ella y Peter entran. En cuanto se cierra la puerta, comienza a decir con voz chillona:

—¡No sabía que ibas a tener un *abridor de puertas* profesional! ¿Les va a decir a tus padres? ¿Nos vamos a meter en problemas?

—¿Por qué? —pregunta Peter. *¿Por dónde empezar?*

—¿Por llegar a casa a las cinco y media de la mañana, cuando claramente has estado bebiendo y traes a una desconocida contigo para Dios sabe qué propósito? —se ruboriza en esa última parte, pero no lo dijo porque *creyera* que él tiene planes con ella. Solo sabe que eso es lo que los padres asumirían. Miren a la señora Ellzey.

—Kareem no les dirá —dice Peter—. Nunca les dice. Es cool.

Arden se pregunta qué más no ha dicho Kareem. Sobre Peter, sobre su hermano cuando vivía ahí, sobre los padres de Peter. Kareem debe guardar tantos secretos dentro de esa gorra de portero.

El elevador se detiene en el octavo piso y Peter dice:

—Mis padres deberían estar dormidos. Mi mamá toma pastillas para dormir. Casi nunca despierta. Pero no hagas ruido, ¿de acuerdo?

Arden tiembla y asiente. Se pregunta qué dirían los padres de Peter si la vieran aquí. Ella intentaría explicarlo, claro. Pero ¿exactamente cuál *sería* su explicación? Y no tiene idea de cómo se irá más tarde sin atraer la atención de los padres, pero deja eso a un lado como un problema para otro momento. Por ahora se enfoca en la única meta: llegar al dormitorio de Peter.

Las puertas del elevador se abren y los dejan en el apartamento. Aun entre las sombras, puede ver el arte colgado de la paredes en pesados marcos, las delgadas cortinas cubriendo las anchas ventanas con vista al parque de gente rica, el mueble de caoba frente al pasillo. Todo aquí es silencioso y con clima controlado. Parece el tipo de lugar donde nunca puede suceder nada malo, lo cual es confuso porque Arden sabe bien qué cosas malas pasan en esta familia todo el tiempo.

Ambos se deslizan por el pasillo, que afortunadamente para ellos, está cubierto con una alfombra color crema. Parece que el sonido es incapaz de filtrarse por esta gruesa alfombra y por las ventanas aún más gruesas, así que lo único que Arden escucha es el rítmico *tic tac* del reloj art decó de la mesita, y su rápida y ansiosa respiración.

Llegan al dormitorio de Peter.

Él cierra la puerta y le pone seguro.

Ambos respiran profundo y exhalan.

–Voy al baño –dice él–. Necesitaba orinar desde la Calle Treinta.

Desaparece en el baño de su dormitorio, y Arden aprovecha este momento para echar un vistazo a su alrededor. Esta habitación tiene las mismas alfombras de pared a pared que el resto del apartamento, y la cama es elegante y moderna, con una cabecera baja y sábanas gris brillante. Las sábanas de Arden son blancas con flores desteñidas, y es la primera vez en su vida que se le ocurre que ver las *sábanas* de alguien podría decirte algo sobre esa persona.

Peter tiene colgadas algunas citas e imágenes alrededor de su dormitorio, como los bordados de la mamá de Arden ("Te vuelves responsable por siempre de lo que has domesticado" y "Haz el bien sin mirar a quién y cosas bellas sin pensar por qué"). Pero los cuadros de Peter no dicen nada de eso. Los suyos dicen cosas como "Un escritor es alguien que escribió hoy" y "No hay un amigo tan leal como un libro- Ernest Hemingway".

Un gran librero se extiende por toda una pared de su habitación, y debajo de él hay un escritorio que ostenta una computadora completamente nueva. Es la computadora donde escribe *Esta noche las calles son nuestras*.

Ahí es de donde salen las palabras. Arden no puede creer que esté en la misma habitación que la computadora. No puede creer que esto esté sucediendo.

Peter abre la puerta del baño, sale, y se lanza a su cama, con ropa y todo.

—Qué noche —dice entre dientes.

Arden está de acuerdo. Se queda ahí parada.

—No vas a dormir con eso, ¿verdad? —pregunta Peter.

—¿Con qué otra cosa voy a dormir? —su corazón está latiendo con tanta fuerza que él debería poder escucharlo. Arden desea que hubiera pensado en llevarse su pequeña maleta, pero sigue en el asiento trasero del fallecido Corazón de Oro.

—Tengo ropa de ejercicio limpia en la primera gaveta de allá —señala con flojera al otro lado del dormitorio hacia su clóset—. Toma lo que quieras. Ponte cómoda.

Ella abre la gaveta y ve su ropa de deporte perfectamente doblada. Se pregunta si él dobla su ropa, o si lo hace la sirvienta. Toma las primeras piezas de ropa que ve y se las lleva para cambiarse en el baño.

Arden cierra la puerta y se mira a sí misma en el espejo.

—¿Qué estás haciendo? —pregunta en voz alta.

La Arden del espejo no tiene una respuesta.

—¿Quién *eres* en este momento? —sigue diciendo.

La Arden del espejo continúa en silencio.

Se pone los shorts de Peter, los cuales le llegan a la rodilla, y una playera igualmente enorme. Se descubre esperando que la playera oliera a Peter, pero solo huele a ropa limpia. Es de un musical de Broadway, *El rey león*, lo cual divierte a Arden; pensar que Peter no solo fue a ver una presentación en vivo de una caricatura de Disney, sino que le gustó lo suficiente como para invertir en una playera como souvenir. Se pregunta si uno de sus padres lo llevó, aunque ninguno de ellos sonaba como un fanático del teatro musical. Quizás lo llevaron solo porque comprar boletos de Broadway es algo que hace la gente rica.

Pensar en los padres de Peter en *El rey león* la hace pensar en sus propios padres saliendo de su primera obra, dos años atrás. Probablemente fue la última vez que su papá puso un pie en el teatro. Ella recuerda su comentario de que con un poco de suerte, la próxima vez podría estar *arriba* del escenario. De pie frente al espejo del baño privado de Peter, piensa que quizás su padre tenía razón. No es que debiera estar bajo los reflectores en una obra, eso nunca le había interesado antes y no le interesaba ahora, pero podría estar bajo los reflectores en la vida real. Quizás Chris no era el único que podía tener un papel protagónico.

Sale del baño y ve que Peter no se ha movido de su posición de muñeca de trapo sobre su cama. Ella se queda ahí, sosteniendo el vestido arrugado en sus manos, y aún no sabe qué hacer. Sabe lo que Bianca haría. Bianca se metería directo en la cama como si fuera la dueña. Y Arden sabe qué es lo que ella *debería* hacer. Debería acostarse en la gruesa alfombra de Peter, en el suelo, dormirse y no pensar más.

Pero no hace ninguna de esas dos cosas. Se queda quieta.

—Oye —dice Peter después de un rato, con voz baja y cansada—. Ven aquí.

Ella lo hace. Él mueve su brazo, dando unas palmadas despreocupadas sobre el colchón a su lado. Ella se sienta. Y luego, porque es muy tarde y está muy cansada, se acuesta y queda con su cara frente a él.

—No tienes que estar tan lejos —dice Peter.

—No lo estoy.

Él se gira hacia ella y le echa un brazo encima.

—Peter… —dice Arden.

—Está bien —murmura—. Solo nos estamos abrazando.

Se quedan ahí, él en sus jeans, ella con sus shorts elásticos. Esto es lo más tarde que Arden se ha quedado despierta en su vida. Puede escuchar a los pájaros despertando en el parque de personas ricas al otro lado de la calle. La oscuridad que entra por las aberturas de las cortinas metálicas de Peter ya no es tan oscura. Es casi de día.

Él está ebrio y apenas despierto, y Arden no quiere aprovecharse de eso, pero al mismo tiempo sí quiere, más que otra cosa que haya querido. Lo mucho que lo desea la deja sin aliento.

Se acerca un poco más y lo besa.

Los párpados de él se mueven y le devuelve el beso. Es un beso lento, lánguido, y ella se pierde en él.

Luego Peter se aleja. Gira hacia su espalda y presiona su brazo sobre sus ojos.

—No puedo hacer esto —murmura.

—¿Cuál es el problema? —pregunta ella aún buscándolo, y lo que realmente quiere decir es "¿Cuál es el problema conmigo?" pero la última parte de la pregunta se queda atrapada en su garganta.

Peter no responde. En poco tiempo, su respiración se vuelve tranquila y regular. Está dormido.

Arden quiere despertarlo y hacer que la bese una y otra vez. Pero no lo hace.

Se queda ahí, en su cama de plata. Entre los pájaros que cantan afuera, la respiración de Peter y los latidos de su propio corazón, Arden no puede ni pensar en quedarse dormida. Pero de algún modo, lo hace. Duerme largo y tendido y sin soñar.

Cuando vuelve a abrir los ojos, la luz del sol entra por la ventana y ella está sola en la cama.

Pero hay alguien más en el dormitorio.

Una chica, probablemente de la edad de Arden, con cabello rojo ondulado, enormes ojos verdes y un vestido de franjas azules y blancas sin tirantes. Está parada al pie de la cama y mira directamente a Arden. No necesita presentaciones; Arden la reconoce de inmediato.

—¿Quién eres? —dice Bianca.

La mañana siguiente

—Esto no es lo que parece —le dice Arden a Bianca mientras se incorpora en la cama de Peter, envolviéndose con las sábanas. Parece la cosa más cliché que se puede decir, pero francamente es cierto.

—¿En serio? —pregunta Bianca—. ¿Entonces *no* eres una chica desconocida durmiendo con la ropa de mi novio, en la cama de mi novio?

Arden no tiene idea de por qué Bianca está aquí, ni dónde se encuentra Peter, ni qué está sucediendo, pero las acusaciones de Bianca parecen innecesariamente duras.

—Pensé que habías terminado con él.

—Sí, ¡hace cuatro días! ¿Por qué no le concedes a una persona una *semana* completa antes de hacer tu jugada? *Intenta* mostrar un poco de clase.

—Yo no hice ninguna jugada. En verdad no es eso —dice Arden. Siente que tendría más poder en esa conversación si estuviera de pie, pero también siente que no quiere mostrar su ropa de gimnasio de hombre contra el lindo vestido de Bianca.

—¿Cuánto tiempo llevan? —exige saber Bianca, acercándose amenazadoramente a Arden.

—¿Cuánto tiempo llevan quiénes?

—Peter y tú.

Arden no sabe qué decir. Ella y Peter llevan cerca de dos meses. O ella y Peter no llevan nada.

—No estoy saliendo con Peter —insiste Arden.

—Me gustaría creerte —dice Bianca—. Desafortunadamente, puedo pensar solo una razón por la que estás aquí. Además, ¿quién *eres*?

—Soy Arden. Y tú eres Bianca.

El conocimiento de Arden de su nombre deja en silencio a Bianca por un momento.

—Mira —dice Arden—. ¿Puedo vestirme antes de continuar con esta conversación?

Bianca le echa una mirada a Arden que a la vez comunica pena y desagrado.

—De acuerdo. Esperaré.

Arden sale de la cama, sintiéndose como un deshollinador en comparación con Bianca, con la cara tiesa y su atuendo improvisado. Revisa su teléfono para ver la hora, luego recuerda que se descargó en el camino hacia la tienda de Muñecas Como Yo.

Toma su ropa del suelo y se encierra en el baño para cambiarse. Desafortunadamente, su pequeño vestido se ve como si hubiera pasado la noche arrugado en el suelo, lo cual significa que probablemente se ve como una prostituta demasiado desaliñada. Sale del baño sin verse en el espejo.

Bianca está de pie justo donde Arden la dejó. La observa salir del baño y pregunta:

—¿Qué tienes en los brazos?

Arden baja la vista. Aún se lee "soledad" y "te extraño te extraño te extraño" serpenteando hasta su hombro.

—Fuimos a una fiesta de disfraces —intenta explicar—. En la Mansión Jigsaw.

—*Ajá* —exclama Bianca—. ¿Así que ahí conociste a Peter? ¿En la Mansión Jigsaw?

—No —dice Arden con firmeza—. Soy fan de la escritura de Peter. Leo su blog. *Esta noche las calles son nuestras.*

Los ojos de Bianca se abren más.

—Eso es peor aún. Eres como una *groupie*. La groupie del tipo de dieciocho años patético y ensimismado que tiene delirios de ser famoso.

–Él no es así –dice Arden, sorprendida y ofendida por Peter. *¿Este* es el amor de su vida? ¿Así es como le habla?

–Creo que yo seré quien juzgue eso –responde Bianca con firmeza–. Lo haré mejor que tú. Como sea, ¿dónde está él?

–No lo sé. Me desperté cuando entraste en la habitación. ¿No fue él quien te dejó entrar?

Bianca parpadea algunas veces.

–No. Fue el portero. No vi a Peter en ningún lugar del apartamento, así que entré. Asumí que estaba metido aquí.

–Así que solo… ¿me dejó aquí? –pregunta Arden, mirando alrededor del dormitorio en busca de una nota de Peter. Pudo haberle enviado un mensaje para decirle adónde había ido. Solo que no, no lo había hecho, porque aunque su teléfono no estuviera muerto, nunca intercambiaron sus números.

Bianca suelta una risa sarcástica.

–Acostúmbrate.

Arden da un paso hacia ella.

–¿Por qué te estás portando así? Peter siempre hace que parezcas una persona muy *agradable*.

Esto parece tranquilizar a Bianca por un momento.

–¿Te habló de mí? –pregunta, con más calma en su voz.

–Bianca. Habla de ti *constantemente* –Arden piensa que quizás *ella* puede ayudar a Peter a recuperar el corazón de Bianca. Podría decirle lo obsesionado que está con ella, lo mucho que significa para él. Y quizás con su simple presencia, Arden parezca suficiente amenaza para que Bianca quiera volver con él, para alejarlo de otras chicas. Esto no sería un mal plan. Peter estaría agradecido para siempre.

Desafortunadamente, ella no quiere reconquistar a Bianca para él. Lo que *quiere* es que Peter vuelva. Con ella. Con lo que sea que comenzaron aquí, en esta cama, unas horas atrás. Quiere que él vuelva con una explicación razonable de por qué la dejó sola. Quiere ser la chica por la que la gente regresa.

–Déjame ser clara contigo –dice Arden–. He estado leyendo los escritos de Peter en Internet, y creo que es increíblemente talentoso. Vivo a cientos de kilómetros de aquí, nunca lo había conocido en persona antes de anoche. No tenía dónde dormir, porque mi mejor amiga y yo tuvimos una enorme pelea y mi coche se descompuso y todo se fue al diablo, y Peter me dio un lugar para dormir porque es un *buen chico*. Así que por favor deja de portarte como si estuviera metiéndome aquí para robarme a tu hombre cuando: a) no me lo robé, y b) hasta donde sé, ya ni siquiera es tu hombre, pues tú lo dejaste.

Bianca se queda en silencio por un momento mientras parece reflexionar sobre las palabras de Arden.

–¿Así que definitivamente no estuviste con él? –pregunta al fin.

Arden piensa en ese beso con Peter anoche, o más bien esta mañana, en lo bien que se sintió, en lo mal que estuvo.

Pero solo fue un beso. Y ni siquiera fue decisión de Peter.

–Solo soy una fan –dijo Arden–, eso es todo.

Bianca suspira ruidosamente.

–¿Cuál es tu problema con eso? –exige saber Arden–. Es un excelente escritor.

–Es bueno con las palabras –reconoce Bianca–, pero personalmente no soy muy fan de la parte en la que hace parecer como que yo rompí con él sin razón una semana después de que su hermano desapareció. Ya sabes, solo para hacerlo sufrir. Y luego me recuperó heroicamente porque somos "almas gemelas", y luego rompí con él de nuevo, justo después de que consiguió el sueño de su vida, porque soy *tan egoísta* que soy incapaz de apoyar la felicidad de nadie más.

Arden levanta una ceja.

–Pues ¿*no hiciste* todo eso?

Bianca sonríe con tristeza.

–Mira, Arden, tú leíste una versión de la historia. La de Peter. Si me preguntaras a mí, te diría una versión diferente. Pero nadie me pregunta a mí.

Sí, rompí con él dos veces. He hecho cosas por instinto de supervivencia. Y he hecho otras que fueron estúpidas, muy muy estúpidas, porque de verdad, de verdad quería hacerlas. Pero nunca me he propuesto lastimar a nadie, incluyendo a Peter. *Especialmente* a Peter.

–Pero *sí* lo lastimaste –señala Arden–. Tienes que responsabilizarte por eso. Tienes que *intentar* lastimar lo menos posible a la gente.

–No –dice Bianca–. ¿Por qué intentaría hacer eso? Si evitar lastimar a la gente fuera mi principal meta en la vida, nunca haría *nada*.

Arden abre la boca para protestar, y luego la cierra. Porque después de abandonar a Lindsey, dejar a su hermano y a su padre tres estados atrás, de intentar engañar a Chris... Quizás, sin importar lo que solía creer, evitar lastimar a la gente ya no es su prioridad principal tampoco.

Bianca continúa:

–Ese estúpido blog suyo, esa historia que amas tanto, no es verdad. Y él ha encontrado una agente que lo represente, y apuesto a que encontrará un editor que lo publique como autobiografía, y será esta historia sobre un pobre héroe literario con mal de amores, constantemente victimizado por sus padres cabezaduras y su hermano fugitivo y su malvada novia, y eso *no es verdad*.

Arden no entiende cuál es el punto de Bianca.

–Puede no gustarte, pero eso no hace que todo sea falso. No se inventó una identidad en línea –piensa en la idea de Lindsey de que Peter fuera un pedófilo asesino, y sacude la cabeza–. Aunque apenas conocí a Peter anoche, he *visto* que las cosas sobre las que escribe son verdad. Sí trabaja en una librería. Lo vi ahí. Sus padres *están* llenos de dinero. Mira su apartamento. *Va* a fiestas ridículas. *Te ama*.

De pronto Bianca parece exhausta.

–¿Quieres ir a comer? –le pregunta a Arden–. Te puedo explicar de qué hablo, pero sería más llevadero con una taza de café.

–¿Qué hora es?

–Un poco más de la una.

Arden siente un horrible nudo en la boca del estómago mientras su mente intenta aprisionar el paso del tiempo: todas las cosas que necesita hacer, el poco tiempo que tiene antes de tener que volver a la escuela mañana en la mañana, toda la gente con la que seguramente debería reportarse, la cantidad de mensajes de texto que deben estar esperándola, la distancia que tiene que viajar, la imposibilidad de todo, lo poco que quiere hacer nada de eso. Aunque no puede ver las exigencias en su celular apagado, las siente ahí, jalándola de los brazos y la ropa como niños mendigos. Desearía no haberle preguntado la hora a Bianca. Desearía haberse quedado en la noche anterior para siempre.

–Sí –dice Arden, lanzando su teléfono muerto en su bolsa–. Vamos a comer.

Salen del dormitorio de Peter y van de regreso por el pasillo. El corredor sigue oscuro, tan oscuro como estaba a mitad de la noche. Casi están en la puerta principal cuando se escucha una voz tranquila de mujer.

–¿Bianca?

Las chicas giran. Arden ve a tres extraños sentados en la moderna cocina de acero inoxidable. Están comiendo y mirándola.

Arden sabe de inmediato que dos de ellos son el padre y la madre de Peter. Son asiáticos y parecen mayores de lo que ella esperaba. Calculó que la mamá podría tener alrededor de los cincuenta, y el papá quizás incluso setenta. El padre de Peter lleva jeans y pantuflas, mientras que su madre trae pantalones de yoga y una sudadera con cierre. Tienen el periódico y un despliegue de fruta fresca y vegetales sobre la encimera de cristal frente a ellos.

Acerca de la tercera persona no está segura. Parece ser un par de años mayor que ella, con una complexión musculosa y cabello rizado café-rojizo. Lleva una playera, pantalones deportivos y sandalias, y tiene un plato lleno de comida frente a él. Arden se siente un poco como se sintió esa noche en la casa de Ellzey: como si estuviera viendo algo tras bambalinas, algo que no debería presenciar.

—Oh, hola, señora Lau —le dice Bianca a la mamá de Peter, con una voz que se va volviendo más aguda. Ella y Arden pasan a la cocina—. Perdón, solo vine a dejar un libro que Peter me prestó. El portero me dejó entrar, espero que esté bien.

—No hay problema —dice la mamá de Peter, aunque la frialdad en su tono de voz contradice sus palabras—. Acabamos de regresar de hacer unas diligencias. Qué bueno que te encontramos antes de que te fueras. ¿Y quién es ella? —se pone de pie y se acerca para estrechar la mano de Arden

—Soy Arden —se presenta a sí misma, y busca en su cerebro una explicación normal de cómo y cuándo entró a su casa, quién es, por qué trae ese ridículo vestido. Podría matar a Peter por dejarla sola para enfrentar eso. Si tuviera idea de dónde está, podría matarlo.

—Arden es una amiga mía —dice Bianca con firmeza, y milagrosamente esto evita más preguntas sobre la extraña desconocida con marcador permanente en los brazos. La atención se redirige a Bianca por completo.

—¿Peter sigue en su habitación? —pregunta el papá.

Como su esposa, el padre de Peter tiene un acento extranjero; chino, piensa Arden, aunque no ha conocido a suficientes personas nacidas en China como para saberlo.

Bianca sacude la cabeza.

—Debe haber salido a algún lado.

El padre de Peter suspira impacientemente y le dice a su esposa:

—Mei, ¿puedes llamarlo? Se supone que debería estar aquí. Dile que no puede irse a hacer lo que quiera cuando quiera.

Esto es exactamente lo que Arden esperaría que dijera el padre de Peter: darle órdenes a la gente, despreciar las actividades de Peter. Ella mira hacia otro lado para no mirarlo con enfado, observando con enojo en su lugar la decoración en la pared de la cocina que cuelga junto a ella: un marco decorado con un certificado que proclama a Peter K. Lau como el ganador del Premio de Escritura Escolar tres años atrás.

—Tenemos una cita en poco tiempo —le explica la madre a las chicas a manera de disculpa, tomando su teléfono—. Solo queremos asegurarnos de que Peter no se la pierda.

Ella se lleva el teléfono a la otra habitación para llamarlo, y ahora habla el chico en la mesa. Mira directamente a Bianca y dice:

—¿Es verdad que rompieron? —su voz es más aguda de lo que Arden esperaría para alguien con su complexión. Suena curiosa viniendo de él, pero no tiene ganas de reírse, porque algo extraño está ocurriendo en la casa de Peter.

Las mejillas de Bianca se ponen rosas, pero ella levanta el mentón y le dice al chico:

—Sí.

—Bueno —asiente lentamente—. Lo siento, supongo. Espero que estés bien.

—Gracias —dice suavemente—. No sabía que ibas a estar aquí. Creí que estarías en Cornell.

Arden sabe exactamente quién debería estar en Cornell, pero no puede ser él, porque no tiene sentido.

—Vine a casa el fin de semana —explica—. Tenemos terapia familiar.

—*Hijo* —dice su papá con tono de advertencia.

Y todo se siente tembloroso, como si el suelo se estuviera moviendo debajo de ella, y hay un zumbido en los oídos de Arden, porque nada de esto tiene sentido, nada de esto tiene ningún sentido.

—Está bien si Bianca sabe que estamos en terapia, papá —dice él—. No es un gran y vergonzoso secreto. Y no creo que nos esté juzgando.

—No los estoy juzgando —confirma Bianca con voz seria.

—Toda familia tiene sus problemas —le explica el papá a las chicas, como si ellas *fueran* realmente sus jueces y él debiera presentar su defensa—. Son inevitables. Solo hay que trabajar juntos para superarlos.

Arden y Bianca asienten en silencio, sus cabezas se mueven de arriba hacia abajo como pájaros en un alambre.

–Y bueno, ¿les puedo ofrecer algo de comer? ¿Quizás un poco de fruta?

Arden espera con todo su corazón que Bianca se niegue, y afortunadamente lo hace.

–Gracias, pero ya tenemos planes para la comida –dice, mirando al chico–. Pero fue bueno verte.

–Fue bueno verte también, Bianca –responde, y vuelve a su comida.

–Si saben algo de Peter –dice el papá–, por favor recuérdenle que lo necesitamos en casa.

–Claro –dice Bianca y guía a Arden hacia el elevador.

En cuanto entran y la puerta se cierra, Bianca se apoya sin fuerza contra la pared del elevador y suelta un largo suspiro.

Arden sabe la respuesta, ¿cómo podría no saberla? Pero es tan increíble que necesita preguntar, y necesita escuchar a Bianca diciéndolo.

–Ese chico –dice–, el que estaba sentado con los padres de Peter –se frota las sienes–. ¿Quién es?

Bianca la mira sin comprender.

–Ah, lo siento. Debí presentarte. Él es Leo.

–¿Leo? –repite Arden, porque esa *no* era la respuesta que había esperado, para nada. ¿Qué diablos estaba haciendo el exnovio de Bianca ahí?

–Sí, Leo –dice Bianca–. El hermano de Peter.

El almuerzo con Bianca

–Yo invito –dice Bianca cuando se sientan en el café a unas cuadras del apartamento de Peter–. Lo menos que puedo hacer por haberte gritado, es alimentarte.

Arden está de acuerdo. Cuando llega la mesera, pide un smoothie de fresa y plátano, pan integral tostado, croquetas de patata, huevos revueltos y un croissant.

Las últimas veinticuatro horas la han alcanzado y de pronto se muere de hambre.

Espera que Bianca-el-ángel sea una de esas chicas que subsisten a base de sandía y Coca Light, así que le sorprende verla ordenar una hamburguesa y devorarla con un vigor sin duda poco angelical.

–No entiendo qué está sucediendo –dice Arden.

–¿De qué hablas?

¿Por dónde empezar?

–Pensé que el hermano de Peter se había ido.

–Así fue. El otoño pasado. Fue muy aterrador. Fue como si hubiera desaparecido de la faz de la tierra.

–Pero está aquí ahora –dice Arden–. Lo acabamos de ver.

–Pues sí. Volvió tras un par de meses. Volvió con tiempo suficiente para su segundo semestre en Cornell.

–Peter nunca mencionó eso en *Esta noche las calles son nuestras* –comenta, y se da cuenta de que Peter no había escrito explícitamente sobre la pérdida de su hermano desde noviembre o diciembre, como mucho. Había narrado algunos buenos recuerdos de él, pero eso es todo.

Aun así, ¿no debió haber dicho "Por cierto, mi hermano volvió a casa", en vez de dejar que sus lectores simplemente asumieran que seguía desaparecido? Arden se pregunta dónde estuvo Leo todo ese tiempo, y qué lo trajo finalmente de regreso.

—¿Es una broma? Eso es una locura —dice Bianca—. ¿Así que creíste que aún estaba desaparecido, todos estos meses después? —Arden asiente en silencio, y Bianca sacude la cabeza con desaprobación—. Asumí que Peter había anunciado su regreso en el blog cuando sucedió, y que simplemente yo no había visto esa entrada. Pero sí. Eso fue lo que ocurrió, Arden. Engañé a mi novio con su hermano menor. Y Leo se enteró. Estaba devastado. Y se fue.

Esto deja a Arden sin aliento. Eso *explica* por qué Bianca se portó tan rara frente al hermano de Peter hoy. Porque es su exnovio.

Y eso *explica* por qué Peter entró en pánico cuando escuchó que Leo iría a la Mansión Jigsaw anoche. Porque no quería estar ahí cuando Arden atara cabos.

—No lo puedo creer —dice Arden, pero sí lo puede creer. Tiene tanto sentido. Recuerda la inscripción en la licorera de Peter anoche: "Leonard Matthew Lau". El mismo apellido con el que Bianca llamó a los padres de Peter. Claro.

Entre más lo comprende, más se enoja.

—Peter fingió que su hermano se fue por una razón inexplicable. Anoche le echó la culpa a sus padres. Durante meses sentí tanta pena por él. ¡Pero en realidad es su culpa!

—Y mi culpa —admite Bianca.

Claro, Arden se da cuenta de que Bianca también traicionó a Leo.

—Cuando Leo se fue, nos envió un e-mail a Peter y a mí para decir que sabía lo que habíamos hecho, y que esperaba que fuéramos felices ahora que él no estaría para interponerse entre nosotros —continúa Bianca.

Arden recuerda la versión de Peter de la historia, en el techo de la Mansión Jigsaw anoche. "No quería quedarse con gente que lo trataba tan mal.

Estaba harto de nosotros. Nunca sintió que perteneciera a nuestra familia y ahora estaba seguro de eso".

Bianca se quita el cabello de la cara.

–Mi terapeuta dice que debe haber habido otros factores en juego: depresión, un desajuste químico, problemas para adaptarse en la universidad, quizás asuntos sin resolver sobre su adopción. Muchas personas tienen problemas con sus novias. Muchas personas se pelean con sus hermanos. No todos desaparecen por tres meses. La gran mayoría se pone triste y sigue adelante. Quizás lo que Peter y yo hicimos fue la gota que derramó el vaso, pero no puede haber sido lo único en juego. Eso dice mi terapeuta.

–Así que por *eso* rompiste con Peter justo después de que Leo se fue –señala Arden–, porque te sentías culpable.

–No podía soportar estar con Peter. No podía verlo sin pensar en lo que le habíamos hecho a Leo y a toda su familia. Sus padres estaban locos de preocupación. Me sentía terriblemente culpable.

–Pero ¿Peter quería que siguieras siendo su novia? –pregunta Arden.

–Oh, por Dios, se aferró a mí. Creo que sentía que si él y yo nos quedábamos juntos, entonces la desaparición de Leo y toda la miseria tendrían sentido. "Valdría la pena", porque probaría que estábamos predestinados a estar juntos –Bianca le da una mordida a la hamburguesa, traga, y luego continúa–: Fue un desastre todo el otoño. Quizás escribió sobre esto en *Esta noche las calles son nuestras*, no lo sé, pero salía y se embriagaba todas las noches de la semana. Principalmente alcohol, pero, claro, tomaba cualquier cosa que estuviera a su alcance.

Arden piensa en los posts del otoño de Peter, todas las fiestas en las que estuvo, todas las chicas con las que supuestamente se besó. Todas esas cosas probablemente sí ocurrieron. Solo que no mencionó que estaba ebrio todo el tiempo.

–¿Cómo supiste todo eso? –pregunta Arden–. Creí que no hablaste con Peter todo el tiempo.

–No hablamos. Quería distanciarme de todo esto. Solo quería que Leo volviera a *casa*. Pero es un mundo pequeño. Tenemos gente en común, amigos de Leo y míos, principalmente. Ellos me decían lo que ocurría con Peter. No sabían que habíamos estado saliendo a escondidas. Pensaban que me interesaría solo porque era el hermanito de mi novio.

–Pero debiste haber extrañado a Peter.

–Claro que sí. Estaba loca por él. Y me mataba escuchar cómo se estaba tratando.

–Entonces, ¿por eso fuiste con él en la víspera de año nuevo? –pregunta Arden.

Bianca suspira.

–En retrospectiva, puedo ver que no debí haber regresado con Peter. Pero sí. Leo volvió a casa justo después de Acción de Gracias, y finalmente pudimos tener una conversación formal para terminar la relación. Le dije "lamento haberte engañado, lamento haberte lastimado, y cuando hubo alguien más con quien quería salir, simplemente debí terminar contigo". Fue educado. Él había ganado mucha perspectiva al respecto solo por estar lejos. Había viajado de aventón al oeste, había acampado, vivido en la calle por un tiempo, trabajado en la cocina de un sucio restaurante, cualquier cosa donde no tuviera que tocar el dinero de sus padres. Y cuando estuvo listo, simplemente tomó su tarjeta de crédito y compró un boleto de avión de regreso a casa. Me dijo que una vez que vio lo difícil que podía ser el mundo, lidiar conmigo y con Peter parecía fácil.

–Guau –dice Arden suavemente.

–Entonces, cuando Peter hizo esa cosa en año nuevo, que fue *increíblemente* romántico, por cierto, pensé "bueno, quizás ya llegó nuestro momento". Leo estaba a salvo. Yo estaba soltera. Veamos adónde nos lleva esto –Bianca se encoge de hombros–. Y aquí es adonde nos trajo.

A Arden le resulta extraordinario pensar que esa historia que la cautivó e inspiró por meses es tan solo eso: una historia. Incluso la interpretación de Peter de sus padres estaba torcida para obtener la máxima compasión. Aunque ellos parecían estirados, especialmente en comparación con los padres de Arden, también parecía que estaban intentando hacer que las cosas funcionaran, si estaban yendo a terapia familiar juntos.

Arden ya no podía aceptar que no les importara para nada el talento de Peter. No cuando había visto el certificado de un concurso de escritura tan cuidadosamente enmarcado, tan vistosamente expuesto en su casa. No al considerar que gastaban tanto dinero para enviarlo a una escuela especializada en Arte donde pudiera estudiar escritura. ¿No debió ser eso una señal de alerta desde siempre? ¿Cuántas otras señales omitió Arden en su búsqueda de creer en la fantasía de Peter?

Bianca le hace una seña a la mesera pidiéndole la cuenta, y Arden siente la presión del tiempo, necesita descubrir toda la verdad ahora, mientras puede.

—¿Puedo hacer una pregunta más? —dice Arden.

Bianca mueve la mano como diciendo "Adelante".

Se aclara la garganta y pregunta lo que se ha estado preguntando desde que leyó esta historia por primera vez, semanas y semanas atrás:

—¿Por qué lo hiciste? ¿Por qué te quedaste con Leo y saliste con Peter a escondidas? ¿Por qué simplemente no rompiste con Leo? ¿O simplemente *no* saliste con Peter?

Bianca parece devastada.

—Sabiendo lo que sé ahora, viendo cómo destrozó a una familia, no lo hubiera hecho. Obviamente. Pero en ese momento… me importaban los dos en modos muy distintos. Había conocido a Leo por mucho más tiempo, porque fuimos a la escuela juntos. Teníamos mucho en común. Él estaba en el equipo de futbol y yo soy porrista, ¿sabes? Así que ya compartíamos todo un grupo de amigos. Y él es simple, absoluta y totalmente *bueno*. Es el tipo de chico que te acompaña al salón de belleza, te espera durante toda la cita y luego te lleva a casa de nuevo, o el que te hace fideos con pollo cuando estás enferma y te lo da de comer en la boca sin importar cuántos gérmenes tengas. Es una persona dulce, ¿me entiendes?

»Y luego conocí a Peter, y él… era diferente. No era como nadie que hubiera conocido antes. Era sexy, romántico y artístico, y yo lo deseaba. Y él me deseaba también, lo cual era… muy halagador. No sabía si debía renunciar a alguien con quien tenía una relación sólida por alguien que parecía atractivo a la distancia. No sabía qué escoger. Así que simplemente no elegí, lo cual resultó ser la elección más estúpida de todas.

Arden siempre había creído que Bianca y Peter eran almas gemelas, justo como él dijo. Pero viendo la forma en la que el rostro de Bianca se suaviza al hablar de Leo, ya no está tan segura.

La mesera trae la cuenta y Arden presiente que adonde sea que Bianca vaya después de aquí, no es un plan que la incluya. Lo cual es lógico, claro. No son amigas. Bianca no sabe nada sobre ella. Y, como se ha visto, ella tampoco sabe mucho sobre Bianca.

Bianca deja algunas monedas en la mesa y se levanta. La conversación se terminó.

—Gracias por la comida —dice Arden.

—Gracias por escucharme —responde Bianca.

Y cada una se va por su lado.

Ir a casa
por primera
vez

Arden camina lentamente por una calle muy transitada, intentando descubrir qué hacer a partir de aquí. La rodean más personas de las que encontraría en un evento deportivo de la preparatoria Allegany, pero aun así está completa e irrevocablemente sola. Bianca se ha ido, Arden no quiere volver a ver a Peter nunca, su teléfono está muerto, su coche está muerto, y hasta donde sabe, Lindsey también podría estar muerta. Se siente tan *perdida*.

Cuando Arden era pequeña, su madre le enseñó que si alguna vez se separaban en el supermercado o en una feria, debía decírselo a un policía, pero fuera de eso solo tenía que quedarse ahí y esperar, porque su madre iría a buscarla.

No cree que ese plan funcione ahora que tiene diecisiete años y está perdida en Nueva York. Y de cualquier modo, ya se ha sentado y esperado toda la vida. Así que hace algo que había jurado nunca hacer: comienza a caminar, extiende el brazo, tal como vio a Peter hacerlo a las cinco de esta mañana, y detiene un taxi.

—¿Adónde vas? —pregunta el conductor.

—Al número ciento treinta y tres de la calle Eldridge —le dice.

Durante todo el camino Arden se siente como si fuera a vomitar, y no solo por la forma en que el conductor cambia bruscamente de carriles y se lanza contra las luces amarillas justo cuando parece que debería estar bajando la velocidad.

El conductor la deja en la dirección que ella le dio. Es un edificio de cinco pisos con una bodega en el primero, y a diferencia del de Peter, no hay portero, solo ocho botones. Uno de ellos tiene el nombre HUNTLEY, y de pronto todo se ve demasiado real.

Nunca ha visualizado a su madre viviendo en ningún lugar particular de Nueva York. Cuando pensaba en la vida actual de su mamá –lo cual intentaba evitar a toda costa– se la imaginaba en un vacío, o quizás en el alto hotel donde se quedaron durante su viaje de las Muñecas Como Yo.

Pero ahí está. Es un edificio de ladrillo sin adornos en una calle transitada con una escalera de emergencia afuera de las ventanas y su apellido en el timbre.

Arden presiona el botón, y un momento después escucha la voz de su madre por el intercomunicador.

–¿Hola?

–¿Mami? –dice Arden y la palabra sale como un chillido, como si hace mucho no se usara–. Soy yo.

Pasa un largo minuto. Luego Arden escucha el *slap slap slap* de los pies corriendo por las escaleras, y su madre abre la puerta. Se ve exactamente igual que como se veía el día en que se fue, con la misma nariz puntiaguda, ojos color miel y cabello café como el de Arden.

–Arden –dice.

–Lo siento. No sé qué estoy haciendo aquí –y comienza a llorar. Su madre estira los brazos, y Arden se deja caer en ellos–. Ni siquiera sé por qué estoy llorando –solloza en el hombro de su mamá.

Su madre acaricia su espalda y la acerca más a ella.

–Creo que necesitamos pancakes –dice después de un rato–. ¿Puedo hacerte unos pancakes?

Y aunque acaba de comer su peso en huevos y croquetas de patata, Arden asiente.

–Sí –le dice a su madre–. Los pancakes suenan perfecto.

Arden

aprende lo

que no

es el amor

–¿Papá te dijo que estaba desaparecida? –pregunta Arden una vez que está acomodada en el sillón de su madre, bebiendo un vaso de jugo, con su teléfono conectado a un cargador. Sigue observando a su madre. Tres meses es mucho tiempo.

–No –su madre está de pie junto a la computadora, echando mezcla de panqueques en una sartén. Su apartamento es pequeño. Mucho más pequeño que el de Peter, que casi parecía una casa, aunque una casa de un piso. No es difícil para Arden y su mamá sostener una conversación, aunque una de ellas está técnicamente en la cocina y la otra está técnicamente en la sala–. ¿*Estás* desaparecida? –pregunta su madre.

–Pues, no he hablado con papá en más de veinticuatro horas, así que en lo que a él respecta, sí.

Su mamá revisa su teléfono para asegurarse, luego dice:

–A mí no me dijo nada.

Hay un sabor amargo en la garganta de Arden.

–Supongo que no se dio cuenta –¿qué tiene que hacer para que él ponga atención?

–Estoy segura de que sí se dio cuenta –dice su madre. Da vuelta el pancake, y la mezcla sisea y chisporrotea–. Supongo que no me dijo porque no quería que yo supiera que te perdió. Pero tienes que llamarlo, Arden. Debe estar preocupado.

Arden no está segura de creer eso.

–No es muy bueno cuidándonos.

–Está aprendiendo –le asegura su madre.

–No quiero hablarle a papá –dice Arden. Siente que sus ojos se llenan de lágrimas de nuevo y lo único que puede decir entre la estrechez en su garganta es–: Solo quiero que vuelvas a casa.

Su madre levanta la vista de la sartén, también sus ojos brillan:

–Parte de mí también quiere eso.

–Entonces hazlo –dice Arden–. Vuelve conmigo.

–Cariño, no es tan fácil –la madre de Arden le lleva un plato de panqueques, pero ninguna de las dos les da ni una sola mordida. Se sienta en el sillón frente a Arden, doblando las piernas. No reconoce nada de los muebles de este apartamento, lo cual tiene bastante sentido, ya que su madre lo renta.

Nada aquí es del estilo de su madre; Arden no ve flores, no ve frases motivadoras, no ve ojales, no ve telas con cuadrículas, solo un montón de fotos en blanco y negro y muebles cuadrados. Se siente como si una extraña viviera ahí, alguien que no es su madre.

–Leí tu carta –dice Arden.

–Gracias. No estaba segura, ya que no dijiste nada… Pensé que quizás solo la tiraste.

–La tiré –responde–. Pero también la leí.

–¿Y qué pensaste? –pregunta su madre.

–Me hizo desear que no hubieras sentido que tenías que hacer todo eso por nosotros. *No tenías* que hacerlo. La noche en que te fuiste, yo no necesitaba que hicieras ese vestido, mamá. Nunca te pedí que lo hicieras. No tenías que hacerle a Roman unos macarrones con queso especiales. Sabes que se hubiera comido un tazón de cereal y sería feliz. Desearía que hubieras hecho menos por nosotros y que te hubieses quedado. No necesitamos que seas una mamá perfecta a veces, si eso significa que eres una mamá inexistente el resto del tiempo. Solo te necesitamos *ahí*.

–Entiendo eso –dice su madre–. Estoy averiguando cómo ser solo una buena mamá. De verdad.

–No lo entendí al principio –dice Arden–. Tu carta no tenía sentido, por qué harías todas esas cosas por nosotros que no necesitábamos para luego quejarte por haber hecho tanto. Pero hay algo que dijiste ahí, sobre sentir que si la gente te necesita, eso significaría que realmente importas. Y supongo que… eso tiene sentido para mí ahora.

Arden piensa en las frías palabras de Lindsey anoche, asegurándole que no necesitaba nada de ella, ni siquiera las vacaciones en Disney. Y quizás es verdad. Quizás Lindsey podría haber pasado toda su vida sin que Arden levantara jamás ni un dedo para ayudarla, sin siquiera haberse encontrado con ella ese día en el bosque cuando eran niñas. Pero cree con profunda certeza que no importa si Lindsey la *necesitaba*, porque tener a Arden ha hecho mejor su vida. Y funciona en ambos sentidos, porque tener a Lindsey ha hecho mejor la vida de Arden, también.

–Esto es lo que quiero saber –dice Arden–: Todo eso que siempre me dijiste sobre cómo algunas personas son jardineros y que la amabilidad es mi poder y que la caridad hará más por mí que el egoísmo, ¿todo eso era un error?

–No –responde su mamá–. No era un error. Todo eso *importa*. Otras personas importan mucho. Pero tienes que hacer que tú también importes. Tiene que haber un equilibro. Sigo intentando encontrar ese equilibrio yo misma. Pero sé esto: sacrificar todo lo que te importa a fin de hacer a otra persona feliz, *no es amor*. No es realmente que algunas personas sean jardineros y otras flores, Arden. Es que ambos debemos ser ambas cosas, cada uno a su tiempo.

Arden piensa en esto y por fin toma un trozo de pancake. Sabe exactamente como debería.

–¿Te ayudó mudarte? –pregunta después de tragar el bocado–. O sea, ¿eres feliz ahora?

–Creo que me ha dado perspectiva –responde su madre–. Ha sido bueno para mí. Pero los extraño tanto. ¿Sabes que nunca había estado lejos de ustedes por más de una noche desde que naciste? Así que estar lejos por meses ha sido... bueno, ha sido muy duro.

Arden nunca había pensado en eso antes, pero se da cuenta de que su madre tiene razón, las únicas veces que había estado lejos de su mamá por más de un día escolar fueron cuando comenzó a quedarse a dormir en casas de amigas. Roman ni siquiera puede decir eso: él aún se niega a dormir en cualquier otro lado. Arden ve aún más la similitud de su situación con Lindsey. Ella *debe* soltarla. Pero ahora necesita encontrarla de nuevo. Y esperar que puedan reconstruir todo a partir de ahí.

—¿Algún día vas a volver a casa? —pregunta.

Su mamá toma un respiro profundo.

—¿Quieres saber con honestidad?

—Sí —después de su noche con Peter, Arden ha decidido que prefiere las duras verdades sobre las mentiras lindas.

—No lo sé. Tu padre y yo estamos hablando, como sabes. Estamos trabajando algunas cosas, juntos e individualmente. Podría volver a casa. Podríamos separarnos de forma más permanente. Pero si eso sucede, buscaremos una custodia compartida que sea tan justa como se pueda para todos. Tú y Roman siempre serán mis hijos y yo siempre seré su madre. Te guste o no, niña, estás atrapada.

—Custodia compartida —repite Arden—. Entonces, ¿cómo? ¿Vendríamos a Nueva York cada fin de semana? —mira alrededor del apartamento—. ¿Dónde dormiríamos? Tendríamos que poder opinar sobre esto. ¿Qué tal si ni siquiera *queremos* venir a Nueva York tan seguido? ¿Te mudarías más cerca de nosotros?

—Arden, te estás adelantando. Como dije, eso podría no ocurrir. Lo que necesitas hacer ahora es decirle a tu padre dónde estás antes de que llame a la policía. Lo cual quizás ya hizo.

Suspira y va a quitar su teléfono del cargador. En el camino hacia el dormitorio, su madre la detiene y la envuelve en un abrazo.

—No sabía si algún día estarías dispuesta a hablar conmigo —dice ella en voz baja—. Gracias por venir.

Ese no es el motivo por el cual vino a Nueva York, pero no se lo dice, porque la razón por la que vino ya no es relevante.

Arden enciende su teléfono y este enloquece mientras recibe todos los mensajes y llamadas que ha perdido en las pasadas doce horas. Cuatro mensajes de Chris en los que pregunta, con creciente grado de molestia, cuándo va a estar libre para salir con él. Un mensaje de Roman en el que pregunta si puede recogerlo de su partido de hockey. Un mensaje de su padre que también pregunta si puede recoger a Roman de su partido, seguido de un mensaje de su padre donde le pide que por favor lo llame, seguido de un mensaje en puras mayúsculas que dice "¿DÓNDE ESTÁS?", seguido de tres llamadas perdidas y mensajes de voz. Nada de Lindsey, lo cual puede significar que sigue enojada y esperando que Arden la llame primero, o puede significar que su teléfono se descargó anoche, o puede significar que está inconsciente en algún callejón.

Se salta los mensajes y va directo a llamar a su padre. Él responde inmediatamente.

—¡Arden! ¿Dónde estabas? ¿Estás bien? —el pánico en su voz es evidente, y sorprendente, dado que suena exactamente como si *le importara*.

No puede evitar que una sonrisa se plante en su rostro ni el tono risueño en su voz al decir:

—Estoy bien, papi.

—No te rías, muchachita. No es un chiste que te escapes así. ¿Dónde estás? Y no me digas que estás con los Matson, porque ya hablé con ellos y *sé* que tú y Lindsey no están ahí.

—Estoy con mamá —dice Arden—. En Nueva York.

—¿Fuiste a *Nueva York* sin decirme? —grita él.

—Por favor, no me grites.

—Tengo todo el derecho a gritarte, Arden, porque casi me *muero* del susto. ¿Qué haría si algo te hubiera sucedido? ¿Qué te hizo pensar que puedes irte a otro *estado* sin preguntarme primero? No sé qué te está pasando últimamente, de verdad no lo sé. Solías ser una buena niña. Y ahora te escapas, usas drogas, vas a cientos de kilómetros de aquí y mientes al respecto... siento que ya ni siquiera sé quién eres.

—No lo sabes —dice Arden.

—¿Qué?

Arden hace una pausa. Podría dejarlo ir. Sería más fácil para ella no decir lo que quiere.

Pero ya ha llegado tan lejos.

—No sabes lo que me está pasando porque nunca estás —dice.

—Eso es ridículo. Claro que estoy. Suenas como tu madre.

—No —señala Arden—. Todo el tiempo estás en la oficina...

—Tengo trabajo.

—...y cuando estás en casa, siempre estás metido en tu estudio o viendo televisión o en tu futbol de fantasía. Siempre estás demasiado ocupado para nosotros.

—Esto no se trata de mí. Se trata de ti, que desapareciste sin dejar ni un mensaje.

—Se trata de los dos —aclara ella—. Si quieres que me porte como tu hija, entonces puedes empezar por portarte más como un padre.

—Arden —dice él, con la voz quebradiza—. No te subas en tu corcel adolescente e intentes darme sermones. Necesito que vengas a casa y vamos a hablar de las consecuencias.

—Voy a ir a casa —le asegura—, pero tenemos que hablar de mucho más que consecuencias.

Arden se da cuenta de que su mamá no era la mala ni su papá la víctima. Ambos eran los malos. Ambos eran las víctimas.

—Te quiero, papá —agrega—. Te quiero mucho. Esto fue algo que necesitaba hacer. Pero lamento haberte preocupado.

Su mamá la toca en el hombro. —¿Puedo hablar con él un momento?

Le pasa el teléfono. Su madre lo toma y se encierra en el pequeño dormitorio, así que no puede escuchar la conversación de sus padres. Contempla por la ventana mientras espera. Hay una ambulancia intentando pasar por la calle de un sentido, con su sirena aullando, pero una camioneta de mudanzas está estacionada frente a ella, bloqueando su paso, así que el aullido solo sigue y sigue, y aparentemente alguien se está muriendo en este momento mientras los técnicos en emergencias intentan encontrar la forma de avanzar. Ninguno de los peatones parece perturbarse mientras continúan caminando absurdamente rápido y escribiendo en sus teléfonos. Al ver esta escena, Arden se siente muy, muy feliz de no tener que vivir en esta ciudad.

Unos minutos después, su madre sale del dormitorio y le devuelve el teléfono.

—Está enojado —dice Arden.

—Estaba asustado, Arden. Tenemos que llevarte a casa. Especialmente porque debes estar en la escuela en unas dieciocho horas.

Arden hace un gesto de dolor.

—Hay un problema. El Corazón de Oro está muerto. Lo dejé estacionado en la calle en alguna parte de Brooklyn.

—¿Dónde?

—¿Afuera de la Mansión Jigsaw?

Su madre suspira.

—¿Quiero saber qué es eso?

Arden niega con la cabeza.

—Para ser honesta, de cualquier modo no quiero que conduzcas ese montón de chatarra hasta Cumberland. Es peligroso. No puedo creer siquiera que tu coche haya llegado hasta aquí para empezar. Puedo conseguirte un boleto de tren ahora, y tu padre puede recogerte en la estación.

—No. Quiero que reparen el Corazón de Oro. Yo lo pagaré, no tendrás que preocuparte por eso, lo prometo. Mamá, no voy a dejar mi coche.

Su madre cede un poco.

–Vamos a verlo. Veremos qué tan mal está y podemos encargarnos de que lo arreglen, pero puede no haber tiempo para hacer eso hoy y que aun así llegues a casa a una hora razonable. ¿Eso suena justo?

Arden asiente.

–Tenemos que encontrar a Lindsey también –dice. La llama, pero inmediatamente se va al buzón. También le envía un mensaje, aunque si el teléfono de Lindsey está apagado, no espera que un mensaje sirva de algo. Se pregunta dónde durmió anoche. Se pregunta si está bien. Y luego piensa que hay una gran diferencia entre sacrificar todo por otra persona y solo hacer lo mejor que puedes por mantener a salvo a la otra persona.

–¿Dónde está Lindsey? –pregunta su mamá.

–No tengo idea.

–Esto se está complicando –dice restregándose los ojos–. Bueno. Comencemos con el coche y partamos de ahí.

Arden toma su bolsa y salen juntas.

–Por cierto –dice su mamá mientras cierra la puerta–, ¿qué son todas esas marcas en tus brazos?

Arden mira de nuevo las palabras en sus brazos. "Te extraño te extraño te extraño" y "la única".

–Son mentiras –dice sin emoción–. Pero no te preocupes. Se borrarán.

Bajan cuatro tramos de escaleras y salen al sol de la tarde. Y ahí, en la acera, justo afuera de los edificios de su mamá, hay una persona que Arden reconoce.

–Oye –dice Peter–. Te he estado buscando.

Un jardín de jardineros y flores

–¿A dónde fuiste esta mañana? –le pregunta Arden a Peter.

Han dejado atrás a su muy sorprendida madre.

–¿Quién es él? –preguntó ella cuando salieron de su edificio, mirando de un lado a otro entre Arden y Peter con confusión, quizás sospecha y un toque de diversión.

–Nadie –dijo Arden.

–Peter –respondió él, y estrechó la mano de la madre de Arden con firmeza. Le ofreció una gran sonrisa al mismo tiempo que se acomodaba los lentes, un movimiento claramente diseñado para tranquilizar a una madre, que comunica "Soy encantador" y "Soy un chico estudioso que nunca se llevaría a la cama a su hija" al mismo tiempo. Arden no se lo tragaba ni un poco. Pero quizás su madre sí. Hoy Peter trae jeans ajustados y una camisa con cuadros negros y blancos. Se ve exactamente como alguien a quien le confiarías a tu hija. Es un chico guapo. Arden cree que nunca será capaz de ignorar eso, no importa qué tanto descubra sobre él.

–Peter y yo tenemos que hablar –le dijo a su madre–. Solo espera aquí por unos minutos. Volveré en un momento.

Su madre no hizo preguntas. Solo se sentó en la escalera, sacó su teléfono y le recordó a Arden:

–No tardes. Tenemos que ver cómo volverás a casa.

Peter y Arden caminan en silencio durante unas cuantas calles. Ella había pensado que probablemente no lo volvería a ver. Realmente no *quería* volver a verlo. Es gracioso cómo pasó tanto tiempo siguiéndolo, y la única vez que no lo estaba buscando, él aparece.

Pero ahora que está aquí, ella quiere una explicación. Quiere que él le explique *todo*. Y cuando no responde su pregunta directamente, ella repite, con más fuerza:

—¿Adónde *fuiste* esta mañana?

—A la biblioteca —dice él.

—¿Por qué?

—Tenía que regresar un par de libros. Y me gusta mucho ir ahí. ¿Has estado en el área principal de la biblioteca pública de Nueva York? Es enorme. Si tienes tiempo hoy, deberíamos ir.

—No es eso lo que estoy preguntando. Lo que quise decir es: *¿por qué me dejaste?*

Él se ajusta los lentes de nuevo y no responde por un momento. Luego dice:

—Entremos aquí.

Ella lo sigue a un pequeño jardín metido entre edificios. El letrero en la puerta lo identifica como el Jardín de la calle Elizabeth. Arden se da cuenta de que es la primera vez que sus pies han tocado césped desde que llegó a esta ciudad. El espacio está lleno de estatuas de mármol, bustos humanos, querubines y columnas griegas, ese tipo de cosas. No es muy grande, pero sí lo suficiente para que los sonidos de la ciudad se conviertan en un rumor en el fondo.

Encuentran una banca de piedra gris y se sientan.

—¿Cómo me encontraste? —pregunta al entender que él no planea decirle por qué la dejó antes. La idea de que Peter pudiera seguirla hasta aquí, como ella lo hizo con él, es halagadora. Pero confusa. ¿Qué quiere de ella? ¿Por qué abandonarla solo para volver?

—Me dijiste la dirección de tu madre anoche —le recuerda él.

—Tienes buena memoria para los detalles.

Él se encoge de hombros.

—Soy escritor.

—Pero ¿cómo supiste que estaría aquí?

–No estaba seguro. Solo me imaginé que terminarías aquí en algún momento.

–¿Por qué?

Él la mira con gesto confundido.

–¿Porque es tu madre?

Arden no discute con eso. Después de todo, él tiene razón.

–Estuve ahí afuera por un rato. Si no hubieras aparecido pronto, me habría ido.

–Bueno, me encontraste. ¿Para qué?

–Hablé con Bianca –explica Peter–. Dice que habló contigo. Así que… pues. Solo quería saber de qué hablaron.

Una ligera brisa sacude las hojas de los árboles. Arden abre la boca, pero Peter interrumpe:

–¿Te pareció que podría querer volver? ¿Dijo algo sobre eso? ¿Crees que me extraña… lo notaste?

–¿Qué? –pregunta Arden.

–Esta tarde fue la primera vez que me escribió desde que nos separamos. ¿Le dijiste algo, quizás, que la hizo cambiar de idea? ¿Dijo algo sobre cambiar de parecer?

–No, Peter –Arden niega con la cabeza–. No. Eso no fue de lo que hablamos; y no, no creo que haya cambiado de parecer.

–Oh –suena decepcionado–. Pensé… ya sabes, a veces las chicas hablan sobre esas cosas. No importa –saca la licorera de Leo de su bolsillo trasero y da un largo trago.

–¿Sabes que es mediodía –dice Arden, viéndolo beber–, de un domingo –hace una pausa antes de agregar–, y estamos en un parque?

–¿Y qué? –él no la mira–. ¿Solo porque *tú* no bebes vas a juzgar a todos los que lo hacen?

–¡No te estoy juzgando! –responde–. No me conoces, así que por favor no asumas que sabes lo que estoy pensando.

Ahora sí la observa.

—Lo siento.

—¿Quieres saber de qué hablamos Bianca y yo? —pregunta Arden—. Me contó sobre Leo. Me contó lo que ustedes dos le hicieron. Me contó por qué se fue.

—¿En serio? —Peter levanta una ceja—. No sabía que hablaba de eso con nadie. Bueno. Felicidades, Arden. Bianca confía en ti. Eso es una gran responsabilidad, pero supongo que eres la indicada para el trabajo —él le echa otra sonrisa ganadora.

—Todo es una gran broma para ti, ¿verdad? —dice Arden con enojo—. ¿La vida de otras personas solo existe para tu entretenimiento? Esta persona, tu *hermano*, se fue por lo que hiciste. Ah, y ahora está en casa, por cierto. Así que gracias por mencionar eso.

Los ojos de Peter se abren de par en par. Le sorprende que Arden sepa todo esto, y ella piensa *Soy más lista de lo que crees*.

Peter ya no está sonriendo. Da otro trago de la licorera.

—Sé que lo arruiné. Sé que lastimé a mi familia en formas que no podremos superar. Me enfrento a esa culpa todos los días.

Claro que no, piensa Arden. *Te embriagas. Te burlas. Cuentas una historia. Huyes.*

Pero también, ¿qué más podría hacer? Si se pusiera frente al espejo y se viera a sí mismo por lo que es y por lo que ha hecho, ¿cómo podría soportarse?

—Me *mentiste* —dice ella.

—¿Lo hice?

—¡Sabes que sí! A conciencia, actuaste como si Leo fuera solo un tonto deportista de quien eras un amigo casual. Dijiste que no sabías la razón por la que se fue, salvo que probablemente era culpa de tus padres. Dijiste que tú y Bianca eran almas gemelas, que estaban predestinados a estar juntos. A conciencia, me dejaste creer que tu hermano seguía perdido, que podría estar *muerto*, por Dios. Dijiste…

–Arden, nunca te mentí –hace una pausa–. Quizás solo me mentí a mí mismo –ella abre la boca, pero antes de tener tiempo para responder, él continúa–: No tengo nada que ver *contigo*. No sabía quién eras hasta ayer. Ni siquiera sabía que estabas leyendo *Esta noche las calles son nuestras*.

–Pero sabías que había *gente* leyendo. E hiciste que todos creyeran que eras algo que no eres.

–Es mi vida –se defiende–. Es *mi* historia sobre *mi* vida. Y es lo que yo digo que soy. Esto es lo que yo digo que ocurrió. Si Bianca quiere que su historia sobre mi vida sea diferente, pues bien por ella. Que escriba su propia versión –sus manos se contraen en puños.

Arden resopla por la nariz.

–Te encantaba recibir todos esos comentarios de chicas adulándote y los extraños compadeciéndote, diciéndote lo *injusta* que es tu vida.

–¿Y si es así, ¿qué? –se levanta, demasiado agitado para quedarse quieto–. ¿Y qué si quería eso? Y además, lo que escribo en Internet básicamente *es* lo que sucedió. Dije que me enamoré de una chica que tenía novio, lo cual hice. Dije que ella lo engañó conmigo, lo cual hizo. ¿Te has detenido a preguntarte por qué estabas de acuerdo con eso cuando el novio de Bianca era solo *un tipo cualquiera*? ¿Por qué ahora que sabes que ese tipo cualquiera es mi hermano, ahora que sabes que él enloqueció por eso, de pronto ya no está bien? ¿De pronto soy un *monstruo*?

Ella también se pone de pie para mirarlo a los ojos.

–No creo que seas un monstruo. Pero ¿por qué harías estas cosas? Y en serio esta vez, ¿por qué te fuiste esta mañana, cuando no tenía idea de dónde estaba o cómo encontrarte? Eso fue muy bajo de tu parte, Peter.

Todo esto la hace sentir más y más que de verdad necesita encontrar a Lindsey en ese mismo momento. Ni siquiera debería estar perdiendo su tiempo con este tipo, intentando encontrar respuestas que no existen a preguntas que no pueden expresarse, cuando debería estar allá afuera recorriendo cada calle y cada edificio buscando a Lindsey.

–Tienes razón –dice él, estirando las manos en señal de derrota–. Soy un cretino. Hago bajezas. Tienes razón, Arden. Me descubriste. Eso es exactamente lo que soy.

»Esta mañana desperté, miré alrededor y ahí estabas acostada, y me sentí terrible, es decir, con dolor de estómago, de cabeza, de todo. Recuerdo *mucho* de anoche, pero la última parte está borrosa. Recuerdo que fuimos a esa tienda de muñecas en la Quinta Avenida.

»Solo no recuerdo cómo llegamos a mi casa desde ahí, o si... ya sabes, si algo sucedió después de eso.

–No recuerdas si tuvimos sexo –dice ella sin emoción.

Las mejillas de él se ruborizan un poco.

–Y sé que tienes novio. Abrí los ojos y estabas ahí, profundamente dormida, y me sentí tan mal y todo parecía tan terrible y lo único que pude pensar fue "está sucediendo de nuevo; no, no puedo creer que lo hiciste de nuevo, ¿qué te pasa, cuál es tu problema?".

–Así que te fuiste –agrega ella.

–Así que me fui. Sé que no debí hacerlo. Pero hago muchas cosas que no debería. No sé por qué. No puedo evitarlo. Solo espero no haber hecho algo que arruine las cosas con... ¿Cómo se llama?

–Chris.

–Sí. No quiero ser la granada en su relación.

Ya lo eras, piensa ella. En voz alta, dice:

–No te preocupes. No tuvimos sexo. No pasó nada.

–Ah –él se aclara la garganta–. Qué bueno –sus manos caen sobre sus costados incómodamente, como si ya no supiera qué hacer con ellas.

–¿De verdad vas a publicar *Esta noche las calles son nuestras* como autobiografía? –pregunta.

Él la mira con extrañeza por un momento.

–Voy a intentarlo. Si algún editor lo quiere, pues sí.

Arden respira profundo.

–No lo hagas, Peter. No es justo para Leo. No es justo para Bianca ni para tus padres. No es justo para nadie que lo lea que podría sentirse… como si tú entendieras por lo que están pasando. Te estás aprovechando de todos.

Él desvía la mirada.

–Basta. Ya basta. Mira, no sé cuáles sean tus metas en la vida. Pero yo no voy a venir a decirte *a ti* qué no deberías hacer en el camino para que se vuelvan realidad.

Ella lo contempla.

–En serio vas a hacerlo.

Él se inclina para juguetear con las flores de una maceta.

–Algunas de las más grandes artes de la historia nacen de la tragedia. La literatura, la música, la pintura. Si puedo crear algo hermoso y significativo con algo desagradable que sucedió entre Bianca, Leo y yo, entonces quizás… Quizás esto tiene algún sentido.

A Arden le parece una justificación ridícula. La solución correcta sería dejar en paz a Bianca. Incluso si Leo hubiera sido infeliz con su vida de cualquier forma, incluso si hubiera terminado escapándose de todos modos, al menos otra cosa hubiera sido la gota que derramó el vaso para él. Al menos Peter y Bianca serían inocentes.

Pero ya es demasiado tarde para la solución correcta. Lo hecho, hecho está. Y ella supone que Peter solo está intentando trabajar con lo que tiene.

–Solo haz una cosa por mí –pide Arden–. No escribas sobre anoche. No escribas sobre conocerme. Ni en tu blog ni en un libro ni en ninguna parte. No soy una historia para que cuentes.

–Bien –dice Peter–, puedo hacer eso –se rasca el cuello y la mira con timidez–. Aunque es una pena. Tendría mucho que decir respecto a anoche. Tendría mucho que decir sobre ti.

Y Arden siente curiosidad de saber qué habría dicho de ella, claro que sí. Pero no va a preguntar.

–Debo irme a casa –dice.

–¿Ahora?

–Sí.

–¿Estás enojada conmigo?

Ella lo piensa. "Enojada" no es la palabra. Simplemente había querido que Peter fuera una persona diferente a la que es. Pero ¿de quién es la culpa?

Ella niega con la cabeza.

–Siento lástima por ti –dice–. Siento lástima por todos ustedes.

Peter asiente, como si fuera la mejor respuesta a la que pudiera aspirar.

–¿Puedo acompañarte de regreso a casa de tu mamá?

–No, gracias, estoy bien.

–Bueno. Supongo… que te veré por ahí. ¡Quizás en la primera gira de mi libro! –él ríe para demostrar que es broma, más o menos. Ella visualiza la deslucida librería de Cumberland con sus anaqueles de cigarros, y piensa que es poco probable que Peter alguna vez tenga un libro que lo lleve a algún lugar cerca de ella.

Él extiende sus brazos y ella se acerca. Se abrazan por un largo rato, y Arden piensa en todas las personas que deben haberse abrazado en ese jardín a lo largo de los años y se pregunta si alguna de ellas pudo haber tenido una relación como la de ella y Peter. Le parece que lo escucha sollozar unas cuantas veces mientras el rostro de ella está presionado contra el hombro de él, pero no mira ni le pregunta si está bien.

–¿Tú también te vas? –le pregunta Arden cuando se separan.

–Aún no. Voy a quedarme aquí un rato más, a leer mi libro, ya sabes. Acabo de llegar a la parte interesante.

Ella asiente.

–Adiós, Peter.

–Adiós.

Se da la vuelta y avanza hacia la calle, hacia su madre. Una vez que está afuera, vuelve la vista y ve a Peter sentado en la banca, con su libro sin abrir en las manos, mirando la estatua de mármol de un niño, completamente solo.

La gran noche de Lindsey

Utilizando las instrucciones que quedaron guardadas en el teléfono de Arden, ella y su madre se dirigen a la Mansión Jigsaw.

—¿Por qué pensaste que este sería un buen lugar para dejar tu vehículo? —pregunta su madre mientras caminan quince minutos desde la estación del subterráneo más cercana.

—No tenía que estacionarme en paralelo —responde Arden. Esto hace reír a su madre.

Cuando llegan al coche, el corazón de Arden da un vuelco, pues hay una persona tendida sobre su cofre. Una chica.

—¡*Lindsey*! —grita Arden, corriendo hacia ella.

Ella se incorpora y baja del automóvil. Suelta una risa sorprendida mientras Arden la rodea con sus brazos y la abraza con fuerza.

—Lo siento tanto —susurra Arden—. No debí irme anoche. Estoy tan feliz de que estés bien.

—*Yo* lo siento —dice Lindsey—. No debí haberme peleado contigo. Y no debí haberte dejado ir.

—Pues *yo soy* la señora Ellzey —dice Arden. Y las dos pierden toda la compostura, y ríen con tanta fuerza que tienen que aferrarse una a la otra solo para permanecer erguidas.

—Lindsey, cariño, ¡qué bueno verte! —dice la madre de Arden.

La chica le lanza a Arden una mirada inquisitiva, como diciendo "¿Qué hace tu mamá aquí? ¿Esto está bien, tengo permiso para demostrar que estoy feliz de verla?". Arden le da la más ligera señal positiva con la cabeza y Lindsey grita.

—Señora Huntley, ¡por Dios! ¿Cómo le va? No puedo creer que esté viviendo en Nueva York. ¿Le encanta?

La mamá de Arden ríe. Sus mejillas brillan.

—Es diferente de Cumberland, ¡sin duda! Es una aventura.

—Me da envidia —le dice Lindsey—. Me encantaría vivir aquí.

Arden se pregunta qué ha visto exactamente en la ciudad en las últimas dieciséis horas que la hizo sentirse así, pero no quiere preguntar frente a su madre.

En cambio, dice:

—Pensé que querías trabajar en una granja.

—Así es —dice Lindsey.

—Es como lo opuesto a vivir en Nueva York —señala Arden.

—Puedo hacer ambas, algún día —le responde Lindsey y se encoge de hombros.

Arden piensa en lo irónica que es la despreocupada seguridad de Lindsey en su longevidad, cuando parece estar constantemente arriesgándolo todo por algo brilloso que cuelga justo frente a ella.

—Quiero ir a la universidad aquí —le dice Lindsey a la mamá de Arden—. Ya lo decidí.

—Quizás las dos pueden volver y podemos visitar juntas universidades en la ciudad —dice la mamá de Arden. Ella lo piensa y mira a su hija—. Si quieres, claro. Y si sigo aquí.

Arden reflexiona un momento sobre permitir que su madre vuelva a entrar en su vida, aunque sea solo de esta manera.

—Sí —dice al fin—. Sí, quiero.

Su madre asiente con ojos suaves. Luego se aclara la garganta y se enfoca en el automóvil.

—Veamos qué tenemos aquí. Por Dios, Arden, este coche se ve aún peor de lo que lo recuerdo. No me extraña que se haya descompuesto —niega con la cabeza—. Llave, por favor.

Arden mira mientras su madre se acomoda en el asiento del conductor, pone la llave en el encendido y la gira.

El Corazón de Oro cobra vida.

–¡Funciona! –grita Arden.

–Oh, lo arreglé –dice Lindsey levantando la vista de su bolsa.

–¿Qué? –Arden y su madre observan a Lindsey–. Me perdí mucho desde anoche. ¿Ahora eres mecánica? –pregunta.

–No. Traje a alguien para que lo revisara esta mañana. Dijo que había algo malo con el... –Lindsey dejó de hablar.

–Pues claro –dice Arden.

–No, *el carburador*. Se me olvidó la palabra. De cualquier modo, hicieron algo, ya debería estar bien –Lindsey se encoge de hombros–. ¿Vamos a ir conduciendo a casa?

La mamá de Arden responde por ella.

–Si van a irse en este aparato, comenzar lo más pronto posible es buena idea. Tienen un largo viaje por delante, y no quiero que vayan rápido. Quédense en el carril de baja velocidad, y no vayan a más de noventa y cinco kilómetros por hora, ¿me oíste Arden? Y detente si te sientes cansada.

Arden la escuchó, y conoce bien todos estos consejos, así que los seguirá, pero hay algo triste en escuchar esas palabras de su madre, porque es claro para ambas que ha renunciado a su derecho a decirle a Arden qué hacer. Al menos por ahora.

Puedes irte, claro, siempre puedes irte, pero tienes que enfrentar las consecuencias.

Arden y su madre se unen en un largo abrazo.

–Te amo –le dice su madre.

Y Arden le cree.

Las dos chicas se suben al coche, encienden el GPS y se van.

–Llegará a su destino en seis horas y dos minutos –dice el GPS.

–Vaya, la escuela mañana será *difícil* –comenta Lindsey.

—¡Cuéntame qué hiciste anoche! –suelta Arden–. Y por qué no respondiste ninguno de mis mensajes.

—Mi teléfono se murió, obviamente. Hablando de eso, ¿tienes cargador en tu coche? Tengo que llamar a mis papás. No fui a la iglesia. Probablemente están aterrados.

—Lo están –dice Arden–. Sé que hablaron con mi papá.

Lindsey se encoge de hombros, impasible.

—¿No te preocupa? –insiste Arden–. Podrían… –podrían hacer cualquier cosa. Castigar a Lindsey por el resto de su vida. Enviarla a una escuela en el extranjero para delincuentes juveniles. Prohibirles que vuelvan a verse. Son padres, sus elecciones son las de sus hijos.

Lindsey suspira.

—Esto es lo que soy. Esto es lo que hice. Y, Arden, lo que dijiste anoche me hizo pensar… como, bueno, sí debería responsabilizarme de las cosas que hago.

»Así que, sí, estoy segura de que estarán furiosos. Y sí, estoy preocupada. Pero estas son las decisiones que tomé, y aquí es donde estoy ahora. Así que el castigo que venga por eso, lo aceptaré. Porque, ¿sabes qué? No cambiaría esta noche por nada.

—Guau –dice Arden–. ¿Por qué lo dices?

—Pues ¿recuerdas a la chica con la que estaba hablando? ¿Jamie?

—¿La que tenía el piercing que hacía que su nariz pareciera un llamador?

—Se llama perforación del *septum*. A mí me pareció que se le veía cool. Voy a ponerme uno. Dijo que no dolía tanto.

—A tus padres también les va a encantar.

—¿A quién le importa? No son mis dueños. Como sea, Jaime resultó ser genial. Está en segundo año en Pratt y de hecho *vive* en la Mansión Jigsaw. Me mostró su dormitorio, está escondido detrás de una cortina junto a la habitación donde estaba tocando la banda cuando entraste. Nunca te imaginarías que está ahí. Y las paredes están cubiertas de suelo a techo con su trabajo. Es buena. Hace collages de técnica mixta, cosas muy políticas, sobre género y raza y… –Lindsey deja de hablar, pues al parecer se quedó sin temas políticos para enlistar–. Como sea –sigue después de una pausa, sonando increíblemente tímida–, me besó. O sea, nos besamos.

–¡Linds! ¡Eso es maravilloso! –Arden quita sus ojos del camino por un momento para ver a su amiga, quien está ruborizada pero sonríe de lado a lado–. ¿Y cómo estuvo?

–Fue todo lo que esperé que sería –responde con simpleza.

Arden siente una punzada. Quiere sentirse así respecto a alguien.

–De hecho, se disculpó por ser grosera contigo –agrega Lindsey–. Pensó que estábamos saliendo y teníamos una discusión de pareja. Por eso fue un poco desagradable cuando la conociste. Cuando se dio cuenta de que no querías nada conmigo, fue totalmente cool.

Arden suelta una risa por la nariz.

–¿Nosotras, pareja?

–Bueno, pues si lo piensas por un momento, puedes ver exactamente por qué creería eso.

Arden lo piensa por un momento.

–Buen punto –reconoce.

–Pero quiere volver a verme. Dijo que la próxima vez que esté en Nueva York debería buscarla, y me llevará a una cita formal.

Arden de inmediato piensa en todas las maneras en que podría salir mal, en las que probablemente *saldrá* mal. Esta chica podría romper el corazón de Lindsey. Podría dejarla por alguien mayor, alguien que no viva a tres estados de distancia. Podría interponerse en la amistad con Arden. Lindsey podría intentar ir a la universidad de Nueva York solamente para estar cerca de Jamie y solo para descubrir que ni siquiera se gustan tanto.

Pero Arden saca estas ideas de su mente. Porque justo ahora, Lindsey está feliz. Habrá tiempo suficiente para lidiar con la infelicidad cuando llegue.

–¿Qué sucedió después de que se besaron?

–No mucho. Bueno, nos besamos mucho. Me dejó dormir en su cuarto.

Arden mueve las cejas de arriba abajo.

–No *así*. Claro, me *gustaría*, algún día, no me malinterpretes. Solo pensé que tener mi primer beso era suficiente para una noche. Quiero tener algo por lo que esperar.

–¿Así que solo durmieron? ¿No me estoy perdiendo de algo?

–Solo dormimos. Y esta mañana me hizo tofu revuelto y smoothie de kale para desayunar, y le conté que el Corazón de Oro se descompuso en la carretera anoche así que llamó a su amigo que es mecánico para que lo arreglara.

–Su amigo hizo un buen trabajo –Arden acaricia el volante del coche con gratitud. Siguen en la ciudad, así que es fácil mantenerse dentro del mandato de los noventa y cinco kilómetros por hora de su madre–. Gracias –agrega–. Eres una hacedora de milagros.

–Sé que no siempre hago o digo lo correcto –dice Lindsey–. A veces, me toma tiempo descubrirlo. A veces, hago lo incorrecto primero. Pero si me das suficiente tiempo, Arden –se encoge de hombros–, finalmente lo resolveré.

Nunca se imaginó que le gustaría que alguien más salvara su día. Pero hoy, está sorprendentemente agradecida.

Sale a la carretera, la cual, como esperaría de las calles de Nueva York, está llena de tráfico.

–Algo me dice que esto va a tomar más de seis horas y dos minutos.

–Espero que tu noche haya estado bien –dice Lindsey–. Lamento no haber querido ir contigo. Era solo que de verdad quería ver si algo iba a pasar con Jamie. Y, ¿la verdad? No me cayó tan bien Peter. No te enojes. Sé que es inteligente, gracioso, talentoso y todo. Pero había algo en él… Como que nunca preguntó cómo hicimos para encontrarlo. Parecía dar por sentado el hecho de que es tan importante que unas chicas desconocidas lo *seguirían*. ¿Sabes? Me pareció un tanto ensimismado.

–Es curioso que lo digas.

–¿Por qué? –pregunta Lindsey–. ¿Qué ocurrió después de que se fueron?

Arden respira profundo, luego lo suelta con una carcajada:

–¿Estás lista para una larga historia?

Lindsey señala hacia la carretera llena de automóviles frente a ella.

–Lo que nos sobra es tiempo.

Epílogo

Todas las historias deben terminar

Mi nombre es Arden Huntley y este es mi diario. No lo voy a publicar en Internet. No se lo voy a mostrar a nadie. Lo estoy escribiendo para mí y para nadie más, solo para poder saber lo que pasó. Y esto es lo que pasó:

El día después de que volví a casa de Nueva York, rompí con Chris. Fue difícil y triste, pero Bianca tenía razón: no puedes andar por la vida sin herir a las personas, a veces incluso a la gente que quieres.

–¿Esto es solo porque no estuve en nuestro aniversario? –preguntó, confundido, y cuando le dije que no, preguntó–: Entonces, ¿estás enamorada de alguien más?

Pero aunque rompí con Chris en parte *a causa* Peter, no rompí con él *por* Peter, es diferente. Pude haberle contado a Chris sobre ese beso olvidado la noche del domingo, dejarlo creer que era algo mucho más significativo de lo que realmente fue, y dejarlo culpar a Peter. Que alguien más fuera el malo, y no yo.

–No –le respondí–. No hay nadie más.

La verdad es que Chris es un gran chico y una buena persona. Tiene todo a su favor. Y apuesto a que algún día lo veré protagonizando una película de Hollywood, y les diré a todos que yo lo conocí. Y no estoy segura de si algún día *encontraré* a alguien más, o al menos no a alguien que me haga más feliz de lo que era con él. Quizás esto es exactamente lo más feliz que puedo ser. Pero no quiero confundir algo bueno con algo mejor. Y voy a confiar en que las mejores partes de mi vida aún no han sucedido.

Creo que esa película que Lindsey y yo vimos la última vez que fuimos al Glockenspiel era una estupidez. Lastimar a la gente, lastimarla real y profundamente, no es algo que hagas a propósito, no a menos que seas una especie de sociópata. Simplemente es un derivado de vivir.

Al final, mi fantasía de terminar con Chris como que se volvió realidad: aunque sí terminamos, nunca hizo nada extremo por recuperarme, nada en absoluto, a decir verdad. Supongo que así son las fantasías: si tienes suerte, se vuelven parcialmente reales. Y generalmente, solo la parte sobre la cual tienes control.

Seguí leyendo *Esta noche las calles son nuestras*. No todos los días, pero a veces, cuando estaba despierta por la noche y todo estaba demasiado tranquilo. Lo visitaba, aunque no sé qué esperaba encontrar ahí. Lo hacía aunque había algo vergonzoso en el acto, en el intento consciente de que las historias de Peter me volvieran a engañar ahora que conozco la verdad.

Poco después del inicio de mi último año, Peter posteó que su autobiografía, *Esta noche las calles son nuestras*, sería lanzada por una gran editorial, una que ha publicado *best sellers* y autores premiados. El post en el que anunciaba esto acumuló más comentarios que ningún otro que hubiera escrito en su diario. Parecía como si cada chica en Internet hubiera visitado *Esta noche las calles son nuestras* para expresar su emoción personal.

No mucho después de eso, Peter quitó todos los posts y los reemplazó por un mensaje que decía: "Mi libro debut saldrá el próximo año… ¡click aquí para preordenar tu copia!". Y yo hice click. Y preordené mi copia.

La desaparición de *Esta noche las calles son nuestras* me dejó con una extraña sensación de derrota. Pensé que tal vez yo había tenido algún impacto sobre las acciones de Peter, aunque él no hubiera reaccionado en el momento. Creí que quizás él lo pensaría mejor y se daría cuenta de que yo tenía razón: este libro explotaba a Leo y a Bianca, a la gente que él decía amar, y era un error publicarlo.

Pero realmente creo que no tuve ningún efecto sobre Peter. Nuestro tiempo juntos fue solo una de tantas noches, y cuando tu vida te ofrece lujo y aventura todos los días, una aventura más no hace ninguna diferencia.

Y si no lo escribes, como yo le pedí, entonces, una vez que pasa suficiente tiempo, será como si esa noche nunca hubiera existido.

Cuando me gradué de la preparatoria, fui a una buena universidad en un pequeño y tranquilo pueblo a dos horas al norte de Nueva York. Entré en parte gracias a Lindsey, quien voluntariamente fue a hablar con el señor Vanderpool y se responsabilizó por la marihuana en mi casillero, y el director lo borró de mi archivo; y gracias al señor Lansdowne, quien me escribió una carta de recomendación absurdamente halagadora.

Para cuando el libro de Peter finalmente salió, yo estaba en mi segundo año de universidad. Recibí mi copia y me senté bajo un árbol en el patio y comencé a leer. Revisitar las palabras de Peter se sentía como reunirme con un viejo amigo. Pero me sorprendió ver que el libro estaba escrito y se vendía como novela, no como autobiografía. Ficción, no realidad. Todos los nombres de los personajes habían cambiado: Bianca no se llamaba Bianca, e incluso el protagonista no se llamaba Peter. Leo estaba dividido en dos personajes: el hermano del personaje principal, misteriosamente desaparecido, y el indigno novio de Bianca, sin relación.

Me pregunté si Bianca de algún modo convenció a Peter de no usar sus nombres ni vender esta historia como real. Me pregunté si tal vez su agente literario o su editorial descubrieron la verdad sobre esas historias. Me pregunté de quién fue esta elección y si yo tuve algo que ver. Aún no conozco esas respuestas.

Pese a lo que dijo en el jardín cerca del apartamento de mi madre aquel día, Peter no hizo una gira con su libro, y por más que busqué en Internet, encontré a muy poca gente hablando de su novela: unas cuantas reseñas mediocres, un par de entrevistas con él en blogs poco visitados. Quizás si el libro se hubiera presentado como no-ficción, a la gente le habría interesado. Quizás es solo en la ficción que la historia de Peter parece, como dirían las *Reseñas de Kirkus*: "Autocomplaciente, egocéntrica y sin sentido". Su libro se publicó con una casi universal falta de interés y luego desapareció, casi sin dejar rastro, como una roca que se hundió hasta el fondo de un estanque muy profundo, o como una persona solitaria viviendo en lo alto de un gran rascacielos de una ciudad enorme.

Mis amigos y yo visitamos Nueva York periódicamente para ir a espectáculos y museos, siempre en tren o autobús (el Corazón de Oro nunca ha vuelto a hacer un viaje tan lejos de casa). Mi mamá ya no está allá; al final volvió a casa, y ella y papá están resolviendo las cosas, o intentándolo, al menos. Siempre que voy a Nueva York, mientras camino y viajo en el subterráneo, observo la cara de cada persona que se cruza en mi camino, porque cualquiera de ellos podría ser Peter o Bianca. Pero ninguno de ellos nunca ha sido. Como el mismo Peter escribió alguna vez: hay un millón de Nueva York diferentes, una encima de la otra, y sin embargo nunca se encuentran. Después de lograr graduarse de la preparatoria, Lindsey consiguió una beca en una granja orgánica en Pennsylvania. Como suele ocurrir con ella, se olvidó por completo de su sueño de vivir en Nueva York. Al fin aprendió a conducir, no solo un coche, sino también un tractor. Y Jamie sí le rompió el corazón y fue realmente triste, pero ahora Lindsey está locamente enamorada de una ayudante de la granja, y Jamie y su estúpido aro de la nariz son solo recuerdos distantes.

Extraño a Lindsey todos los días. No siempre encontramos tiempo para hablar, no siempre tenemos los mismos amigos, y cuando ella necesita ayuda –lo cual ha sucedido muchas veces y seguramente volverá a pasar– no estoy ahí para sostenerla. Pero cuando nos encontramos, en Cumberland o durante las vacaciones, o por teléfono en esos raros momentos en que Lindsey está descansando y yo estoy despierta, es como si nada hubiera cambiado entre nosotras.

Solía creer que amar a alguien significaba sacrificar todo por esa persona. Pensaba que significaba escribir un cheque en blanco. Creía que significaba que morirías por el otro. Pero resulta que Peter tenía razón sobre eso también: la muerte y un corazón roto no son lo mismo.

Últimamente, creo que el amor no es tan dramático después de todo. Quizás solo significa que la otra persona saca lo mejor de ti y tú sacas lo mejor de ella, de modo que juntos son la mejor versión posible de ustedes mismos.

Se te prometió una historia de amor. Y esta es la mía.

Agradecimientos

Estoy tremendamente agradecida con todos aquellos que han apoyado mi carrera como escritora y que me ayudaron a hacer realidad *Esta noche las calles son nuestras*. Los nombres de algunos:

Gracias a Joy Peskin, quien siempre creyó en mí. A Molly Brouillette, por su creatividad y entusiasmo. Y al resto del extraordinario equipo en Macmillan Children's Publishing Group, incluyendo pero no limitándome a Lauren Burniac, Angie Chen, Beth Clark, Liz Fithian, Angus Killick, Kathryn Little, Karla Reganold, Holly Ruck y Mary Van Akin. Sí que saben cómo tratar a una autora.

A Stephen Barbara: cada día me siento tan afortunada de tenerte a mi lado.

A todos en Foundry Literary+Media, especialmente a Jess Regel y Yfat Reiss Gendel, y a Michelle Weiner y su equipo en CAA.

A Venetia Gosling y el resto del grupo en Macmillan UK por llevar mi trabajo a otro continente de lectores.

A Kate Hurley, un rayo de sol y mi defensora contra las inconsistencias.

A mi compañera de escritura, Rebecca Serle, por su inquebrantable amor y apoyo. Y a todo el equipo: Emily Heddleson, Lexa Hillyer, Lauren Olivier, Jess Rothenberg y Courtney Sheinmel. Por favor, nunca dejen de ser Tipo A y hablar sobre nosotros.

A todos mis amigos y colegas, especialmente a Kendra Levin, Brian Pennington y Allison Smith, quienes han celebrado conmigo los buenos tiempos, me han ayudado en los momentos difíciles y comprendieron cuando tenía que quedarme en casa a escribir.

A los espacios alternativos y fiestas en Nueva York, tanto los de ahora como los pasados, que inspiraron la Mansión Jigsaw, especialmente Rubulad y Death By Audio.

Gracias a todos los que se han tomado el tiempo de leer mis libros, y a quienes me han dicho las maneras en las que mi escritura los ha conmovido. Quizás nunca podré encontrar las palabras para expresar todo lo que su apoyo significa para mí.

Y gracias a mis padres, Amy y Michael Sales. Los amo completa y profundamente.

NIGHT OWLS

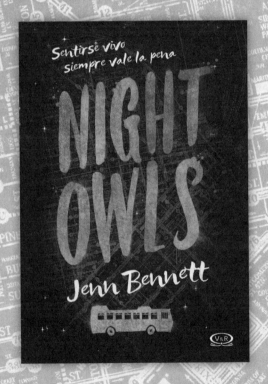

Sentirse vivo
siempre vale la pena

NIGHT OWLS

Jenn Bennett

Jenn Bennett

¡Tu opinión es importante!

Escríbenos un e-mail a
miopinion@vreditoras.com
con el título de este libro en el "Asunto".

CONÓCENOS MEJOR EN:
www.vreditoras.com

MÁS INFORMACIÓN EN:
f facebook.com/VREditorasYA